SAUERLÄNDER

CHRISTINA STEIN

SEARCHING LUCY

THRILLER

SAUERLÄNDER

Aus Verantwortung für die Umwelt hat sich der Fischer Kinder- und Jugendbuch Verlag zu einer nachhaltigen Buchproduktion verpflichtet. Der bewusste Umgang mit unseren Ressourcen, der Schutz unseres Klimas und der Natur gehören zu unseren obersten Unternehmenszielen.

Gemeinsam mit unseren Partnern und Lieferanten setzen wir uns für eine klimaneutrale Buchproduktion ein, die den Erwerb von Klimazertifikaten zur Kompensation des CO_2-Ausstoßes einschließt.

Weitere Informationen finden Sie unter *www.klimaneutralerverlag.de*

FSC www.fsc.org MIX Papier aus verantwortungsvollen Quellen FSC® C083411

Außerdem von Christina Stein:
»Wonderland«

Originalausgabe
Erschienen bei FISCHER Sauerländer
Frankfurt am Main, März 2021

Umschlaggestaltung: ZERO Werbeagentur, München
Umschlagabbildung: plainpicture/Silveri und PixxWerk®
unter Verwendung von Motiven von Shutterstock
Satz: Dörlemann Satz, Lemförde
Druck und Bindung: CPI books GmbH, Leck
Printed in Germany
ISBN 978-3-7373-5712-8

Weitere Informationen zum Kinder- und Jugendbuchprogramm der S. Fischer Verlage finden Sie unter www.fischerverlage.de

Playlist
#SearchingLucy

Hurricane – Slow Meadow
Drifting – Nathan Ball
Muse – Dirk Maassen
Collide – Tom Speight
Familiar – Agnes Obel
At Last – Albert Landh

Für meine Mädchen

1.

Manchmal brauche ich für einen Einbruch nur zehn Sekunden. Zehn lächerliche Sekunden, in denen ich mein Werkzeug zwischen die Dichtungen schiebe und so lange herumruckele, bis ich die Schlossfalle zurückschieben und die Tür öffnen kann.

Meine Enttäuschung ist riesig. Der verlotterte Typ mit Hakennase, der in diesem Haus wohnt, hat die Tür nicht abgeschlossen, sondern nur hinter sich zugezogen. Was ein schlechtes Zeichen ist. Zumindest für mich. Für Lucy. Sie wird nicht hier sein. Wäre Hakennase ein Psychopath und hielte sie im Keller gefangen, würde er sich keine Nachlässigkeit erlauben. Dann hätte er auf jeden Fall abgeschlossen. Jeder Idiot weiß, dass eine nicht verschlossene Tür quasi offen ist.

Vorsichtig trete ich ein. Und sofort ist es da: das Kribbeln im Bauch, das sanfte Rauschen der Ohren. Ich bin in Watte gepackt, vielleicht auch in einen Astronautenanzug. Schwerelos könnte ich abheben, mitten in diesem Flur, der diesen speziellen Geruch verströmt, ein Gemisch, das mir inzwischen so vertraut ist, dass ich es mühelos benennen kann: Es ist talgig, leicht erdig und riecht immer nach ein paar mickrigen Bioabfällen, für die es sich nicht lohnt, den Mülleimer zu leeren. Es ist der Geruch eines einsamen Menschen.

Zuerst streife ich mir blaue Einweghauben über die Schuhe. Genau wie die Kriminalexperten aus Serien, die um eine Leiche rumwuseln und keine Spuren verunreinigen wollen. Netflixen hat ein paar Vorteile, zumindest lernt man alle Basics über Tatorte und die Bedeutung eines *modus operandi*. Den Rest kann man sich über YouTube aneignen.

Endlich entspanne ich mich, atme den traurigen Mief tief

ein. Dies ist meine Auszeit. Ein kurzer Abstecher auf einen anderen Planeten, wo ich in meinem Raumanzug rumschwebe und es keine Schmerzen und brennende Stiche im Bauch gibt. Stattdessen rauscht Aufregung durch meine Adern, prickelnde Angst, elektrisierendes Adrenalin. Ein perfekter Cocktail. Besser als jeder Vollrausch.

Zuerst der Flur. Der schloddrige Mann besitzt kaum Sachen. Eine lieblose Garderobe mit grüner Regenjacke, Schirm und Pullover. Sandalen, die nach Opa aussehen. Schmale Ablage mit geschmacklos goldener Winkekatze (really???), Zeitungen und Briefen. Gleich werde ich den Stapel in Ruhe durchschauen, in Ruhe. Doch das Wichtigste zuerst: der Keller. Und das Hineinfühlen in das leere Haus, mein Tasten nach dem, was ich suche.

»Lucy?«

Das Wort ist nur geflüstert, brennt aber in meiner Kehle wie billiger Fusel. Ihren Namen auszusprechen stoppt die Adrenalinflut. Traurigkeit ist ein klebriges Spinnennetz. Selbst auf fremden Planeten nicht so leicht abzustreifen. Genauso wie die Tränen, die mir jetzt in die Augen schießen.

»Lu?«

Das Haus ist still und atmet Vergänglichkeit. Vom Flur führt eine Tür geradewegs in den Keller, das weiß ich, weil ich den Grundriss dieses Haustyps schon kenne, von anderen Einbrüchen. Man wird schnell süchtig, wenn man sich die Adrenalinspritze einmal in die Venen gejagt hat.

Obwohl ich aus gründlicher Beobachtung weiß, dass Hakennase acht Stunden weg sein wird, schalte ich das Licht der Kellertreppe nicht ein. Licht, das unerwartet ein- und wieder ausgeschaltet wird, kann Nachbarn irritieren, Paketboten. Wozu ein Risiko eingehen, wenn ich mit einer Taschenlampe ausgestattet bin? Natürlich ist es unheimlich, ins Dunkle runterzusteigen. Alles im Keller wirkt bedrohlich, selbst flauschige Wollmäuse, die durch meine Schritte sanft aufgewirbelt werden. Und schließlich suche ich dort unten etwas. Einen Hinweis nach Lucy. Also nach etwas, das noch schwärzer und gemeiner ist, als ich es mir vorzustellen wage.

Der Flur im Keller ist wie viele andere, die ich zuvor gesehen habe: leere Bier- und Weinflaschen, Wasserkisten, ein Schuhregal, in dem ein Paar Turnschuhe und klobige, verstaubte Wanderstiefel stehen. Nichts Außergewöhnliches also. Oder doch. Jedes Haus hat etwas Eigenes, Spezielles. Dieses hier ist besonders nichtssagend.

Dann der Schock. Das Neue. Etwas, das mir in meiner kurzen Karriere als Einbrecherin noch nicht passiert ist: Das Geräusch eines Schlüssels, der sich im Schloss dreht. Die Tür im Erdgeschoss geht auf. Im selben Moment lösche ich das Licht meiner Taschenlampe. Mein Herz rast, meine Halsschlagader verwandelt sich in einen fetten, pulsierenden Wurm. Hat Hakennase eine Putzfrau? Ist er zurück? WARUM?

Ich habe diesen Penner *volle vierzehn Tage lang* beobachtet, um seinen Alltag, seine Gewohnheiten zu bestimmen (inklusive Magnettracker an seinem verdammten Auto), wie kann es sein, dass er dreißig Minuten, nachdem er das Haus verlassen hat, wieder hier ist? Hat er sich krankgemeldet? Was vergessen? Was genau WILL er?

Er kruschelt im Flur rum, pfeift leise dabei. Leute, die pfeifen, fand ich schon immer latent psychopathisch. Und wahrscheinlich rast deswegen eine Gänsehaut über meine Haut. Er könnte alles andere als harmlos sein. Sein Leben könnte doch noch aus anderen Dingen bestehen als den Fahrten zum gähnend langweiligen Steuerbüro (vierzig elende Stunden pro Woche) und einem kurzen Abstecher zum Aldi. Nichts hat er ansonsten in seinem Leben. NICHTS. Keine Affäre, keine Besuche im Fitnessstudio, kein Treffen mit anderen Leuten.

Haus – Steuerbüro – Aldi – Haus.

Alles, was er zu seinem Vergnügen braucht, könnte sich innerhalb dieser vier Wände befinden, keine drei Meter von mir entfernt.

Mir ist so schlecht, dass ich am liebsten in die Wollmäuse kotzen würde. Mein Mageninhalt hangelt sich hoch, bleibt aber in der Kehle stecken.

Nicht kotzen, Amber! Nicht kotzen!

Stattdessen setze ich meine zittrigen Beine in Bewegung. Aber wohin? Waschküche? Unter die Kellertreppe? Letzteres ist eine verflucht schlechte Idee, denn die Treppe hat offene Stufen. Sollte er runterkommen, würde er mich sofort entdecken.

Bleibt nur der andere Raum. Der, vor dem ich Angst habe. Der, in dem Lucy versteckt sein könnte. Doch es nützt alles nichts, denn er setzt sich in Bewegung. Genau wie ich. So sachte wie möglich drücke ich die Klinke der verhassten Tür runter und stelle fest, dass sie unverschlossen ist. Schon poltern seine Schritte auf der Treppe.

Der KELLERTREPPE.

Ich schließe die Tür nicht hinter mir (keine Zeit!), sondern lehne sie nur sanft an und tapse so leise wie möglich ins Stockfinstere hinein. Wohin nur? WOHIN?

Ich kenne diesen Raum nicht, dieses schwarze Loch, deswegen habe ich eigentlich nur eine Möglichkeit: Mich in den toten Winkel hinter der Tür zu quetschen, dem schmalen Spalt zwischen Tür und Wand. Und schon ist er da. Im Flur. Und jetzt in diesem schrecklichen Raum, dessen Licht er pfeifend einschaltet. Ich versuche, nicht zu atmen, obwohl meine Lunge platzen will, verrücktspielt wie nach einem Tausend-Meter-Sprint. Was bin ich nur für eine Idiotin! Auf diese Weise will ich Lucy retten? Indem ich manisch in alle Häuser der Nachbarschaft einbreche, um sie zu suchen? Was, wenn meine Theorie stimmt und Hakennase *tatsächlich* etwas mit ihrem Verschwinden zu tun hat? Wenn ich einem Psychopathen direkt in die Arme laufe? Und keiner ahnt was von meinem Aktionismus? Hätte ich in meinem Zimmer nicht wenigstens einen Zettel mit meinem Vorhaben hinterlassen können? Etwas in die Richtung: Bin heute, am 10. Dezember, bei Verdächtigem XY in der Psychopathenstraße 1a?

»Wo is'n das jetzt?«, nuschelt mein Nachbar in den Raum rein.

Ich selbst stehe zur Salzsäule erstarrt und sehe absolut nichts, weil die Tür, die mich verbirgt, meine Sicht versperrt. Dann der nächste Schock. Die Tür bewegt sich, will langsam zufallen und mich mit Hakennase im Raum einsperren. Wieder krabbelt etwas aus meinem Magen hoch. Fest steht: Das ist mein letzter Einbruch. Und sollte ich es doch wieder versuchen, dann ohne vorher was gegessen zu haben. Vorsichtig strecke ich die Hand aus und halte die Klinke fest, verhindere auf diese Weise, dass die Tür zufällt.

Mr. Schlodder wühlt währenddessen in etwas, das sich nach vollgestopfter Kiste anhört.

»Ach, Scheiße … neee, oder? Diese Schlampe! Ach, hier …!«

Schlampe.

Schlampe?

Bitte, Gott, lass ihn nicht Lucy meinen, lass ihn gehen, lass ihn …

Wieder ein unerwartetes Geräusch. Wenn auch ein vertrautes. Meistens zu hören von Tom, meinem fünfjährigen Bruder, wofür ich ihm jedes Mal den dürren Hals umdrehen könnte. Hakennase hat kräftig einen fahren lassen. Sofort wird mir *noch schlechter*.

Dann setzt er sich in Bewegung. Mein Herz setzt einfach aus, als ich spüre, dass er in Richtung Ausgang geht. In *meine* Richtung. Zwei Sekunden, in denen ich mit der nackten Betonwand des Kellers verschmelzen will. Dann schaltet er das Licht aus und schließt die Tür hinter sich. Einfach so.

Bin ich davongekommen.

Es sei denn …

Er wird mich nicht *einschließen*, oder? War da von außen ein Schlüssel an der Tür? Was zum Teufel soll ich dann machen? Habe ich mit dem Handy hier Empfang? Kann ich eine Innentür picken? Was, wenn …?

Aber er stampft schon wieder die Kellertreppe hoch.

Ich atme flach, will seinen stinkenden Furz nicht einatmen. Trotzdem kriecht sein Gestank in meine Lunge, werden sich meine Synapsen für immer an diesen speziellen faulen, gleichzeitig süßen Geruch erinnern.

Dann die Dunkelheit. Diese absurde Schwärze, die mich umklammert und alles, was hell und gut ist, einfach rauspressen will. Noch immer halte ich eine Hand vor den Mund, muss den Brechreiz unterdrücken. Wann wird er wieder gehen? Und wer ist die Schlampe, von der er genuschelt hat?

Vage nehme ich seine Schritte über mir wahr. Dann ein lauteres Geräusch. Als wäre die Haustür ins Schloss gefallen. Langsam, fast wie in Zeitlupe, hebe ich die Hand mit der Taschenlampe und schalte sie ein. Fast gleichzeitig durchzuckt ein piepsendes Geräusch die Stille – eine WhatsApp-Nachricht, die nebenbei eingetrudelt ist. Okay. Spätestens jetzt kann ich den Brechreiz nicht mehr unterdrücken. Ich stürme aus dem Raum und torkele wie eine Besoffene zur Waschküche, wo ich ein Becken vermute. Es muss einfach da sein.

ES MUSS. Wenn nicht, weiß ich nicht, wie …

Und schon kommt alles raus. Milchkaffee, breiiges Müsli. Während Hakennase vor der Tür sein Auto startet, fällt mir sein widerlicher Furz ein, und ich reihere die letzte Rosine, das letzte einsame Haferflockenblatt raus. Großartig! Einfach mega! So sieht das aus, wenn man am Tatort *keine* DNA hinterlassen will: Man kübelt einfach in die Waschküche!

Aber immerhin gab es hier tatsächlich ein Waschbecken! Und immerhin habe ich es getroffen! Und hey – ich trage Einweghauben über den Schuhen (obwohl die Scheißdinger viel zu rutschig sind, vor allem wenn man sich *schnell* irgendwo verstecken muss). Einweghandschuhe hab ich auch an! Aber mein Handy lautlos stellen? Im Leben nicht dran gedacht! Was bin ich nur für ein jämmerlicher, bemitleidenswerter Vollpfosten! Was wäre gewesen, wenn das Handy gepiepst hätte, während dieser Typ direkt neben mir stand?

Und wer schreibt an einem lausigen Montagmorgen überhaupt WhatsApp?

Nike, aha. Meine geliebte Freundin.

Hey. Wie geht's dir? Vermiss dich voll. Bin froh, wenn du morgen wieder in die Schule kommst. Auch wenn's dir wahrscheinlich anders geht. Bin für dich da, okay?

Okay, Nike, danke für dein Mitgefühl!

Bei dem Gedanken an Schule würde ich am liebsten gleich weiterreihern. Sofort sticht Taylor in meine Gedanken, sein dunkelblonder Wuschelkopf, seine verflucht schönen, türkisfarbenen Augen, sein albernes Sixpack, das er auf Instagram postet. Dieser Arsch. Wenn ich einen Menschen in diesem Universum niemals wiedersehen will, dann ihn. Und doch muss ich morgen notgedrungen im selben Raum sitzen wie er.

Ich beseitige so viele DNA-Spuren von mir, wie es geht. Sprich: Ich wische die Kotze im Becken weg und lasse kräftig Wasser durchs Rohr laufen. Trotzdem könnte es hier heute Abend noch müffeln. Auch egal. Hakennase wird deswegen nicht die Bullen rufen.

Die Waschküche ist genauso einsam wie der Rest des Hauses: ein Wäscheständer mit wenigen, teilweise löchrigen Socken und Boxershorts, die ich mir lieber nicht so genau anschaue. Und nicht zum ersten Mal stelle ich mir die Frage: Warum lebt Mr. Schlodder allein in einem so großen Haus? Schnell werfe ich einen Blick auf mein Handy. Ich habe eine App installiert, mit der ich sein Auto tracken kann. Er ist unterwegs zur Arbeit nach Wiesbaden, wie immer. Hauptsache *weg*. Was mich aufatmen lässt. Jetzt kann ich meine Erkundungen in Ruhe fortsetzen. Dazu schalte ich sogar das Licht in dem verhassten Kellerraum an.

Das fensterlose Loch ist, bis auf ein paar wenige Regale, leer. Einige Umzugskisten stehen wahllos rum, und ich verstehe: Er ist nie richtig angekommen, hat nicht alles ausgepackt. Lustlos trete ich an die erste Kiste ran und ziehe das gerahmte Bild einer Mitfünfzigerin heraus. Mich schaut eine Frau mit braunen Locken an, die ihre Blütezeit zweifellos in den 80ern erlebt hat. Nur so ist der blaue Lidschatten zu erklären. Sie sieht aus wie eine Uschi und ist überall in dieser Kiste zu finden: Es gibt Aufnahmen von ihr im Bikini am Strand, in Wanderkluft auf einem Berg, mit einem Glas Wein in der Hand. Manchmal trägt sie auch nichts und räkelt sich auf einem Laken (unrasiert, Muschipelz).

Von meinem Nachbarn ebenfalls verschiedene Versionen: jünger, mit Lederjacke und Bikerschuhen, strahlendes Lachen, im Hintergrund eine Harley. Mit Freunden in einer Kneipe. Mit Hund auf einem Sofa, mit Hund auf einer Wiese. Und immer wieder Uschi. Ist sie die Schlampe, von der er genuschelt hat?

Ich stöbere in den anderen Kisten herum, finde allerdings nichts außer alten Klamotten und sinnlosem Haushaltsgerümpel: Tischgrill (come on!), Ventilator, selbst bedruckte Tassen und Kissen mit Fotoaufnahmen des Hundes und einer mit Herzchen verzierten Aufschrift: *Ich liebe dich!* Echt jetzt?

Zurück im Erdgeschoss, schaue ich mir das Wohnzimmer genauer an: Ledersofa mit bordeauxroten Kissen, die Wände kahl bis auf zwei großformatige Landschaftsaufnahmen, die mit 100 %iger Sicherheit aus einem schwedischen Einrichtungshaus stammen. Neben einer Mega-Glotze hockt eine mild lächelnde Buddha-Statue – der einzige Versuch, dem Wohnzimmer eine halbwegs dekorative Note zu verpassen.

Zuletzt eine Fernsehzeitschrift auf der Couch und somit der letzte, ultimative Beweis, dass ein *alter Sack* in diesem Haus wohnt. Ich meine keiner, aber auch absolut keiner, den ich kenne, würde sich noch eine Fernsehzeitschrift kaufen (schon mal was vom *Internet* gehört, Alter?).

Der Kühlschrank ebenfalls eine karge Landschaft: Aldi-Lyoner, Aldi-Käse, Aldi-Senf, Aldi-Bier. Letzteres ist an Traurigkeit nicht zu übertreffen. Niemand sollte so tief sinken und Bier aus Plastikflaschen trinken. Oder so verdammt einsam sein. Am liebsten würde ich ihm eine Suppe kochen. Damit ihn irgendwas Warmes empfängt, sobald er nach Hause kommt.

Die Post im Flur bestätigt mir, dass Hakennase Stefan heißt (was ich durch Recherche bereits wusste), vor kurzem zwischen Wiesbaden und Eltville geblitzt wurde und im März eine zweiwöchige Thailandreise gebucht hat. Inzwischen halte ich es für ausgeschlossen, dass er etwas mit Lucys Verschwinden zu tun hat, aber ganz sicher kann man sich nie sein, weswegen ich mich, obwohl mich trotz meiner Lama-Attacke schon wieder schrecklicher Hunger plagt, ins erste Obergeschoss schleppe.

Sein Schlafzimmer ist hellgrau gestrichen und riecht nach kaltem Schweiß und abgestandenem Furz. Sein Bett ist nicht gemacht, auf dem Nachttisch liegen mehrere Thailand-Reiseführer und ein Krimi. Der Inhalt seines Kleiderschrankes ist nicht viel aufregender, aber trotzdem durchsuche ich alles konsequent, selbst seine Wäscheschublade, wo ich ein stattliches Bündel mit Scheinen entdecke. Wie viel mag das sein, viertausend Euro, vielleicht mehr? Stefan scheint jedenfalls nicht der Hellste zu sein. Eine Haustüre, die nicht abgeschlossen ist und ein Geldversteck neben Socken und Unterhosen. Ein Schlaraffenland für Einbrecher, die genau dieses Szenario suchen.

Ich beschließe, mir zweihundert Euro zu mopsen, weil die GPS-Tracker, die ich parallel an diverse Autos geklemmt habe (insgesamt sind es sechs), ein Vermögen gekostet haben.

Im Arbeitszimmer hängt ein Queen-Poster, der Schreibtisch ist staubig und mit Papierstapeln überhäuft. Obwohl mir inzwischen gähnend langweilig ist, fahre ich seinen Laptop hoch und probiere diverse Passwörter aus. Das Wichtigste ist hierbei sein Geburtsdatum, das ich schnell in einem der rumliegenden Briefe finde.

15. Juni 1963. Eine Zeit, in der man noch Fernsehzeitschriften kaufte.

Ich probiere es mit Stefan63, Stefan1963, STEFAN63 in allen möglichen Kombinationen, danach Juni1963 und immer so weiter. Vergeblich. Mit knurrendem Magen lasse ich meinen Blick durchs Zimmer gleiten, bis er auf dem Queen-Plakat hängen bleibt – anscheinend einer originalen Tourwerbung aus dem Jahr 1978 (die erste coole Sache, die in diesem Haus zu finden ist).

Okay. Dann versuche ich es damit. Freddy1978, freddy1978, Mercury1978, mercury1978, fmercury1978.

Das Letzte funktioniert. Einfach so. Sofort kribbeln meine Hände, nimmt der Adrenalinrausch zu. Vielleicht finde ich was. Irgendwas.

Das ihn doch mit meiner Schwester in Zusammenhang bringt. Vielleicht sogar mit Dad. Der sich über unseren Nachbarn ein paarmal lustig machte, ohne ihn richtig gekannt zu haben.

»Warum wohnt der in so einem großen Haus, was meinst du, Amber? Hast du gesehen wie verwahrlost sein Garten ist? Halte dich bloß von dem fern! Am Ende quält der hübsche Mädels im Keller, haha!«

Haha, Dad.

Haha.

Hübsche Mädels, die im Keller gequält werden. Wirklich sehr lustig!

Ich sehe ihn so klar vor mir. Wie er lacht. Die weißen Zähne, sein kratziges Kinn, das Grübchennest an der einen Wange. Als Kind bohrte ich meine Finger hinein, brachte ihn manchmal zur Weißglut damit.

Andere Erinnerungen beginnen schon zu verblassen. Wie genau putzte er sich die Zähne, wie roch er, schnäuzte sich die Nase, welche Radtour haben wir als Letztes unternommen?

Na toll, der Bildschirm verschwimmt vor meinen Augen. Dicke, potenzielle DNA-Spuren kullern meine Wangen runter, schnell wische ich sie weg. Fange ich einmal mit der Heulerei an, brauche ich ewig, bis ich mich wieder beruhigt habe. Und schließlich bin ich hier, um mich abzulenken. Um auf einem fremden Planeten gemütlich rumzuschweben.

In Stefans Mails nichts Auffälliges. Zunächst. Man muss geduldig sein, genau wie mit Passwörtern. Irgendwann stoße ich auf eine Kommunikation mit Monika alias Uschi, die sich offensichtlich das ehemals gemeinsame Steuerbüro inklusive des neuen Geschäftspartners Raffael unter den Nagel gerissen hat. Stefan-Hasi wurde zwar ausbezahlt, beschimpft sie aber regelmäßig per Mail (»Bedeutet ein Eheversprechen eigentlich gar nichts?« – »Ich habe euch vertraut!« – »Raffael war mein *bester* Freund!«).

Die Tatsache, dass Hakennase ausbezahlt wurde, erklärt zumindest sein großes Haus.

Ansonsten das Übliche: ein paar Mails mit losen Bekanntschaften. Sein Internetverlauf ist auch nicht besonders aussagekräftig: Preisvergleiche von Handys, Wettervorhersage, harmlose Pornos. Ich schnüffele noch ein wenig in seinen Ordnern rum, fahre den Laptop aber schnell runter.

Es gibt keine Spuren von Lucy oder meinem Vater. Nichts.

Unsanft lande ich wieder in meiner Welt, in der mir immer übel ist.

So fühlt es sich an, wenn einem kurz mal das Herz rausgerissen wird. An den Eingeweiden rumgekratzt wird, der Seele.

Unten im Flur checke ich ein letztes Mal die Tracking-App. Nur um ganz sicherzugehen, dass er nicht doch wieder vor dem Haus steht.

Und siehe da: Er ist nicht auf der Arbeit. Er ist zwar nach Wiesbaden gefahren, aber nicht zur üblichen Adresse, sondern in die Mainzer Straße. Was genau treibt er da?

Ein Check der besagten Hausnummer ergibt: *Crazy Sexy*.

Oh, Mann. Ein Puff. Really? Um zehn Uhr morgens? Allein bei der Vorstellung streift ein kalter Schatten mein Herz. Er ist so verdammt einsam. Vielleicht noch mehr als ich. Hat der Puff zu dieser Zeit überhaupt schon geöffnet? Für besonders verzweifelte Fälle? Und warum kam er davor noch mal nach Hause? Braucht er dafür etwa ein Bild von Uschi? Oder betreibt er geheime Voodoo-Praktiken?

Wird wohl ein ewiges Mysterium bleiben. Aber wenigstens hat Nike ihre verfluchte Nachricht nicht drei Minuten eher abgesendet. Und wenigstens hatte ich vorhin das Licht im Keller nicht eingeschaltet. All das hätte böse enden können. Scheiße, mir ist so was von schlecht.

2.

Hakennase war mein fünfzehntes Mal. Also sein Haus. Seit gut drei Wochen breche ich inzwischen ein. Manche der Häuser sind nicht abgeschlossen, wie das von Stefan. Andere sind es, aber mit dem passendem Werkzeug kann ich fast alle Schlösser knacken. Manche Türen wiederum haben ein Schloss mit Bohrmuldenschlüssel, wo ich selbst mit dem besten Pickset nicht reinkomme (dafür fehlen mir noch ein paar Monate/Jahre Übung). In diesem Fall steige ich über Fenster oder Terrassentüren ein, manchmal komme ich auch gar nicht in die Wohnungen. Aber meistens schon.

Ich breche nur tagsüber und an Wochentagen ein. Wenn alle arbeiten. Wenn die Straßen leer, die Häuser still sind. Und obwohl ich die Bewohner zuvor intensiv beobachte, klingele ich vor jedem Einbruch mindestens zwei, drei Minuten Sturm – ein Trick, den ich mir in einer Doku auf YouTube abgeschaut habe. Intensives Sturmklingeln zermürbt jeden, und liegt er noch so krank im Bett.

Ein Vorteil ist, dass ich viele der Häuser und Wohnungen bereits kenne. Die Menschen darin natürlich auch. Manche sind unmittelbare Nachbarn, Freunde oder Bekannte. Bei einigen weiß ich sogar, unter welchen Blumentöpfen der Ersatzschlüssel versteckt liegt.

Natürlich fühlt es sich falsch an, in das Haus eines Freundes einzubrechen. Total falsch. So falsch, dass die Wände wackeln und über mir zusammenstürzen wollen. Wie bei einem Erdbeben. In diesem Fall lege ich mich auf das fremde Sofa und starre eine Weile geradeaus.

Bei Anke und Matteo, auf deren Kinder ich bestimmt schon

hundertmal aufgepasst habe, bin ich dabei sogar eingeschlafen. Auf dem türkisfarbenen Sofa, das ich so liebe. Gleich neben Mias Stoffhasen, dessen Schnauze sie mit meinem Lippenstift rot angemalt hat.

Natürlich war das fatal (also das Einschlafen, nicht das mit dem Lippenstift), aber zum Glück bin ich rechtzeitig wieder aufgewacht. Und selbst wenn Anke mich erwischt hätte. Wahrscheinlich hätte sie mir erst mal einen Tee gekocht und mich in den Arm genommen.

Wer weiß.

Die Häuser und Wohnungen von Freunden erzählen alle eine ähnliche Geschichte: von Menschen, die zu sehr im Leben stehen, um alles genau zu nehmen. Eine vergessene Socke in der Ecke, ein Teller mit Krümeln, der nicht sofort in die Spülmaschine geräumt wurde. Trotzdem suche ich alles durch: ihre Keller, Unterlagen, nach Möglichkeit den Browserverlauf der Laptops. Man weiß ja nie.

Ich grabe nach einem Schattendasein, einer Unterwelt zwischen dem Leben, das sie vorgeben, und dem, das sie wirklich führen.

Der Tag ist strahlend blau. Ich schleppe mich in die Stadt, die Luft ist so kalt, dass ich weiße Wölkchen ausatme. Wiesen, Beete und Autos sind mit pudrigem Frost überzogen.

Beim Bäcker verschlinge ich Croissant und Milchkaffee, wobei ich versuche, nicht an Stefans ekligen Furz zu denken. Ein Blick auf mein Handy verrät mir, dass er im Sexy Crazy fertig und wieder auf der Arbeit ist. Heute Abend werde ich den Magnettracker von seinem Wagen entfernen und den nächsten Verdächtigen unter die Lupe nehmen. Die Vorbereitungen für die nächsten Einbrüche werden allerdings schwierig werden. Meine Mutter erwartet von mir, dass ich morgen wieder in die Schule gehe. Was macht das bitte schön für einen Sinn, so kurz vor Weihnachten? Heute ist der zehnte Dezember!

Aber sie insistiert, behauptet, ich würde ansonsten den Anschluss verlieren. Ich *müsse* irgendwann wieder gehen.

Wen interessiert die fucking Schule? Ausbildung, Zukunft, Träume – alles weggewischt an dem Tag, an dem meine Schwester verschwand.

Auch verschwand. Genau wie mein Vater nur einige Wochen vor ihr.

Spurlos, ohne die geringste Andeutung, in der Nacht von Halloween, gleich nachdem sie auf Taylors Party gewesen war.

Als würde es nicht reichen, dass nur *ein* Familienmitglied von jetzt auf gleich verschwindet. Als bräuchte man diese Erfahrung in der doppelten Dosis: zweimal Verzweiflung, zweimal dieses absurd schwarze Loch, durch das man immer weiter fällt. Kein Boden in Sicht. Wurmloch aus purem Schmerz.

Wie soll ich Taylor morgen in die Augen sehen? Wie soll ich mich auf den Unterricht konzentrieren, die mitleidigen Blicke der anderen ertragen? Zwar gibt es den einen oder anderen Lehrer, den ich mag. Anne Hagen (Deutsch) zum Beispiel. Oder Lutz Lüttich (Sport und Geschichte). Aber die werden alles noch schlimmer machen! Bei ihnen genügt ein Blick, eine mitfühlende Geste, um die Kontrolle zu verlieren und mit der Heulerei anzufangen!

Nein, ich kann morgen nicht zur Schule gehen. Jedenfalls nicht einfach so. Nicht ohne Schutzpanzer.

Deswegen stehe ich vor dem Friseur. Es ist einer dieser Läden, in die man auch ohne Termin reintrudeln kann, weswegen ich erst mal im Eingangsbereich rumlungere und mich frage, ob ich meiner Sache sicher bin. Was ich bin. Und was auch besser ist, denn schon kommt eine Mitarbeiterin auf mich zu (brauner

Bob, Nasenpiercing, Tätowierung an den Unterarmen) und lädt mich ein, Platz zu nehmen. Ich hätte Glück. Heute wäre nicht so viel los.

Ungefragt öffnet sie meinen Zopf und durchwuselt meine Haare, die mir in langen dunkelroten Wellen über die Schultern quellen.

»Wow!!! Die sind ja mega! Spitzen schneiden?«

»Nein, ich will sie ab. Pixie Cut!«

Ich betrachte ihr hübsches, blauäugiges Gesicht im Spiegel und kann regelrecht zusehen, wie sie blass wird.

»Nicht dein Ernst, oder?«

»Doch. Bin mir sicher!«

»Nein«, sagt sie und fixiert meine Haare wieder mit dem Gummi, als könnte sie ihre Entscheidung auf diese Weise in Stein meißeln.

»Mache ich nicht! Musst woanders hingehen!«

»Woanders bekomme ich aber heute keinen Termin mehr!«

»Das war also eine spontane Idee von dir, ja? Wusst ich's doch!«

Ihr gelingt ein mildes Lächeln, das ein wenig Farbe auf ihre Wangen zurückzaubert.

»Bitte schlaf noch mal drüber! Solche Haare sind voll was Besonderes, die schneidet man nicht so einfach ab!«

»Muss aber sein!«

»Nein, muss es nicht!«

Ich stelle fest, dass sie gar nicht so viel älter ist als ich. 22, vielleicht 23 Jahre? Sie wirkt wie eine, mit der man lachen und bis spät in die Nacht feiern kann.

Scheiße. Ich hatte mich so sehr auf einen Kaffee, die Kopfmassage und den neusten Tratsch aus diversen Zeitschriften gefreut! Aber dann eben nicht. Ich schlage die Augen nieder und stehe ruckartig auf. Während ich mich an ihrem Wagen mit den Friseurutensilien vorbeiquetsche (Aufschrift mit dem Namen *Leila*), kommt mir ein Gedanke. Eine intuitive Idee, die ich in die Tat umsetze, bevor ich es mir anders überlegen kann. Dann verlasse ich das Geschäft.

Leila raunt mir noch ein »Tut mir leid!« und »Schlaf drüber!« zu, aber ich drehe mich nicht mehr um, sondern gehe schnurstracks zum Rhein, wo einsame Spaziergänger ihre Runden und Möwen ihre Kreise ziehen.

Eine Ewigkeit starre ich auf den Fluss. Lasse das Wasser und unzählige Erinnerungen vorbeiziehen.

Lucy und ich, wie wir als Kinder die Enten gefüttert haben. Die Brotkrumen in die Luft geworfen haben, anstatt auf das Wasser, damit die Möwen sie direkt aus der Luft wegschnappen. Mein erster Kuss, stromaufwärts. Taylor, dessen Hände meine Brüste streicheln, mein Gesicht, meine Haare. Sein warmer Bieratem, das kehlige Lachen.

Jetzt dringt Kälte in jede Pore meines Körpers. Warum muss der Boden schon gefroren sein? Ich stelle mir Dad und Lucy vor, wie sie darin liegen, dicht verpackt in diesen Kühlschrank. Irgendwo müssen sie schließlich sein. Auf oder *unter* irgendeinem Fleckchen kalter Erde.

Ich kauere nah am Wasser. Gleich am Ufer, an einer Stelle, an der sich Strandgut türmt, das der Fluss glattgelutscht hat. Wieder sticht eine Erinnerung in mein Herz. Lucy und ich haben mal so einen riesigen glatten Ast den ganzen Weg bis nach Hause geschleppt, um ihn dort bunt anzumalen und ein Piratenschiff im Garten zu bauen. Noch immer liegt er irgendwo rum, ich glaube in der Garage, wo meine Mutter alle möglichen verrückten Andenken sammelt.

Endlich ziehe ich meine Mütze vom Kopf. Und endlich greife

ich zu der Schere, die ich aus Leilas Utensilienwagen mitgenommen habe.

Obwohl ich eigentlich nichts klaue. So eine Art Einbrecher bin ich nicht. Na gut, die zweihundert Euro aus Stefans Unterhosendepot. Aber das war was anderes! Mundraub. Unsere finanzielle Situation zu Hause ist … schwierig. Dads Gehalt wurde eingefroren, Witwengeld bekommt Mum nicht. Noch nicht. Weil mein Vater ja noch leben könnte.

Ich lege mir die langen Wellen über die Schultern und schneide einfach drauflos. Schmeiße die Strähnen in den Rhein, der sie bis in die Nordsee tragen soll. Mein altes Leben ist futsch. Weg ist die stille, liebe Amber, die zu allem *Ja*, *Bitte*, *Gerne* und *Danke* sagte.

Was soll ich mit diesen Locken? Darauf warten, dass ein neuer Taylor kommt und sie streichelt?

Taylor, was ist das überhaupt für ein beschissener Name? Seine Eltern heißen Britta und Uwe, sind stinknormale Deutsche. Warum verpassen sie ihrem Sohn so einen affigen Namen? Damit er was Besonderes ist, was Großes?

Lucy und ich haben zugegebenermaßen auch ungewöhnliche Namen. Aber Dads Mutter war nun mal Engländerin, weswegen wir mit unserem Vater oft Englisch sprechen. Sie war Diplomatin, genau wie mein Großvater, beide lebten in Bonn, später in Berlin.

Dad nannte Lucy nach meiner Großmutter. Und Amber … das bedeutet Bernstein. Als meine Eltern zum ersten Mal meinen winzigen Kopf mit ein paar roten Löckchen sahen, beschlossen sie, mich so zu nennen. Angeblich noch im Kreissaal.

Ich starre auf den Haarmatsch im Wasser. Nix Nordsee, es bleibt alles im Treibgut stecken. Ich suche einen Stock und schiebe einige Haare in den Strom, gebe es aber irgendwann auf. Was soll's. Keinen wird's scheren. Gut, dass ich sie los bin. Auch wenn ich heule. Einer Version von mir nachtrauere, in der alle meine tollen, langen Haare bewundern. Aber es ist eh keine Lucy mehr da, die sie flechten könnte.

Als ich mich vom Wasser abwende, schaue ich zur Rheinpromenade. Vorhin war sie praktisch leer. Doch jetzt nicht mehr. Jetzt ist das Bild verrutscht, hat sich ein Fremdkörper dazwischengeschoben.

Da vorne auf der Bank sitzt dieser Typ. Der Neue. Jamie.

Noch so ein Wichtigtuer mit affektiertem Namen. Er ist an unsere Schule gekommen, kurz bevor Lucy verschwand. Wie immer hängen ihm seine braunen Strähnen tief ins Gesicht. Als wollte er sich hinter ihnen verstecken. Er schaut einen auch selten direkt an, sein Blick hat immer etwas Verhuschtes, Schüchternes. Obwohl er eigentlich schöne Augen hat. Sie sind braun, mit Wimpern, die für einen Typ unverschämt lang sind. Was genau treibt der hier? Um halb zwölf mittags? Offensichtlich macht er blau. Oder ist krank. Muss der mir so auf die Pelle rücken? Hat der das mit dem Haareschneiden etwa live mitbekommen? Muss er ja, immerhin hockt er da. Oh, Fuck.

Für einen kurzen Moment kreuzen sich unsere Augen, heftet sich sein Blick mit unerwarteter Intensität auf mein tränenverschmiertes Gesicht. Mann, seine Augen sind gar nicht braun. Sie sind fast schwarz. Zwei Brunnenschächte, in die man reinstürzen will. Warum hat der plötzlich so einen krassen Röntgenblick? Und da ist noch mehr. Ein Flackern, das ich nicht deuten kann.

Abrupt wendet er sich ab, starrt jetzt auf einen Gegenstand in seiner Hand, ein kleines silbernes Kästchen. Einen Tick zu schnell lässt er es in seine Jackentasche gleiten. Was wohl da drin ist? Ich muss auf jeden Fall bei ihm einbrechen! Er steht ganz oben auf meiner Liste. Ich habe auch schon einiges über ihn rausgefunden. Seine Mutter ist relativ klein und braunhaarig, mit einem Gesicht voller Sommersprossen. Meistens hält sie ein Kind an der Hand, ein Mädchen mit struppigen Haaren und bunten Strumpfhosen, so alt wie Tom, wahrscheinlich seine Schwester. Sie arbeitet als Erzieherin in dem Kindergarten, in den sie morgens ihre Tochter bringt. Jedenfalls habe ich ihren Namen auf der Website der Einrichtung gefunden: Julia Braun. Jamies Vater habe ich noch nie gesehen. Ob seine Eltern geschieden sind?

Jamie selbst war monatelang auf Instagram aktiv. Genau genommen bis September, seitdem gibt es keine Einträge mehr. Davor scheint er viel unterwegs gewesen zu sein, hat Landschaftsaufnahmen von Island gepostet, den Dolomiten. Anscheinend ein Outdoorfreak. Auf Selfies sieht man ihn lachen, strahlen, und dabei ist mir zum ersten Mal die Lücke zwischen seinen Schneidezähnen aufgefallen. Im echten Leben habe ich sie nie bemerkt. Was dafür spricht, dass er viel zu selten lacht.

Und jetzt hockt er hier am Rhein, um mir diesen unglaublich privaten Moment zu stehlen! Dieser Arsch! Wenn ich Pech habe, weiß es morgen die ganze Schule. Warum lungert er nicht zu Hause auf dem Sofa rum, wenn er schon blaumachen muss?

Nichts läuft wie geplant. Schnell ziehe ich meine Mütze auf. Jetzt hebt er auch noch die Hand zum Gruß. Zaghaft, irgendwie zurückhaltend. Erwartet er, dass ich ihm zuwinke, nachdem ich mir die Haare abgeschnitten habe und dabei in Tränen ausgebrochen bin?

Ruckartig wende ich mich ab und stampfe wieder zurück in die Stadt, geradewegs in den Friseursalon.

Leila schaut mich überrascht an.

»Wieder da?«

Ich nicke und ziehe meine Mütze vom Kopf. Dieses Mal wird

sie nicht blass, sondern bekommt komische rote Flecken auf den Wangen.

»Scheiße, was hast du gemacht???«

»Bitte schneide du den Rest«, weiche ich ihrer Frage aus und setze mich wie selbstverständlich auf den nächsten freien Stuhl. Dabei bewaffne ich mich mit einer *Gala*, damit sie erst gar nicht auf die Idee kommt, mich wieder wegzuschicken.

Sie steht noch einen Moment perplex hinter mir, setzt sich dann aber in Bewegung.

»Willst du … 'nen Kaffee?«

Ich nicke und sehe sie im Nebenzimmer verschwinden. Sofort nestele ich ihre Schere aus meiner Tasche und lege sie zurück an ihren Platz. Ich bin keine Diebin, wie gesagt. Nur unglaublich verzweifelt. Was mir mein Spiegelbild bestätigt. Mein Gesicht ist nicht nur blass, es sieht so fahl aus. Und meine Haare … die totale Katastrophe! Vielleicht war es doch nicht die beste Idee, zum Friseur zu gehen. Nicht wegen des neuen Schnitts, sondern wegen dieser verdammten Spiegel. Hier bin ich gezwungen, mich zu betrachten.

Seit Wochen schon weiche ich meinem eigenen Anblick aus, will diesem Mädchen mit den eingefallenen Wangen nicht begegnen. Das 100 %ige Abbild eines geprügelten Hundes.

Leila bemüht sich um gute Laune. Während ich mich an der warmen Tasse festhalte, zupft sie meine Haare zurecht und macht Vorschläge, was genau wir machen könnten.

Sie hat ein schönes Lachen, voller Lebensfreude. Ich glaube, ich bin auch einmal so gewesen. Irgendwann. Auf einem anderen Planeten.

3.

In nicht mal dreißig Minuten sind wir fertig. Leila quiekt vor Begeisterung.

»Du hast voll das hübsche Gesicht, das sieht man jetzt viel besser! Echt mega! Ich hatte erst Zweifel, aber na ja, du hattest recht! Krasse Typveränderung! Was hast du denn mit deinen Locken gemacht? Hoffentlich nicht weggeschmissen? Da kannst du richtig Kohle für bekommen! Soll ich versuchen, sie für dich zu verkaufen?«

Während ich den Kopf schüttele, spüre ich die neue Leichtigkeit. Mein Kopf fühlt sich klarer an, befreiter. Wenigstens eine Last, die mir von den Schultern gefallen ist.

Ich gebe Leila ein sattes Trinkgeld aus Stefans Unterhosen-Depot und trete zurück in den blauen klaren Tag.

Ich fühle mich etwas besser, weiß aber, dass mein Schutzpanzer noch nicht fertig ist. Dass etwas Entscheidendes fehlt.

Mein nächstes Ziel ist der DM, wo ich vor einem Spiegel mit meinem Experiment starte. Grundierung, etwas Rouge, danach schwarzer Lidschatten, schwarzer Kajal. Es ist das erste Mal seit gefühlten tausend Jahren, dass ich mich schminke. An Smokey Eyes habe ich mich noch nie rangetraut, und entsprechend zittrig wird der Lidstrich. Außerdem dauert es ewig, bis ich fertig bin. Das Ergebnis ist befremdlich. Aber irgendwie gut. Komplette Typveränderung. Meine Augen strahlen doch. Mag daran liegen, dass dieser satte schwarze Farbton das Grün meiner Iris hervorhebt.

Nachdem ich schätzungsweise eine Tonne Schminke gekauft habe, mache ich mich auf den Weg zurück nach Hause. Längst ist es nach Mittag. Mit etwas Glück wird Mum aufgestanden sein und Hunger haben. Wovon ich aber nicht ausgehe. Viel wahrscheinlicher ist, dass sie noch immer im Bett liegt. Dass ihr Kopf dröhnt, ich ihr erst einmal eine Flasche Wasser und eine Schmerztablette ans Bett bringen muss.

Je näher ich unserem Haus komme, desto schlechter geht es mir, werde ich reingezogen in dieses Loch aus Übelkeit und pochenden Kopfschmerzen. Dabei war es früher bei uns zu Hause mal anders: heller, wärmer. Ich will nicht sagen, dass wir uns nie gestritten haben (haben wir!), dass es keinen Stress gab (gab es!), aber zumindest gab es im Kühlschrank etwas zu essen, und meine Mutter stellte alle paar Tage einen Strauß frischer Blumen auf dem Tisch. Es roch bei uns immer nach Rosen und ein wenig nach Lavendel.

Als ich unsere Tür aufschließe, stelle ich fest, dass das Radio läuft. Was ein gutes Zeichen ist. Mum hörte früher immer Radio, ließ sich von der Musik und dem Geschnatter der Sprecher einlullen.

Sie sitzt am Tisch, vor sich eine Tasse Kaffee. Alle meine Hoffnung ist mit einem Schlag zunichte. Sie trägt noch ihren Schlafanzug und hat die Knie angezogen, hält sie mit den Armen dicht umschlungen, als wollte sie sich selbst Wärme spenden. Als sie mich im Türrahmen entdeckt, huscht ein Schatten über ihre Augen.

»Scheiße, Amber!«, kommentiert sie meinen neuen Look.

Ich gehe in die Küche, wo ich ein paar Einkäufe verstaue und Nudelwasser aufsetze. Ich wette, dass sie außer dem Kaffee noch nichts zu sich genommen hat.

Als ich zurück ins Wohnzimmer komme, um sie zu umarmen, stelle ich fest, dass sie weint. Mal wieder. Eigentlich hört das erst auf, sobald sie die ersten Schlucke intus hat. Anschließend wird sie für ein paar Stunden lebendig, beinahe fröhlich. Was kein Wunder ist, schließlich ist dies die Zeit, die sie mit Tom verbringt. Vor einem fünfjährigen Kind darf sie sich nicht gehen lassen.

Als ich ihr die Haare aus dem Gesicht streiche, schaut sie mich genau an.

»Es sieht gut aus, Maus. Ich war eben nur erschrocken, das ist alles.«

»Die smokey eyes hab ich nicht so richtig hinbekommen.«

Jetzt legt sie eine Hand auf meine Wange. Gott, ihre Finger sind so *kalt*. Und sie ist barfuß. Obwohl sie friert, bleibt sie einfach sitzen.

»Für einen ersten Versuch sind sie nicht schlecht. Du hast nur schwarzen Lidschatten genommen. Du musst zuerst einen helleren Ton auftragen, damit es nicht so hart wird. Soll ich es dir später mal zeigen?«

»Klar«, sage ich und greife schnell nach ihrer Tasse, um sie in die Küche zu bringen. Sie soll nicht sehen, dass ich weine.

Meine Mutter riecht sauer. Tranig. Nach Stefans Haus. Und den Kaffee hat sie nicht getrunken. Die Tasse ist noch voll, jedoch eiskalt.

»Warum gehst du nicht duschen? Und wenn du fertig bist, essen wir?«

Sie nickt, bleibt aber sitzen.

»Mum, bitte. Geh duschen.«

Sie antwortet nicht, sondern verharrt reglos. Im Radio säuseln Lady Gaga und Bradley Cooper. Auch das noch. Trägt nicht gerade zur Feierlaune bei. Trotzdem lasse ich die Musik laufen. Das Radio ist ein gutes Zeichen, ein Schritt hin zur Normalität. Bei ihrem Job, im Blumenladen, lief auch immer Radio. Sie und ihre Kollegen nahmen ständig an Gewinnspielen teil, ergatterten Tickets für Konzerte, Kino-Gutscheine. Mama, wie sie immer mit ihren Kollegen lachte. Petra klingelt noch manchmal, um einen Gemüseauflauf oder frischen Salat vorbeizubringen. Wofür ich ihren grauen Lockenkopf liebe. Als ob sie ahnen würde, dass unsere Kraft nur für das Kochen von Nudeln reicht. Seit Wochen nichts anderes außer Pasta, Fertigsoßen und Pizza. Wie sehr mir das zum Hals raushängt!

Während ich den Tisch decke, sitzt Mum immer noch da: barfuß und mit angezogenen Knien. Ich hole ein Paar dicke Socken, die ich ihr über die Füße streife. Dabei packt mich eine Welle Ekel. Sie hat ihre Fußnägel seit einer Ewigkeit nicht mehr geschnitten, ihre Zehen sehen fies aus, krallenartig.

Dabei sehe ich sie vor mir, wie sie einmal war. Eine große Frau in einem Meer voller Blumen. Ihre gerade Haltung, der wippende Pferdeschwanz, knallbunte Sneaker. Ihre Bewegungen waren schon immer behutsam, vor allem wenn sie frische Schnittblumen zu einem Bund schnürte.

Lucy besitzt dieselbe Anmut. Überhaupt sind sich meine Schwester und Mutter so ähnlich: das gleiche sanfte Gemüt, die gleichen blonden Haare. Ich hingegen war schon immer anders: ungeduldiger, quirliger. Genau wie Dad. Jedenfalls war die Zuordnung bei uns immer klar: Lucy Mamakind, ich Papakind. Tom ist irgendetwas dazwischen.

Ich stelle ihr einen dampfenden Teller Nudeln mit Tomatensoße vor die Nase, streue etwas Parmesan über die Portion.

»Du musst was essen.«

Sie schüttelt sachte den Kopf.

»Mir ist schlecht.«

»Mama, bitte! Es geht so nicht weiter!«

Ihre Hand, die nach der Gabel greift, zittert. Doch immerhin spießt sie eine Nudel auf und tastet nach dem Wasserglas, um etwas zu trinken.

»Heute Nachmittag kommen die Kommissare.«

Meine Hand, die ein paar Nudeln in den Mund schieben will, hält abrupt inne.

»Gibt's was Neues?«

Meine Stimme klingt schrill, die Töne sind vor Aufregung verrutscht.

»Nein. Deswegen will ich, dass sie kommen! Die sollen uns mal erklären, was sie eigentlich die ganze Zeit machen! Ich meine, sie *müssen* doch endlich was finden, oder? An irgendeiner Spur dran sein, irgendwas, ich meine, es *muss* Antworten geben ...«

Saures Gift sickert durch meinen Körper. Jeden Tag wünsche ich mir einen Anruf, eine Nachricht, die uns sagt: Wir haben sie gefunden. Sie leben. Sie sind nur irgendwie abhandengekommen, zwischenzeitlich. Alles halb so wild.

Sie könnten gemeinsam eine Safari gemacht haben, einen Ausflug zum Marianengraben, eine Reise zum Mond. Jede noch so absurde Erklärung wäre mir recht, solange sie ihren Weg zurück in unser Haus finden. Lebend.

Ich betrachte Mama, die mit ihrem Besteck die Nudeln von rechts nach links schiebt. Wie lange will sie den verfluchten Parmesan noch unterrühren? Weiß sie nicht, dass ich ihr Ablenkungsmanöver längst durchschaue? Dass sie kaum etwas isst, sondern es nur vorgibt?

»Wann kommen die denn?«

»Um vier. Ich dachte, dass du Tom vorher vom Kindergarten abholen kannst. Damit ich mich fertig machen kann.«

»Du hast noch zwei Stunden Zeit!«

»Ja, ich weiß, es ist nur ...«

»Er fragt ständig nach dir. Ich hab ihn heute Morgen schon gebracht. Ich musste ihm versprechen, dass du ihn holst!«

Jetzt greift sie über den Tisch nach meiner Hand.

»Ich weiß, Schatz. Es tut mir so leid! Ich bin keine gute Mutter im Moment. Ich verspreche, dass es wieder besser wird, ja?«

Jeden Tag das gleiche.

Kannst du nicht …? Schaffst du das, Amber? Könntest du …?

»Okay, ich hole ihn ab. Aber nur unter zwei Bedingungen. Erstens isst du den Teller leer. Und zweitens gehst du gleich duschen.«

Sie nickt und hebt die erste Gabel zum Mund, kaut, schluckt runter. Der Ausdruck, den ich währenddessen auf ihrem Gesicht wahrnehme, macht mir Angst. Es ist Ekel. Als wäre es nicht normal, etwas zu essen.

»Und schneid dir die Fußnägel, ja?«, füge ich hinzu, leise und in der Hoffnung, sie nicht zu verletzen.

Aber ich glaube, dass sie mich gar nicht hört. Ihr Blick ist abgedriftet, weit weg. Sie schwebt in ihrer fremden Welt herum. Genau wie ich auf meinen geheimen Streifzügen. Wir brauchen ihn beide: unseren eigenen, stillen Planeten.

4.

Ich habe beschlossen, dass mein Vater tot ist.

Warum, kann ich gar nicht so genau sagen. Es ist ein Instinkt. Ich fühle ihn nicht mehr. Wenn ich die Hand in den leeren Raum strecke, den Kopf schräg lege. Für jeden Menschen gibt es eine bestimmte Tonspur. Einen unsichtbaren Strang, auf dem sein Puls klopft. Mein Vater hat keinen mehr.

Bei Lu ist das anders. Vielleicht ist es Wunschdenken, mag sein. Aber ich glaube es nicht. Lucy ist meine Zwillingsschwester. Ich weiß, wann sie Kummer hat oder glücklich ist, auch ohne Worte oder Erklärungen. Genauso ist es mit ihrem Verschwinden.

Eigentlich glaube ich ja nicht an diesen Esoterik-Scheiß. Also gar nicht. Aber trotzdem. Sie ist irgendwo da draußen. Und warum auch nicht? Nur ein Idiot würde ein Mädchen wie Lucy wegwerfen. Sie ist zu schön, um auf dem Müll zu landen. Ihre Haut ist so sauber, ihre Augen zwei runde Saphire. Und doch hat sie etwas, das man nicht perfekt nennen könnte, etwas Spezielles. Ihr Mund ist ziemlich groß, ihr Lachen so einnehmend, dass es einen entweder mitreißt oder umhaut.

Dad habe ich am 30. September das letzte Mal gesehen, Lucy fast auf den Tag genau einen Monat später, in der Nacht von Halloween. Als hätten die beiden sich abgesprochen. Als könnte man diese geheimnisvolle Reise (Safari / Marianengraben / Mond) immer nur am Monatsende unternehmen.

Es gibt keine Hinweise darauf, warum mein Vater verschwunden ist. Oder meine Schwester. Bei Lucy kann ich mir noch einen Grund zusammenreimen. Sie ist so hübsch, wie gesagt. Da habe ich gleich irgendwelche Bilder vor Augen. Von Männern, die über sie herfallen.

Aber Dad? Ein 45-jähriger Gymnasiallehrer, der Deutsch, Englisch und Geschichte unterrichtete? Er war so beliebt, nicht nur in der Lehrerschaft, sondern auch bei den Schülern, war sogar Vertrauenslehrer. Wer könnte es auf ihn abgesehen haben?

Ihm was zuleide tun wollen?

Er ist an einem Dienstag verschwunden, einem Tag, an dem er bis zur sechsten Stunde Unterricht gehabt hat. Danach ist er nach Hause gegangen, was wir sicher wissen, weil wir seine Schultasche im Wohnzimmer und Spuren eines Mittagessens gefunden haben. Auch sein Handy hat er liegen gelassen, was ebenso typisch wie tragisch ist, weil ihn die Polizei sonst hätte orten können.

Lucy und ich hatten an diesem Tag bis zur neunten Unterricht, und irgendwann dazwischen hätte Dad Tom vom Kindergarten abholen sollen. Wo er allerdings nie angekommen ist. Also muss er sich irgendwo zwischen unserem Zuhause und dem Kindergarten in Luft aufgelöst haben. Nur wo? Wurde er angefahren und in ein Auto gezerrt, weil der Fahrer sich dem Unfall nicht stellen wollte? Von irgendwem angesprochen und in irgendwas reingezogen? Oder ist er erst gar nicht in Richtung Kindergarten gegangen, sondern woanders hin? Hatte er einen Burn-out, eine geheime Liebschaft, ist er am Ende einfach nur abgehauen? Die Polizei ermittelte in alle Richtungen, aber wir wissen nichts, uns liegen keinerlei Hinweise vor! Fest steht nur: Er hat weder unser Auto noch sein Fahrrad genommen. Er war zu Fuß unterwegs.

Und was Lucy betrifft: Bei ihr sind wir genauso planlos. Was genau ist geschehen, nachdem sie Taylors Halloweenparty verlassen hat? Die Polizei setzte alles in Bewegung, um jedes noch so kleine Detail dieser Nacht zu rekonstruieren. Aber egal, wie sehr sie auch nachbohrten, es blieben Lücken.

Was wir wissen, ist Folgendes: Die Party begann gegen acht. Tays Eltern waren für zwei Nächte unterwegs gewesen, weswegen sich eine Halloweenhome geradezu aufgedrängt hatte. Es waren gefühlt tausend Leute da, viele aus unserer Stufe, aber auch ein paar Ältere aus Henrys Jahrgang.

Das größte Problem jener Nacht war, dass fast alle verkleidet gekommen sind. Manche trugen Masken, die das Gesicht komplett bedeckten, so dass die Bullen jede Identität mühsam aufdecken mussten.

Weil ich schon gegen sechs Uhr mit dem Trinken angefangen hatte, war ich gegen halb zehn schon so voll, dass ich bereit war, mit Taylor eine Nummer zu schieben. Dies sind genau die Art Aktionen, die er liebt: mehr oder weniger offensichtlich in sein Zimmer abzuhauen, um sich anschließend mit angeberischem Grinsen zurück in die Menge zu stürzen. Natürlich ohne bei erhoffter Nachfrage meinen Namen zu nennen, klar. Tay liebt alles Unausgesprochene, Nebulöse. Wir waren nie offiziell zusammen oder so. Es ahnte nur jeder, dass etwas zwischen uns lief.

Tay bestand sogar darauf, die Zimmertür nicht abzuschließen, und ohne großartig drüber gesprochen zu haben, wusste ich, dass ihn die Vorstellung einer offenen Tür so richtig anmachte.

Danach bin ich eingeschlafen und erst wieder aufgewacht, als Lucy ins Zimmer gestürzt kam, um mich kräftig durchzuschütteln. Das soll (laut Aussagen der Partygäste) gegen halb elf gewesen sein. Ich selbst weiß es nicht mehr so genau, weil ich schlaftrunken und noch immer ganz schön breit war.

Sie war ziemlich hysterisch, was untypisch für meine Schwester ist und eigentlich nur dann passiert, wenn ich mich ungefragt an ihrem Kleiderschrank bediene oder vergesse, die Meerlis zu füttern.

»Steh sofort auf, Amber! Wir hauen ab!«

»Was'n los? Wieso?«

»Taylor ist so was von ein Arsch, das ist los! Er tut dir nicht gut! Scheiße, du bist NACKT! Jeder kann hier reinkommen und dich sehen. ALLE reden über dich!«

»Is mir egal! Chill mal! Is nich grad 'n Traumprinz, aber er lenkt mich ab. Scheiße, Lu, ich kann nich mehr! Vermisse Dad so!«

»Ich auch, Amber, ich weiß. Aber jetzt steh auf, Sweetie, bitte!«

Mit *Sweetie* hätte sie mich fast gekriegt. So nennt Dad uns manchmal, das weckt Erinnerungen. Und wahrscheinlich wäre auch alles gut geworden, wenn ich nicht so viel getankt hätte. Dann wäre ich mit ihr gegangen, und diese ganze Kacke wäre nicht passiert. Doch so. Musste ich rebellieren. Zurückschreien, in die Defensive gehen.

»Alter, lass mich jetzt! Ich komm morgen nach Hause, will schlafen!«

»Bitte, Amber, hör mir mal zu …!«

»Scheiße, HAU AB!«

Normalerweise sperre ich diese Erinnerung weg. So weit wie es geht. Kategorie Marianengraben: alles in eine Bleikiste stecken und über Bord werfen. Dieses Bild von Lucy, wie sie da steht, mitten in Taylors Zimmer: Ihr Haar war zerzaust, die Lippen leicht gerötet. Sie war nicht verkleidet, sondern trug ihren einfachen grauen Lieblingspullover und Jeans, dazu weiße Sneaker. Ihre blauen Augen, wie sie mich ansahen. Sie waren so glasig, so scheiß traurig.

Scheiße, HAU AB.

Warum müssen das die letzten Worte an meine Schwester gewesen sein? Warum nur? Und warum ist sie in Tays Zimmer so ausgeflippt?

Das war total untypisch für Lu. Gut – ich hatte ihr nichts von

Tay und mir erzählt. Obwohl sie ein paarmal gefragt hatte, ob da was zwischen uns lief, habe ich sie immer wieder angelogen, alles abgestritten. Ich wollte nie zugeben, dass ich was mit ihm hatte. Weil es sich nie richtig anfühlte. Weil ich schon ahnte, dass er sich niemals in mich verlieben würde.

Als ich mich um halb vier aufmache, um Tom vom Kindergarten abzuholen, ist das Licht bereits milder, fast golden. Die Dunkelheit wird jetzt schnell herabsinken, wie immer im Dezember. Ein Vorhang, der viel zu früh fällt, dicht und kalt.

Seit neuestem fürchte ich mich vor der Nacht. Vor dieser Schwärze, die alles verschluckt: Orte, Gedanken, Silhouetten. Manchmal auch einen Menschen.

Irgendwer hat Dad mitgenommen. Und Lucy. An Halloween. Vielleicht ein Geist, der im flatternden Umhang um die Häuser zog. Ein Horrorclown, das Gesicht zu einer Grimasse verzerrt. Wie in diesem Buch von Stephen King.

Eigentlich liebe ich die Zeit kurz vor Weihnachten. Dieses Gefühl, in ein warmes Zuhause zu kommen, sich einzukuscheln. Im Vorbeigehen schaue ich in ein paar Fenster, die bereits erleuchtet sind. Anke ist da und lässt ihre Kinder im Wohnzimmer toben. Daneben wohnt Karl, ein Witwer, der sich gerade über ein Kreuzworträtselheft beugt. Seine Hausschuhe sind rotweißkariert, die seiner Frau stehen noch im Flur, sind rosafarben und verschlissen. Eine Erinnerung an das Leben, das er führte. Was bleibt, ist das Fotoalbum mit den Bildern seiner Enkelkinder, das neben seinem Bett liegt.

Jedes Haus, jede Wohnung erzählt eine eigene Geschichte. Und ich bin sicher, dass eine von ihnen mit Lucy und Dad verwoben ist. Fast alle unsere sozialen Kontakte stammen von hier, schlagen in Eltville, in dieser Kleinstadt, Wurzeln. Irgendwo in einem dieser Häuser, hinter einer dieser Wände, muss eine Geschichte vergraben liegen. Eine Geschichte, die mir meinen Vater und meine Schwester gestohlen hat. Ich muss sie nur finden, darf nicht aufgeben zu suchen. Vor Gespenstern darf man sich nicht fürchten.

5.

Im Kindergarten ist Tom fast der Letzte. Außer ihm ist nur noch ein anderes Kind da, Julian, ein blonder Junge mit Latzhose und den braunen Knopfaugen eines Teddybären, mit dem Tom eine klassische On-Off-Beziehung pflegt. An manchen Tagen ist er sein bester Freund, an anderen der Todfeind. Momentan kann Tom ihn nicht leiden, weil er letzte Woche den Playmobil-Traktor zerstörte, den Dad ihm zum Geburtstag geschenkt hat.

»Hallo«, begrüße ich die Erzieherin, Nicole, die in weißer Bluse zwischen den malenden Kindern am Tisch sitzt. Tom würdigt mich keines Blickes, was ich ihm nicht mal verdenken kann. Ich hatte ihm versprochen, dass Mum ihn abholen kommt.

»War alles in Ordnung?«, erkundige ich mich bei Nicole.

»Ja, alles gut. Nur eine Kleinigkeit.«

Schnell steht sie auf, um mich für ein Gespräch beiseitezuziehen.

»Ich wollte nur noch mal sagen, dass die Kinder zum Frühstück *keine* Süßigkeiten mitbringen sollen!«

Süßigkeiten? Wo hat das Monster die schon wieder her?

»Ich habe ihm keine eingepackt. Meine Mutter auch nicht«, sage ich.

»Uns ist es wichtig, dass die Kinder ein *ausgewogenes* Frühstück mitbringen, mit viel Obst oder frischem Gemüse, dazu am besten ein *Vollkorn*brot. Milchschnitte gehört definitiv nicht dazu! Das ist eine Süßigkeit und führt zu Streit in der Gruppe!«

Ich starre sie entgeistert an. Sie gehörte nie zu meinen Lieblingserzieherinnen, ganz einfach, weil ich ihre tadellose Kleidung genauso fehl am Platz finde wie die albernen Perlenohrringe.

Alleine ihre rote Hornbrille ist ein Farbklecks, ein Zeichen, dass sie irgendwie doch in einen bunten Kindergarten passen könnte.

»Außerdem ist morgen die Weihnachtsfeier! Ab drei Uhr! Wir wollen alle gemeinsam basteln! Tom wünscht sich so sehr, dass seine Mutter dabei sein wird. Kommt sie denn?«

»Weiß ich nicht«, gebe ich zu. »Nicht alle Probleme lassen sich so schnell lösen wie das mit der blöden Milchschnitte!«

Mit diesen Worten wende ich mich ab, lasse den Drachen mit der roten Brille einfach stehen. Ihre Blicke brennen in meinem Rücken, aber ich wende mich Tom zu, streiche ihm sanft über den Kopf.

»Was malst du?«

»Unsere Familie. Schau, hier«, erklärt er mir das Bild. »Hier unten sind du, Mama und ich. Lucy und Papa sind da oben.«

Er deutet auf zwei gekritzelte Gestalten, die in den Wolken schweben. Lucy hat blonde Zöpfe, ein großes Lachen, Dad erkenne ich an seinen schwarzen Haaren und den blauen Sneakern, die er zuletzt getragen hat. Der Schmerz packt mich unvermittelt und so schonungslos, als wäre ich gegen eine unsichtbare Glaswand gelaufen.

»Du hast unsere Meerschweinchen vergessen«, presse ich raus. »Und die Katze.«

»Blitz male ich noch.«

»Zu Hause, ja? Max kommt gleich.«

»Echt?«

Sofort springt er auf, räumt eilig die Stifte zurück, schnappt sein Bild und läuft in den Flur, um sich anzuziehen. Tom liebt Max, seitdem der Kommissar ein paarmal Fußball mit ihm gespielt hat.

»Hast du was zu essen dabei?«, fragt er mit freudigen Flecken im Gesicht.

»Ja.«

Eine Milchschnitte.

»Was denn?«

»Ein Vollkornbrot.«

»DAS WILL ICH ABER NICHT!«, brüllt er und schmeißt trotzig seinen Rucksack auf den Boden. Wie sehr ich diese Wutausbrüche hasse. Trotzdem kann ich ihn verstehen. Er ist müde, Julian hat eine Erinnerung an seinen Vater zerstört, und das Bild, das er gemalt hat, zeigt mir ganz nüchtern die traurige Landschaft seiner Seele.

Inzwischen hat er sich längs auf den Boden geworfen und sich so richtig in seine Wutattacke reingesteigert. Und so gerne ich ihm auch sagen würde, dass das mit dem Vollkornbrot nur ein Witz war (nicht gerade der beste, okay …), weiß ich, dass ich jetzt nicht an ihn rankomme (er würde mich gar nicht *verstehen*, weil er immer noch jault wie ein Irrer). Also gebe ich ihm mit Handzeichen zu verstehen, dass ich draußen vor der Tür auf ihn warte, was meistens funktioniert, um ihn wieder zu erden.

Und tatsächlich: Wenige Minuten später kommt er auf mich zu, mit hängendem Kopf, seinen Rucksack wütend gegen die Beine schleudernd.

»Du hast mir versprochen, dass Mama kommt!«

»Ich weiß, Tom. Tut mir leid.«

»Und jetzt noch dieses blöde Brot! Wieso hast du keine Milchschnitte mitgebracht?«

»Hab ich doch. Schau mal hier …«, sage ich und ziehe die Süßigkeit aus meiner Tasche.

Jetzt strahlt er wieder. »Warum hast du das nicht gleich gesagt???«

»Weil im Kindergarten keine Milchschnitten erlaubt sind. Nur Vollkornbrote!«

»Ich weiß!«, bestätigt er gierig kauend. »Ich hab voll Stress bekommen!«

»Dann bleibt das jetzt unser Geheimnis, ja?«

»Okay«, mampft er und greift nach meiner Hand. Seine Finger sind warm und klebrig, wie immer.

»Weißt du was?«, sage ich jetzt und knie mich zu ihm runter. »Ich hab eine Überraschung!«

»Welche denn?«

»Ich habe mir die Haare abgeschnitten!«

Wortlos greift er nach meiner Mütze und zieht sie mir vom Kopf.

»Voll blöd!«, lautet sein Kommentar. »Und deine Augen sind voll schwarz angemalt! Wie bei 'nem Pirat!«

Ich nehme ihn fest in den Arm.

»Hast du mich trotzdem noch lieb?«

Er nickt, küsst Milchschnittenbröckchen auf meine Wange.

»Meinst du, Lucy hat sich die Haare auch abgeschnitten?«, fragt er, während wir weitergehen.

»Glaub ich nicht.«

»Vielleicht hat der Kinderdieb das bei ihr gemacht?«

Ich drücke seine Welpenpfote, wieder schießen Tränen hoch. Verdammtes scheiß Leben! Schon jetzt sehne ich mich nach dem nächsten Einbruch. Diesem Gefühl, eine Grenze zu überschreiten, einfach alles hinter mir zu lassen, nur noch das Adrenalin in meinem Körper zu spüren.

Tom erklärt sich das Verschwinden der fehlenden Familienmitglieder auf einfache Weise: Lucy hat ein Kinderdieb geholt, Dad hatte einen Unfall und konnte bisher nicht nach Hause kommen. Was genau Tom unter einem »Unfall« versteht, schwankt je nach Tageslaune zwischen einem Fahrradunglück oder einem Wanderausflug, bei dem sich unser Vater hoffnungslos verlaufen hat. Manchmal ist Dad auch in geheimer Mission unterwegs, um bedürftigen Schülern zu helfen oder als Undercoveragent zu arbeiten. Wie logisch das klingt!

Und wie sehr ich mir wünsche, ich könnte ihm glauben.

6.

Zu Hause stelle ich erleichtert fest, dass Mum geduscht und sich die Haare gewaschen hat. Aufrecht sitzt sie den beiden Kommissaren gegenüber und erinnert mich dabei sogar an den Menschen, der sie einmal gewesen ist: ihre stille Anmut, die geraden Schultern.

Aber irgendwie auch nicht. Ihre Hände, die eine dampfende Tasse Tee umklammern, zittern leicht. Aber immerhin hat sie es geschafft, den Männern etwas Warmes anzubieten.

»Hey Amber«, begrüßt sie mich.

»Hallo«, sage ich und setze mich zu ihnen an den Tisch. Dankbar stelle ich fest, dass noch warmer Tee in der Kanne ist, und gieße mir eine Tasse ein. Tom steht währenddessen erwartungsvoll neben Max und zupft ihn am Ärmel.

»Spielen wir Fußball?«

Max verstrubbelt meinem Bruder die Locken.

»Im Dunkeln? Wollen wir nicht lieber was anderes machen? Memory zum Beispiel?«

»Da verlierst du doch immer!«

Er lacht, und ich erwische mich dabei, dass ich ihn anstarre. Mal wieder. Obwohl ich das nicht sollte. Ich will keinen Typen attraktiv finden, der im Fall meiner Schwester ermittelt.

»Wie geht's dir, Amber?«, fragt er jetzt, während er noch immer lächelt und mit Tom rangelt. Trotzdem bohrt sich sein Blick auf mich, huschen seine braunen Augen zu meinen kurz geschnittenen Haaren.

Statt zu antworten, glotze ich ihn stumm an. Ich hasse diese Frage, vor allem, wenn sie ehrlich gemeint ist, deswegen sage ich lieber nichts.

Über Facebook habe ich rausgefunden, dass er 25 ist, also eine gefühlte Ewigkeit älter als ich. Trotzdem fasziniert mich sein Gesicht, diese Entschlossenheit darin, die vielen Muttermale, die auf seine Haut gestreut sind. Er postet nicht viel, zumindest nicht öffentlich. Nur hin und wieder ein Bild von einem seiner Boxwettkämpfe oder Reisefotos, die letzten stammen aus Peru.

»Also haben Sie immer noch nichts ...«, sagt meine Mutter. Ihre Stimme ist so zerfasert, dass ich begreife: Sie haben schon eine Weile geredet, allerdings ohne Ergebnis.

»Vielleicht gehe ich mit Tom kurz in sein Zimmer? Wenn das okay ist?«, fragt Max, um zu verhindern, dass Tom dem Gespräch folgen muss. Meiner Mutter gelingt ein mattes Nicken. Es ist absehbar, dass sie bald heulen wird.

Eigentlich läuft das immer so ab: Max wendet sich Tom und mir zu, während sein älterer Kollege Andreas mit meiner Mutter spricht und versucht, sie zu beruhigen.

Nein, sie hätten Lucy und Oliver nicht abgeschrieben.

Ja, sie gehen davon aus, dass ihr Verschwinden zusammenhängt.

Ja, sie würden immer noch Befragungen durchführen.

Tatsache ist jedoch, dass die beiden immer seltener hier aufkreuzen. Unmittelbar nach Lucys Verschwinden kamen sie ständig oder riefen an, um Fragen zu stellen. Allmählich werden die Abstände zwischen ihren Besuchen größer. Auch die Presse ist ruhig geworden. Bald ist Weihnachten. Da will man sich mit anderen Dingen beschäftigen.

Weihnachten – alleine bei dem Gedanken an Heiligabend drehen sich meine Eingeweide im Kreis. Wobei das zu harmlos beschrieben ist. Alles, was meine Welt zusammenhält, wird kleingehäckselt, wie in einem Mixer.

Wie viele Tage sind es noch bis dahin? Vierzehn. Ganze zwei Wochen. Mit Sicherheit hat Mum für Tom noch kein Geschenk besorgt.

Während Max und Tom im Obergeschoss verschwinden, lungere ich noch am Tisch herum, Andreas fixierend.

Ich mag ihn, genau wie Max. Er ist älter, aber genauso sportlich. Ich weiß, dass er Marathon läuft, nicht nur von Instagram, sondern auch, weil er es mir erzählt hat. Seine Haare sind grau meliert, seine Augen stechend blau.

Andreas und Mum führen das übliche Gespräch, ein Frage-Antwort-Pingpong, das sich bei jedem Treffen wiederholt.

Ob uns noch etwas eingefallen wäre?

Ob wir eine unangenehme Begegnung gehabt hätten, vielleicht auf einem Spaziergang oder im Supermarkt?

»Nein«, sagt Mum. »Nur eine Sache. Unsere Katze ist weg.«

Andreas schaut meine Mutter an. Sein Ausdruck ist ernst, nie lässt er sich seine Gedanken anmerken. Dabei kann ich mir schon denken, was ihm im Kopf herumspukt. Es ist nur eine Katze. Wahrscheinlich wurde sie überfahren. Halb so wild.

»Es ist Lucys Katze«, ergänze ich. »Sie war noch nie länger weg, das ist total untypisch!«

»Sie heißt Blitz, oder?«

»Ja, wegen diesem Muster auf ihrem Fell. Das aussieht wie ein Blitz. Sie ist schwarz-weiß, ich schicke dir ein Foto.«

Anders als meine Mutter duze ich die Beamten. Nicht, weil sie mir es angeboten hätten, sondern, weil mir Höflichkeitsfloskeln inzwischen vollkommen egal sind. Sie wissen alles über unsere Familie. Über die Ehe meiner Eltern (liebevoll, nur selten Streit und wenn, dann wegen Lappalien wie zum Beispiel der Frage, wer die Spülmaschine ausräumt), unsere Beziehung untereinander, einfach alles. Da kommt es mir falsch vor, die beiden zu siezen.

Max zog mir sogar Details zu Tay aus der Nase. Er bekam alles live mit: meine Orientierungslosigkeit nach Dads Verschwinden, meine Alkoholeskapaden, meinen peinlichen Absturz mit dem hübschesten Jungen der Schule. Und natürlich hat er auch Taylor selbst befragt. Genau wie alle anderen, die in jener Nacht auf der Halloweenparty waren. Der Nacht, in der Lucy verschwand.

»Was soll ich meiner Tochter sagen, wenn sie zurückkommt und Blitz weg ist …?«

Jetzt schluchzt meine Mutter. Ich streiche ihr liebevoll über den Rücken, lasse sie aber am Tisch zurück, weil ich ihren Schmerz nicht aushalten kann. Es ist zu viel. Nicht nur ihr Rücken ist krumm, sondern auch ihre Seele. Diese Verzweiflung, die aus jeder Pore ihres Körpers tropft, dieser elende Kummer. Ich hasse es, sie so zu sehen! Es ist, als würde ich geradewegs in mein Spiegelbild starren.

Im Flur werfe ich einen prüfenden Blick auf mein Handy. Stefan ist wieder zu Hause, sehr gut. Leise verlasse ich das Haus und gehe in der Dunkelheit unsere Straße entlang, bis ich nach wenigen Minuten sein Haus erreiche. Sein Wagen steht in der Einfahrt, wie immer. Ringsum ist niemand zu sehen, also ist alles gut. Trotzdem bin ich nervös. Beim Anbringen der GPS-Tracker ist einmal die Alarmanlage angegangen. Bevor ich sein Auto anfasse, ziehe ich Plastikhandschuhe über. Ich habe immer ein Paar dabei, in der Tasche meines Parkas. Für Notfälle. Wie es jetzt einer ist.

Es ist denkbar einfach, einen GPS-Tracker anzubringen und wieder abzumachen. Es ist ein Magnet, den man einfach nur abziehen muss. Ein Kinderspiel.

Sobald ich ihn zurückhabe, gehe ich zügig zurück nach Hause. Dabei drehe ich mich ständig um, werfe Blicke nach allen Seiten. Meine Hände sind zu Fäusten geballt, stecken in den Taschen meines Parkas. Mit dem Schlagring an der rechten Hand fühle ich mich etwas sicherer. Ich habe auch ein Pfefferspray dabei. Aber ob das im Ernstfall was bringt? Ich bezweifele es. Ein kräftiger Mann könnte mich einfach überwältigen und in ein Auto zerren. Wenn man nicht gerade ein Karatecrack ist, hat man überhaupt keine Chance.

Meine größte Angst ist, dass auch noch Tom verschwindet. Wer garantiert mir, dass das nicht passiert?

Bevor ich nach Hause zurückkehre, rufe ich nach Blitz. Zusätzlich mache ich Schnalzlaute, die sie normalerweise anlocken. Doch nichts. Sogar die verdammte Katze hat uns verlassen! Dabei hat sie vor ein paar Tagen noch auf meinem Bauch geschlafen und geschnurrt. Eigentlich ist es Lucys Tier, genau wie die beiden Meerschweinchen. Seitdem meine Schwester weg ist, hat sie chronisch schlechte Laune und tigert lustlos zwischen den verbleibenden Familienmitgliedern umher, nur um irgendwann bei der Person zu landen, die sie aktuell am dringendsten braucht. Was in der Regel meine Mutter ist.

Als ich zurück in den Flur komme, steht Max mir plötzlich gegenüber.

»Wo warst du?«

»Kurz draußen.«

»Warum?«

»Blitz ist weg.«

»Die Katze? Seit wann?«

»Drei Nächte.«

»Warum hast du nichts gesagt?«

»Ist es von Bedeutung?«

Wie eingehend er mich anschaut. Immer wieder zucken seine Augen zu meinen kurz geschnittenen Haaren.

»Vielleicht. Sie gehört Lucy, oder?«

Wie gut er uns kennt. Er weiß alles, wie gesagt. Lu will Tierärztin werden. Sie holte Blitz aus dem Tierheim, wo sie gelegentlich mit Hunden Gassi geht, die so alt und hässlich sind, dass sich sonst keiner mit ihnen beschäftigen will.

Max schaut mich intensiv an. Er ist so sehr Bulle. Er spürt, dass irgendwas faul ist, kann es aber nicht benennen.

»Rauchst du?«

Jetzt kommt er näher. So nah, dass ich ihn *riechen* kann. Und Max riecht gut. Das weiß ich, weil ich vor ein paar Wochen mein Gesicht an seinen Hals drückte. Hätte ich nicht so geheult, hätte ich die Gelegenheit genutzt und an ihm geschnüffelt. Seinen Geruch einfach weggesaugt, wie ein Vampir.

»Nein, ich rauche nicht.«

»Zeig mir mal, was du so in deinen Jackentaschen hast.«

»Hä?«

»Hast du was zu verbergen?«

»Vertraust du mir nicht?«

»Ich will einfach nur wissen, wie es dir geht. Du beantwortest die Frage ja nicht.«

»Und du glaubst, du findest die Antwort in meinen Jackentaschen? Du kennst sie doch! Wie soll es mir schon gehen? Beschissen halt! Ich muss morgen wieder in die Schule!«

»So kurz vor Weihnachten? Macht das Sinn?«

»Frag das meine Mutter!«

Ich bemerke zarte Lachfalten um seine Augen. Aber er wird sofort wieder ernst und deutet auf meine Jackentaschen.

Meine Gedanken rasen. Meine Lieblingssnake und der Spanner, mit denen ich Stefans Schloss gepickt habe, befinden sich noch darin, ich muss also aufpassen, dass er die Werkzeuge nicht sieht. Scheiße, wieso habe ich das Zeug nicht längst weggeräumt?

»Was jetzt?«, fordert er mich auf.

»Okay, schon gut! Hier.«

Ich lege Schlagring und Pfefferspray in seine Hand. Sein Ausdruck wird sofort mild, und ich begreife: Er weiß gar nichts, tappt im Dunkeln. Alles wäre gut, wenn mir bei dieser Bewegung nicht etwas aus der Tasche gefallen wäre. Der Gegenstand ist so leicht, dass wir ihn nicht direkt bemerkt haben. Aber jetzt bückt sich Max und hebt einen meiner Gummihandschuhe auf.

»Und das?«, will er mit prüfendem Blick wissen.

Mein Herz macht einen gewaltigen Sprung, pumpt pures Adrenalin.

»Damit hab ich das Fahrrad von Tommy repariert!«

Sein Blick bleibt eindringlich, und ich versuche nicht zu zittern, während ich ihm den Handschuh wieder abnehme.

»Habt ihr was rausgefunden?«

»Nein. Aber wir bleiben dran. Das verspreche ich dir!«

Erst jetzt streife ich die Schuhe von den Füßen und hänge meine Jacke in den Schrank. Wenn sie einmal weggeräumt ist, wird er nicht weiter in den Taschen rumschnüffeln, oder?

»Bekommt deine Mutter das mit dem Kleinen hin? Wenn du wieder in die Schule gehst?«

Seine Frage ist so bitter, dass ich im Rachen Galle schmecke. Trotzdem beeile ich mich, ihn in dieser Hinsicht zu beruhigen. Keiner soll wissen, wie schlimm es um Mum steht. Keiner. Ich kann verstehen, dass sie trinkt. Habe ich eine Weile lang schließlich auch gemacht. Was bleibt ihr denn? Soll sie den ganzen Tag im Wohnzimmer meditieren und Yoga machen?

Sie wird es rausschaffen aus diesem Loch.

Bald. Irgendwann. Ich glaube an sie.

»Schreib mir mal, wie es in der Schule ist«, reißt Max mich

aus meinen Gedanken. »Vor allem, wenn dir etwas auffällt. Irgendwas.«

»Ich hab heute den Neuen gesehen, am Rhein. Er hat blaugemacht.«

»Jamie?«

»Mit dem ist was faul. Der ist strange.«

»Nur weil einer seltsam ist und mal blaumacht, muss er nicht gleich ein Verbrecher sein. Außerdem hat er für den 31. ein Alibi.«

»Bestimmt ein beschissenes. Was hat er an dem Abend denn gemacht?«

»Du weißt, dass ich dir das nicht sagen darf. Aber wir haben es überprüft. Es war absolut glaubwürdig, bitte vertrau mir.«

»Was ist eigentlich mit seinem Vater? Sind seine Eltern geschieden?«

»Da musst du Jamie schon selbst fragen!«

»Klar! Am besten lade ich ihn zum Kaffeekränzchen ein!«

Anschließend kümmere ich mich um Tom. Koche ihm warmen Kakao, schmiere ein Brot. Um sieben Uhr muss er im Bett liegen, sonst fängt er zu randalieren an. Die Hände meiner Mutter zittern stärker. Andreas, der ihr immer noch gegenübersitzt, kann es nicht übersehen.

Auch ihr Blick ist unruhig, huscht immer wieder in Richtung Küche. Sie zählt die Minuten, bis die beiden Polizisten wieder gehen. Bis sie endlich aufstehen und sich das erste Glas einschenken kann.

Dabei blieb sie nach Dads Verschwinden lange stark. Für uns Kinder. Ihr Absturz begann erst, nachdem auch Lucy verschwand.

In der Zeit dazwischen trank ich. Nicht so viel wie Mum, aber definitiv zu viel. Wir wechseln uns einfach ab. Wie bei einem Staffellauf. Wirklich ein großartiges Team!

»Ich hab was für euch!«, erklärt Tom und drückt Andreas und Max jeweils ein Bild in die Hand. Darauf erkenne ich die Konturen eines blauen Wagens mit blinkenden Lichtern.

»Seid ihr endlich mit 'nem richtigem Polizeiauto da?«

»Neee, tut mir leid, Tom«, meint Andreas. »Du weißt doch, wir sind verdeckte Ermittler. Keiner darf uns erkennen!«

»Es kennen euch eh schon alle!«

»Die Diebe vielleicht nicht.«

»Aber wenn ihr Lucy gefunden habt. Dann kommt ihr mich im Kindergarten in 'nem richtigen Auto abholen, ja? Das hab ich meinen Freunden versprochen!«

Meine Mutter schluchzt auf, wimmert regelrecht los. Mann, manchmal ist sie mir besoffen echt lieber. Wenigstens hat sie ihre Heulattacken dann halbwegs unter Kontrolle (bis zu einem gewissen Betrunkenheitsgrad, danach wird es umso schlimmer).

»Klar, machen wir, Tom!«, sagt Max enthusiastisch und bewusst laut, weil er meine Mutter übertönen will.

Fast wäre es ihm gelungen. Aber eben nur fast. Tom fühlt sich trotzdem verantwortlich und klettert auf ihren Schoß, um sie zu trösten. Jetzt weinen beide. Der klägliche Rest meiner Familie. Zwei Häufchen Elend, die sich aneinander festklammern.

Wie es mit uns weitergehen soll, ist mir ein Rätsel. Mum wird keinen Entzug in einer Klinik machen, solange die Aussicht besteht, dass meine Schwester oder mein Vater nach Hause kommen könnten.

Da wäre es fast besser, wir fänden ihre Leichen. Dann könnten wir abschließen, nach vorn schauen. Obwohl mir bei dem Gedanken schlecht wird. Wie kann ich mir etwas Derartiges wünschen? Warum fühle ich mich bei dieser Vorstellung tatsächlich erleichtert?

Nein, eigentlich gibt es nur eine Möglichkeit, alles wieder halbwegs geradezurücken. Es sind noch zwei Wochen bis Weihnachten.

Ganze vierzehn Tage, die mir bleiben, um meine Schwester zu finden. Bis dahin muss meine Welt wieder in Ordnung sein, müssen wir alle wieder zusammen sein.

Quer durch das Wohnzimmer treffe ich Max' Blick. Sein Ausdruck ist empathisch, ohne triefendes Mitleid. Er hebt leicht die Hände, kurz schweben sie ratlos in der Luft. Dann steckt er sie in seine Hosentaschen. Nutzlos, wie gesagt.

Ich bin ganz und gar auf mich allein gestellt.

7.

Meine Mutter und ich haben einen Deal.

Sie trinkt weniger und kümmert sich um Tom, ich gehe zur Schule.

Eigentlich müsste ich eine Stufe zurückversetzt werden, schließlich bin ich seit den Sommerferien nur sehr sporadisch in den Unterricht gegangen. Theoretisch müsste ich alle Klausuren, die fürs Abi zählen, nachholen. Aber ich habe unsere Direktorin gebeten, mir etwas Zeit zu geben. Ich möchte erst wieder in der Schule ankommen. Meine alten Freunde um mich haben, meine alten Lehrer. Zumindest für die kurze Zeit bis Weihnachten.

Sie glaubte mir jedes Wort. Dabei ist mir das Ankommen scheißegal. Ich will die anderen beobachten, ihnen nachspüren. Ich halte es für mehr als wahrscheinlich, dass die Ursache dieser ganzen gequirlten Scheiße in unserer Schule liegt, schließlich war Dad dort Vertrauenslehrer und Lucy Schülerin. Dieser Ort ist ihr größter gemeinsamer Nenner. Natürlich gibt es noch andere Möglichkeiten, wie beispielsweise ein Vorfall in der Nachbarschaft, im Freundeskreis. Aber diesen Optionen bin ich bereits nachgegangen und in eine Sackgasse geraten. Was bleibt, ist die Schule.

Wie immer kommt Tom frühmorgens in mein Bett gekrochen. Manchmal taucht er auch mitten in der Nacht auf, wandert umher wie ein klappriges Gespenst. Wir schmiegen uns aneinander, bis mein Wecker klingelt. Noch im selben Moment springt er auf und beginnt zu plappern: von Julian, Max und dem »richtigen« Polizeiauto.

Wie kann man morgens um Viertel vor sieben so wach sein?

Ich kämpfe mich aus dem Bett und falle unter die Dusche.

Immerhin brauche ich mit meinen kurzen Haaren jetzt viel weniger Zeit.

»Schminkst du dich wieder wie ein Clown?«, fragt Tom, als ich vor dem Spiegel stehe.

»Geh Mum wecken«, antworte ich, weil ich keine Lust habe, mit ihm über meinen neuen Look zu diskutieren.

»Hab ich schon probiert. Sie wird nicht wach!«

Sofort dreht sich in meinem Bauch der Eingeweidemixer. So wie jeden Tag. Das Gefühl ist mir inzwischen so vertraut, dass ich ihm zuwinken kann. *Hello old buddy!*

Wut legt sich über meine Enttäuschung. Noch bevor ich weiß, was ich tue, stampfe ich in ihr Schlafzimmer, mache das Licht an, reiße brutal die Fenster auf.

»Mum! Aufstehen! Du musst Tom in den Kindergarten bringen! Du hast es *versprochen*!«

Nichts. Keine Regung. Nur dieses tiefe, kehlige Grunzen, das sie immer macht, wenn man vor Mittag in ihr Zimmer kommt.

Scheiße!

Scheiße, Scheiße, Scheiße!

Sie stinkt so. Nach Alkohol, nach elender Traurigkeit.

Wie kann das sein? Ich habe sie gestern Abend um halb elf *ins Bett gebracht*, Herrgott! Da hatte sie eine halbe Flasche Wein intus, war so weit aber okay. Sie muss danach weitergesoffen haben. Nur wie? Nach unten in die Küche ist sie nicht mehr gegangen, das hätte ich gehört, weil meine Schlafzimmertür offen stand.

Hektisch öffne ich ihre Nachttischschublade. Nichts. Danach den Kleiderschrank. Ebenfalls nichts. Bleibt noch Dads Schrank. Und tatsächlich. Hinter seinen Pullovern finde ich eine Flasche Wodka, fast leer. Sofort fange ich an zu heulen. Weil sie wie ohnmächtig daliegt, weil Tom neben mir steht und in seinem dünnen Schlafanzug zittert. Weil ich ihn jetzt in den Kindergarten bringen muss und nicht weiß, ob ich es pünktlich zur Schule schaffe.

»Komm, Tommy. Füttern wir mal die Meerschweinchen. Und danach bringe ich dich in den Kindergarten, okay?«

»Was ist denn mit Mama?«

»Sie ist krank.«

»Ich bin auch krank! Hab Husten!«

Es gelingt ihm, Luft aus seiner Lunge zu quetschen, was ich ignoriere, bis wir in der Küche sind. Spätestens jetzt ist sein Gequengel unerträglich.

»Ich will nicht in den Kindergarten! Ich will hier bleiben und für Mama da sein!«

Am liebsten würde ich ihn schütteln, wahlweise auch ihm eine kleben. Nervös gleitet mein Blick auf die Uhr, es ist bereits Viertel nach sieben, und wir haben noch nichts gefrühstückt. Das alles wird mega knapp.

»Ich fahre dich mit dem Auto, was meinst du?«, versuche ich ihn zu bestechen, und zumindest kurz hält er mit seiner Heulerei inne.

»Das darfst du nicht ohne Erwachsene!«, kreischt er. »Erst, wenn du achtzehn bist!«

»Ja, du hast recht«, lenke ich ein und streiche ihm über das verheulte Gesicht. Seine Wangen glühen, aus seinen Augen purzeln Tränen. »Max hat es mir aber erlaubt, weil ich schon einen Führerschein habe. Er ist unser Freund – und Polizist!«

»Glaub ich nicht!«

Diese verdammte, schlaue Rotznase!

»Und ich gebe dir noch eine Überraschung mit!«

»Welche denn?«

»'ne Dose Pringles!«

»Oh, Alter, das dürfen wir nicht! Das weißt du doch! Da krieg ich voll Stress mit der doofen Nicole!«

»Chips sind nichts *Süßes*, Tom! Die sind *salzig*! Außerdem kannst du sie verstecken. Und heimlich mit Julian teilen!«

Auf seinem Gesicht ein schiefes Lachen, ein verbotenes, freudiges Leuchten. Endlich schlingt er die Arme um mich, wischt seine Tränen an meinem Pullover ab.

»Na gut! Aber ich will beides! Wir fahren mit dem Auto, *und* du gibst mir die Pringles mit!«

Schon flitzt er los, um seinen Rucksack zu holen, in den wir die Pringles reinquetschen. Zur Sicherheit gebe ich ihm auch noch ein Brot mit, damit der Drache keinen Verdacht schöpft. Zwar ist es nur Weißbrot, aber besser als nichts.

Irgendwie wird es schon klappen, beschließe ich, während ich mir die Autoschlüssel schnappe.

8.

Ich erreiche die Schule schweißnass, aber halbwegs pünktlich.

Eigentlich ist es mir so lieber. Besser als mit den anderen im Flur vor dem Klassenzimmer zu warten, bis die Hagen die Tür aufschließt.

So marschiere ich geradewegs in den Raum und lasse mich auf den freien Platz neben Nike plumpsen, nicke meiner Lehrerin nur kurz zu.

Trotzdem brennen alle Blicke wie Feuer, besonders die von Taylor und Jamie.

»Hallo, Amber«, begrüßt mich die Hagen so laut, dass alle sie hören können. »Schön, dass du wieder da bist. Wir besprechen gerade eine Novelle von Heinrich von Kleist.«

Ich ziehe meine Mütze vom Kopf. Der Effekt setzt sofort ein, leises Raunen strömt durch die Reihen. Sogar Nike schnappt nach Luft.

»Alter …!«

Ich reagiere nicht, sondern krame pseudogeschäftig in meinen Unterlagen. Und irgendwann gelingt es der Hagen ohnehin, alle Aufmerksamkeit auf den Text zu lenken. Wir sollen eine Zusammenfassung von *Michael Kohlhaas* bewerten, die uns handschriftlich vorliegt. Sie stammt von einem Mitschüler, ist aber anonym. Wobei das mit der Anonymität so eine Sache ist. Irgendwann kennt man das Schriftbild von fast allen aus der Klasse. Ich tippe auf Mira oder Jennifer, bin mir aber nicht ganz sicher.

Nike reicht mir stumm einen Zettel.

SIEHT MEGA AUS!!!

Meine Freundin schenkt mir ein Lächeln. Sie selbst trägt ihre

Haare offen, pechschwarze Locken quellen ihr über die Schultern. Ihr Blick ist so mitfühlend, ihre Augen zwei kohlrabenschwarze Murmeln. An den Handgelenken trägt sie wie immer einen Mix aus goldenen und silbernen Armbändern – jedes Jahr bringt sie von den griechischen Inseln neuen Schmuck mit, manchmal auch für mich.

Ich schließe kurz die Augen, atme tief durch. Mein Mixer läuft wieder auf Hochtouren. Ich hätte nicht gedacht, dass es so krass ist zurückzukommen. Dass es schlimm wird – okay. Aber nicht *so* schlimm.

Endlich traue ich mich, in den Klassenraum zu schauen, die Gesichter zu streifen. Und da sitzt er. Taylor. Neben Nora, seiner neusten Errungenschaft, einer Barbie mit aschblonden Haaren und runtergehungertem Körper.

Er sieht vollkommen anders aus. An Halloween trug er die Haare noch wild verstrubbelt. Jetzt sind sie auf der einen Seite kurzrasiert, was ihm auch irgendwie steht, klar. Tay kann alles tragen, ganz einfach, weil er selbstbewusst ist.

Mir ist so schlecht. Ich liebte es, meine Hände in seinen Wuschelkopf zu graben. Vor allem, wenn er auf mir lag. Was ziemlich oft der Fall war.

Wie er immer lachte. Mir über das Gesicht strich. Mich seinen Hoodie vollheulen ließ, wenn mich der Schmerz von innen auffraß.

Wie kann einer so zärtlich, so liebevoll in jeder Berührung sein, sich aber von jetzt auf gleich nicht mehr melden? Ich meine – wie viele Nachrichten hab ich ihm nach jener grauenvollen Halloweennacht geschickt? Fünfzig? Hundert?

Warum ließ er mich fallen? Warum können wir nicht zusammen sein? Er wusste genau, dass ich ihn brauchte. Seine Antworten auf meine Nachrichten waren vollkommen nichtssagend:

Sorry, kann nicht mehr mit dir zusammen sein. Das zieht mich runter.

Ich hoffe, dass Lucy bald nach Hause kommt. Und dein Vater auch.

Natürlich habe ich mich nicht damit zufriedengegeben. Ich wollte wissen, *warum* er Schluss gemacht hat, obwohl ich es längst ahnte.

Er sucht keine Beziehung, sondern Zerstreuung. Will Spaß haben, mehr nicht. Keinem richtig nahekommen, sondern nur gute Laune schlürfen. Sobald die Flasche Sekt leer gesoffen ist, landet sie auf dem Müll.

Die Sache mit meinem Vater konnte er irgendwie noch aushalten. Sie verlieh ihm sogar einen exotischen Heiligenschein: Er, der coole Typ, der die Tochter vom Mond tröstet. Der nicht nur gut aussieht, sondern auch noch *voll lieb* ist.

Aber spätestens, als auch Lucy verschwand, wendete sich das Blatt: zu viel Schmerz, zu viel echtes Leben. Nichts, womit man wirklich in Berührung kommen will.

Entsprechend auch seine Antwort, warum er mit mir Schluss machte:

Das ist mir echt zu viel, Amber. Ich hab schon länger gemerkt, dass es nicht mit uns passt. Ich will nicht aus Mitleid mit dir zusammen sein.

Wie er jetzt da sitzt, in seinem verdammten Abercrombie & Fick Hoodie. Um seinen Hals dicke Kopfhörer, an seinem Handgelenk die neuste Apple-Watch. Dieser Typ ist ein wandelndes, klischeehaftes Statussymbol! Wie konnte ich so tief sinken und mich auf ihn einlassen? Und tatsächlich *Gefühle* für ihn entwickeln?

Vielleicht, weil manches an ihm doch echt ist. Weil ich hinter seine schöne Maske geschaut habe. Der permanente Machtkampf zwischen ihm und seinem Bruder Henry, der gerade mal anderthalb Jahre älter ist. Wer hat die besseren Noten, wer ist besser im Sport? Wer ist besser drauf, macht die cooleren Sprüche?

Seine Eltern leben diese competition ununterbrochen vor, besonders sein Vater Uwe in seiner lockeren, sportlichen Art. Immer gut drauf, immer good vibes. Die Zähne gebleacht, Führungsposition, vor dem Haus zwei schwachsinnig fette Autos. So muss das sein, so erwartet er es auch von seinen *Rackern*.

Dabei verrät mein GPS-Tracker etwas anderes über Uwe. Die Wände seines beschaulichen Lebens wackeln. Zweimal die Woche (dienstags und donnerstags) fährt er nach der Arbeit nach Wiesbaden. Die Straße ist immer dieselbe, genau wie die Hausnummer und der Bewohner, den er aufsucht: Jonathan Sander, Fitnesstrainer, Alter 53.

Die Besuche sind ziemlich eindeutig, weil Jonathan und Uwe sich bereits im Hauseingang küssen.

Wieder so ein Klischee. Ein Familienvater, der sich in seinen Personal Trainer verliebt? Come on! Ob Taylor bereits ahnt, dass sein Vater ihm was vormacht? Dass seine Familie auseinanderdriftet?

Ich meine – er *muss* irgendwas spüren, oder? Sie alle müssen das, auch seine Mutter Britta. Ansonsten würden sie dieses Spiel von ihrer heilen Welt nicht so perfekt spielen.

Manchmal, in seltenen Momenten, lag diese Abwesenheit in Tays Blick. Dieses eine Mal, als wir gemeinsam am Rhein saßen, im Schatten unserer Trauerweide. Nach Dads Verschwinden war dies mein Lieblingsort gewesen, ein Versteck, das uns mit seinem langen, herabhängenden Blätterhaar verbarg. Hier konnte ich eine andere sein, eine Amber, die in ihrer Verzweiflung jeden erdenklichen Scheiß machte: saufen, kiffen, leere Bierflaschen in den Rhein werfen.

Das war aber nicht das Schlimmste. Viel beschissener war,

dass ich alle, die mir nahestanden, links liegen ließ. Nike und Merle, meine Mutter, Tom. Aber vor allem meine Schwester.

Die Trauerweide ist ein Ort, den nur Taylor und ich kennen. Er hatte seinen Kopf in meinen Schoß gelegt, seine blauen Augen zum Wasser gerichtet. Er sagte nichts, sondern blieb ruhig liegen, ließ sich von mir kraulen. Es mag nach nichts Besonderem klingen, aber für Taylor ist es ungewöhnlich zu schweigen, sich auf diese Weise treiben zu lassen. Als ich fragte, ob ihn irgendwas bedrückte, schwieg er einfach weiter, heftete seinen Blick auf eine Stelle, wo zuvor ein Kormoran abgetaucht war.

»Du kannst ruhig mit mir reden, okay?«, versuchte ich es. »Ich hab eh schon ein schlechtes Gewissen, weil ich immer wieder von meinem Dad anfange.«

»Schon okay. Lass mal. Anderes Mal vielleicht.«

Ich erwiderte nichts. Zum einen, weil ich gerade fasziniert beobachtete, wie die Sonne durch das flatternde Blätterhaar immer wieder glitzernde Flecken über seine Sommerhaut huschen ließ.

Und zum anderen, und das ist der Hauptgrund, weil ich es absolut in Ordnung finde, mit seinen Freunden zu schweigen. Mit wem soll man es sonst tun?

Von seinen verborgenen Wunden hat Taylor mir nie etwas erzählt.

Bis heute. Ganz anders als ich. Die Trauerweide und er kennen all meine kleinen, peinlichen Geheimnisse.

Und warum muss ich ausgerechnet jetzt, in meiner ersten Schulstunde, daran denken? Weil ich Taylor anstarre, klar. Er hat den Blick auf den anonymen Text gerichtet, liest aufmerksam alles durch. Bis er den Kopf hebt und mich geradewegs anschaut. Sekundenlang sehen wir uns an. Dann stiehlt sich das typische Grinsen auf sein Gesicht. Gleichzeitig macht er mit der Hand eine Geste, hebt sie zum Kopf und imitiert mit zwei Fingern die

Bewegung einer Schere. Anschließend dreht er seinen Daumen nach oben. *Thumbs up*.

Entgeistert glotze ich durch das Klassenzimmer. Ich fasse nochmals zusammen: Erst ist mein Vater spurlos verschwunden, danach meine Schwester, und nur einen Tag später hat er Schluss gemacht. Ohne richtige Erklärung. Und jetzt markiert er meinen neuen Look mit »Gefällt mir«? Als wäre ich nichts als ein verdammter Insta-Post?

Inzwischen schaut er wieder woanders hin. Der Moment ist vorbei, die Begegnung zerschnitten. Trotzdem bleibt mein Blick an ihm haften. Wie konnte ich ihn jemals cute finden? Seine Oberflächlichkeit hat etwas zutiefst Hässliches.

Es war eine idiotische Idee, zurückzukommen. Was soll ich schon rausfinden? Tays Haus war das Erste, in das ich eingebrochen bin. Sein Zimmer, das von Henry, das der Eltern, den Keller, einfach alles. Sogar die fucking Garage habe ich durchforstet! Nichts. Taylor mag ein Arsch sein, aber er kann nichts mit Lucys Verschwinden zu tun haben. Das sagten auch alle Zeugen aus. Er blieb im Haus, als sie wutentbrannt abdampfte. Das bestätigen zehn Personen unabhängig voneinander. Das Gleiche gilt für Henry, Paul und Dennis. Letzterer sitzt links von Taylor, wie zu erwarten. Er trägt ein rotes Sweatshirt – nicht gerade die beste Wahl, weil es die Pickel auf seinem Kinn zum Leuchten bringt. Seine langen Beine unter dem Tisch wippen nervös auf und ab, nie kann er lange stillsitzen. In Sport ist er mit Abstand der Beste unserer Stufe, in allen anderen Fächern eher unteres Mittelmaß. *Michael Kohlhaas* wird ein Albtraum für ihn sein, mit Sicherheit wird er nichts schnallen.

Was sich jetzt bestätigt.

»Ich versteh halt nicht, dass der Kohlhaas wegen ein paar Pferden so überreagieren muss«, beteiligt er sich an der Diskussion. »Ich meine, schon klar, seine Existenz war bedroht und so, aber deswegen zündet man doch nicht gleich Städte an!«

»Es geht ja nicht um die Pferde«, wendet Nora ein. »Sondern um diese Übergriffigkeit. Darum, dass man ihn ungerecht behandelt hat!«

Während sie spricht, streichelt sie gedankenverloren ihr Haar. Auf ihrem prallen Mund glänzt Lipgloss, ihr Blick ist konzentriert in die Runde gerichtet.

»Ja genau«, stimmt Jennifer zu. »Wenn das Fundament um einen rum ungerecht und willkürlich ist, ist es schon verständlich, einen Aufstand anzuzetteln. Weil man neue Grundlagen schaffen will!«

»Ich glaube, es geht nicht nur um die Ungerechtigkeit«, höre ich eine brüchige Stimme sagen. Spätestens jetzt sind alle Augenpaare auf mich gerichtet. Scheiße, hätte ich mir nicht auf die Zunge beißen können?

»In erster Linie geht es um den Verlust seiner Frau. Die hat er geliebt. Es geht um seinen Schmerz. Er empfindet Höllenqualen. Deswegen zettelt er einen Aufstand an. Das ist rational gar nicht zu erklären.«

Was folgt, ist dröhnendes Schweigen und zahllose Blicke, die sich senken. Nur einer betrachtet mich neugierig. Jamie. Er sitzt am Rand und hat seine strubbeligen Haare ausnahmsweise aus dem Gesicht gestrichen. Seine dunklen Augen flackern nicht mal, sondern schauen mich interessiert an, vielleicht sogar mild. Warum ist er der Einzige, der diese Konfrontation nicht scheut? Mann. Erst glotzt der mich gestern am Rhein so intensiv an und jetzt schon wieder. Irgendwas stimmt nicht mit dem. Kennt sein verfluchter Hundeblick gar keine Hemmschwelle? Wobei nicht alle den Kontakt zu mir scheuen – Nike greift unter dem Tisch nach meiner schweißnassen Hand, drückt sie sanft.

Mir selbst will der Kopf aufplatzen. Habe ich eben echt was von *Höllenqualen* gefaselt? Mich derart entblößt? Am besten würde ich aus dem Klassenzimmer stürzen, diesen Schultag nach nicht mal einer Unterrichtsstunde abbrechen. Aber ich bleibe sitzen, fest entschlossen, mich heute nicht mehr einzubringen. Und sicherlich muss ich nicht die kompletten sechs Stunden bleiben, oder? In den letzten beiden Stunden haben wir Sport, und ich weiß nicht, ob ich mir das heute antun kann. Schon jetzt formen sich in meinem Kopf erste Bilder, ahne ich, wo ich von der Schule aus direkt hingehen werde.

9.

Als es zur großen Pause klingelt, hänge ich mich in Nikes Windschatten. Zwar registriere ich, dass die Hagen mit mir reden will. Aber ich starre an ihr vorbei, will nur noch hier raus.

»Amber …«, setzt sie an und macht einen Schritt auf mich zu. Sie ist zierlich und inzwischen einen halben Kopf kleiner als ich, dafür aber umso energischer. Heute trägt sie grüne Sneaker und hat ihre braunen Haare zu einem Pferdeschwanz hochgebunden. Wenn sie lacht, ist sie ziemlich hübsch.

Ich streife kurz ihr Gesicht, schüttele aber entschlossen mit dem Kopf. Ich kann nicht mit ihr sprechen, weil mir schon jetzt Tränen im Rachen feststecken. Noch dazu diese beschissene Übelkeit. Mir ist so schlecht, dass mir fast schwarz vor Augen wird.

Nike schleift mich nach draußen. Wäre nur der Weg durch den wuseligen Gang nicht diese Hölle. Manche gaffen, fangen sofort mit der Tuschelei an. Alter, manche Leute haben sich echt nicht im Griff! Schnell ziehe ich meine Mütze wieder auf. Damit biete ich zumindest etwas weniger Angriffsfläche.

Trotzdem schnappe ich Gesprächsfetzen auf.

»Schau mal …«

»… wieder da.«

»Der Mond …«

Und dann dieses eine Wort, das richtig weh tut.

»… Höllenqualen …«

Getuschelt von Nora, die knapp vor mir geht und mit Jennifer den Kopf zusammensteckt. Jetzt wirft sie einen hektischen Blick über die Schulter und erschrickt, formt mit ihrem Lipglossmund ein stummes »Oh«.

Doch irgendwann sind wir draußen.

Zurück in einem Tag, der genauso blau ist wie der gestrige, die Kälte so klirrend, dass ich mir vorstelle, winzige, zackige Eissterne einzuatmen.

Nike zieht mich an den Rand des Schulhofs, zum Raucherhof, wo wir zumindest vor den Blicken der jüngeren Schüler sicher sind.

»Sind Nora und Taylor eigentlich richtig zusammen?«, frage ich Nike. »Also offiziell und so …? Eigentlich mag Tay so was ja nicht …«

Zumindest zu mir wollte er sich nie öffentlich bekennen. Und mit ein paar Vorgängerinnen war es dasselbe. Isabelle, Jasmin, Luisa. Die Liste der Mädels, die er an der langen Leine hielt, ist endlos.

Aber vielleicht ist mit Nora alles anders. Alles schön und richtig. Die perfekte Instagram-Story. Das vollkommene Playboy-Häschen. *Gefällt mir.*

»Was weiß ich …! Denk nicht mehr an diesen Vollpfosten, Amber! Lass uns lieber über deinen neuen Look reden!«

Sie zieht meine Mütze vom Kopf und wuschelt in meinen Haaren herum.

Ich ringe mir ein Lächeln ab und wünschte, mir wäre nicht mehr übel. Stattdessen würde ich mich gerne wieder normal in meinem Körper fühlen, zu Hause. Nike selbst scheint unverändert: das kreisrunde Muttermal über der rechten Oberlippe, ihre kleine Gestalt, der weiche Schwung ihrer Hüften.

Sie selbst hat eine verschrobene Wahrnehmung von ihrem Körper: Über ihr Muttermal flucht sie, weil sie ab und zu ein einziges schwarzes Haar daraus hervorzupfen muss, das sich immer wieder an diese Stelle verirrt. Und natürlich findet sie sich zu dick.

»Ich hab genau die gleichen Elefantenbeine wie meine Oma! Scheiße!«

Dabei habe ich ihr schon tausendmal gesagt, dass sie *nicht* dick ist. Okay, sie ist keine magere Gazelle – na und? Muss schließlich nicht jeder ein Skelett sein. Deswegen hat sie noch lange keine Elefantenbeine!

»Hast du schon gefrühstückt?«, will sie wissen und wickelt ein Brot aus. »Du siehst blass aus, Amber. Hast du noch weiter abgenommen?«

»Wahrscheinlich.«

»Kommst du morgen Abend zum Essen? Ins Restaurant? Sag ja, okay? Meine Mutter fragt jeden Tag nach dir, und langsam weiß ich nicht mehr, welche Ausrede ich ihr noch auftischen kann! Ich soll dir ausrichten, dass sie dir alles kocht, was du magst, okay? Einfach *alles*!«

»Okay, vielleicht, danke«, stammele ich, während eine neue Welle Übelkeit in mich reinschwappt. Wann hat sich zum letzten Mal jemand um mich gekümmert? Mir was Leckeres gekocht? Trotzdem werde ich Nike nicht besuchen. Wie auch? Ich muss mich um meinen Bruder und Mum kümmern. Und natürlich meine Einbrüche vorbereiten und weiter das Picken mit meinen Übungsschlössern üben, etwas, über das ich mit Nike nicht sprechen möchte. Sie kennt diese dunkle Seite in meinem Alltag nicht.

»Ich muss halt schauen, wie Mum klarkommt.«

»Verstehe. Wie geht's ihr denn zurzeit? Trinkt sie noch viel?«, fragt Nike.

Die Eissterne reißen tiefe Furchen in meine Lunge. Auf meiner Zunge der Geschmack von Blei. Als würde ich innerlich tatsächlich bluten.

Nike ist die Einzige, die ahnt, wie schlecht es meiner Mutter geht. Was einer der Gründe ist, warum ich sie in letzter Zeit ausschließe.

»Warum bist du hier?«, reißt Nike mich aus meinen Gedanken. »Du müsstest noch nicht wieder in die Schule, es geht dir zu schlecht.«

»Ich will aber. Mal was anderes sehen. Außerdem weiß man ja nie. Vielleicht finde ich was raus.«

»Noch immer nichts Neues? Was macht *attractive Max*? Alter, ich liebe Kerle in Uniform!«

Jetzt bringt sie mich tatsächlich zum Schmunzeln. Wie gelingt es ihr, selbst Traurigkeit und Verzweiflung mit einer Prise guter Laune zu würzen?

»Nike, er trägt *keine* Uniform! Das ist ein ziviler Cop!«

»Ja und? Er *könnte* aber eine tragen, oder? Wahrscheinlich hat er zu Hause eine im Schrank hängen! Alleine die Vorstellung!«

Spätestens jetzt hat sie es geschafft: Ich schlucke den Bleigeschmack runter. Und irgendwas gluckst in meiner Kehle. Ein vergessener Laut. Könnte ein mickriges Lachen sein.

»Komm«, sagt sie. »Nimm die Hälfte von meinem Brot, okay?«

Wie genau hat sie das hinbekommen? Dass ich jetzt tatsächlich was esse? Und Gott, schmeckt dieses Brot gut. Was genau hat sie da draufgeschmiert? Hummus und Curry? Noch bevor ich sie danach fragen kann, huscht Jamie in mein Blickfeld. Er sucht das Abseits, genau wie wir, lässt sich außer Hörweite auf ein paar Stufen nieder.

»Raucht der seit neustem?«

»Nö, glaub nicht.«

»Was treibt er dann hier?«

»Keine Ahnung. Der redet kaum. Hab es ein paarmal versucht, aber na ja, er blockt ab. Obwohl ich ihn eigentlich ziemlich süß finde.«

»Really?«

»Na ja, man sieht es nicht so. Erst auf den zweiten Blick.«

»Mit wem hängt er denn ab?«

»Mit keinem. Mit Cem hat er letztens ein Referat vorbereitet. Aber er geht nicht feiern oder so. Der ist voll der MOF.«

Ich betrachte Jamie: seine langen Beine, die Haare, die ihm wieder tief in die Stirn hängen. Er wirkt, als wollte er in sich selbst zusammenklappen. Wie ein Taschenmesser.

»Kann Max den eigentlich ausschließen?«, fragt Nike skeptisch, als könnte sie meine Gedanken lesen.

»Angeblich ja«, meine ich, während ich Jamie nicht aus den Augen lasse.

»Er soll für Halloween ein Alibi haben. Und wegen Dad, keine Ahnung. Jamie kannte ihn kaum. Er war erst kurz auf unserer Schule, als mein Vater verschwand.«

»Ja, stimmt. Er kam nach den Sommerferien. Soll vorher in Frankfurt gewohnt haben. Mehr ist aus dem nicht rauszukriegen.«

Lautstarkes Geblödel unterbricht meine Gedanken. Paul schlappt gemeinsam mit Dennis und Taylor auf den Raucherhof. Wie immer trägt er seine grüne Wollmütze, die er quasi nie abnimmt, selbst im Klassenzimmer nicht. Lässig zündet er sich eine Zigarette an und schaut in meine Richtung, hebt kurz die Hand zum Gruß. Auch Tay und Dennis blicken uns kurz an, wenden die Köpfe aber schnell wieder ab. Ich hingegen taxiere sie stumm und bewusst intensiv. Soll mein Starren sie ruhig nervös machen. Vielleicht zeigen sie mir dann etwas von sich. Etwas, das bisher vor mir verborgen blieb.

Es hat sich nie richtig angefühlt, mit dem Trio abzuhängen. Selbst wenn sie mich nur ablenken sollten. Warum habe ich mich im Sommer nicht öfter mit Nike und Merle getroffen?

Weil die beiden nicht saufen wollten, richtig. Sondern mir

direkt ins Gesicht gesagt haben, dass eine halbe Flasche Wodka meinen Dad auch nicht wieder zurückbringt.

Als hätte sie ein unausgesprochenes Stichwort erhalten, sehe ich Merles hochgewachsene Gestalt in unsere Richtung laufen. Wie gut es tut, sie zu sehen. Auch wenn mich sofort ein schlechtes Gewissen plagt. Ich habe mich eine gefühlte Ewigkeit nicht mehr bei ihr gemeldet, obwohl sie mir regelmäßig Nachrichten schickt.

»Hey«, sagt sie, als sie schließlich vor mir steht und mich herzlich umarmt. »Dein Ruf eilt dir voraus! Hast du dir echt die Haare abgeschnitten?«

Sie grinst ihr übliches Merle-Grinsen: ein bisschen zynisch, ein bisschen gedankenverloren. Sie ist ungewöhnlich groß für ein Mädel: 1,80 m, und hat endlos lange, unschlagbar schöne Beine. Ihre Augen sind braun, ihre Haare dunkelblond und fast genauso kurz wie es meine inzwischen sind. Als ich zur Antwort meine Mütze vom Kopf ziehe, mustert sie mich eingehend. Anschließend wird ihr Lächeln noch breiter.

»Voll krass!«, lautet ihr Kommentar. »Sieht echt gut aus!«

»Was macht dein Training?«, will ich wissen, bevor sie Gelegenheit findet, sich nach mir zu erkundigen. Inzwischen will ich diese Frage nur noch vermeiden.

Sie strahlt. »Läuft richtig gut! Ich trainiere jetzt viermal die Woche. Letztes Wochenende hatte ich einen Wettkampf auf Landesebene und habe den zweiten Platz gemacht!«

Merle schwimmt, seitdem sie vier Jahre alt ist. Bevor Dad verschwand, hingen wir in den Sommerferien oft im Freibad ab, faulten auf der Decke herum und hielten die Bäuche in die Sonne. Anders als ich bekommen Merle, Nike und sogar Lucy nach wenigen Sonnentagen einen dunklen kakaobraunen Teint. Meistens suchten wir uns auf der Wiese einen Platz, bei dem meine Freundinnen und meine Schwester in der Sonne liegen konnten und ich im Schatten, weil ich sowieso nur krebsrot werde.

Sogar Tommy haben wir ein paarmal mitgenommen. Wir spielten abwechselnd Uno mit ihm, stopften ihn mit Eis voll und ließen ihn mit seinen Schwimmflügeln im Wasser platschen. Für ihn war es natürlich ein Traum: von vier großen Mädels gleichzeitig umsorgt zu werden. Merle liebt er ganz besonders, weil sie geduldig versuchte, ihm das Schwimmen beizubringen. Zuletzt schaffte er es sogar, sich einige Meter über Wasser zu halten.

»Ich habt ja 'ne tolle Aussicht hier!«, meint sie jetzt und weist auf das Trio auf dem Raucherhof. »Triple-Freaks!«

»Was haben sie denn so angestellt, als ich weg war?«

Merle zuckt auf eine Weise mit den Schultern, die viel zu beiläufig ist.

»Das Übliche halt. Lästern. Mobben. Wenn die sich einmal an einem festgezeckt haben, lassen die nicht mehr locker. Aber wenigstens hast du inzwischen mit denen Schluss gemacht! Ich hatte echt schon die Hoffnung aufgegeben!«

»Tut mir leid, Merle …«, setze ich an, aber sie winkt schnell ab. »Ist schon okay. Lass uns nicht mehr drüber reden, okay?«

Grinsend schiebt sie die Hände in die Taschen ihrer knallgelben Jacke. Merle trägt gerne auffällige Farben, auch wenn sie sonst ein natürlicher Typ ist. Make-up lohnt sich nicht, wenn man quasi im Wasser lebt.

»Kommt ihr mal wieder zu einem Wettkampf, um mich anzufeuern? Du könntest Tom mitbringen. Oder wir gehen einfach mal so mit ihm ins Schwimmbad!«

Ich schlucke, weil die Eissterne wieder im Rachen kratzen. Ich weiß, wie lieb sie es meint. Und doch wäre es nicht dasselbe. Lucy würde fehlen.

»Es sind nur noch dreizehn Tage bis Weihnachten«, sage ich unvermittelt, anstatt Merles Frage zu beantworten.

Nike greift wieder nach meiner Hand. Einfach so. Weil sie genau weiß, wie wichtig es ist, manchmal einfach die Klappe zu halten.

»Bis dahin muss ich sie finden …«, fahre ich fort, bemerke jedoch selbst, wie brüchig meine Stimme klingt. Wie trockenes Laub, das wir in den Händen zerbröseln.

»Es verschwindet doch keiner so. Der Grund muss an dieser Schule liegen, oder?«

Meine Freundinnen schweigen, aber Merle geht einen Schritt auf mich zu und greift ebenfalls nach meiner Hand.

Mein Blick gleitet wieder hinüber zu den Jungs. Wie nannte Merle sie? *Triple-Freaks*. Taylor, Dennis, Paul.

Tay, der die Füße ganz bewusst mit breitem Stand in den Boden rammt, die Arme vor der Brust verschränkt. Gockelhaltung, ganz wie sein Alter. Steckt wahrscheinlich in den Genen.

Und dann Dennis, genannt »Denis« oder »Penis«, was ihn jedes Mal zur Weißglut bringt. Ganz anders als Tay weiß er nicht, wohin mit seinen schlaksigen Affenarmen und -beinen. Und zuletzt Paul, der sich krumm hält, mit unruhig umherzuckenden Augen. Immer ist er rastlos und auf der Suche nach einem Opfer, über das er sich lustig machen kann. Genau wie seine fette, eklig gelbe Schlange, die bei ihm im Zimmer haust: listig, lauernd. Als ich bei ihm eingebrochen bin, habe ich den Deckel seines Terrariums extra offen stehen lassen. Keine Ahnung, wo er das Viech dann gefunden hat, ob im Bad oder bei sich im Bett?

Ich weiß ja, dass es keine Giftschlange ist, weil er sie mir mal um die Schultern gelegt hat. Natürlich als ich high war. Aber irgendwie war ich nicht voll genug. Ich weiß nämlich noch, wie ich dachte: Was machst du eigentlich hier? Was ist mit deinen *richtigen* Freunden? *Du musst endlich aufhören, mit diesen Verlierern abzuhängen.*

Hinter dem Trio Jamie, der noch immer auf den Stufen sitzt und abwesend geradeaus starrt. Er wirkt verloren, isoliert. Wieso stellt er sich zu keinem aus unserer Stufe dazu? Zwischendurch blickt er immer wieder in unsere Richtung, schaut aber jedes Mal weg, sobald sich unsere Blicke treffen.

Ich glaube, ich muss noch einmal ganz von vorne anfangen.

10.

Während der Mathestunde kapiere ich nichts. Was aber egal ist. Mein Lehrer (Bernd Wagner) ist einer der geduldigsten Menschen, die ich kenne. Er lässt mich in Ruhe, lächelt mir nur in seiner zurückhaltenden Art zu. Obwohl ich mich natürlich frage, ob alles an seiner Bescheidenheit echt ist. Wie er da steht: braune Cordhose, blauer Pullover, dezente Nickelbrille, lustig graumelierte Locken. Er ist einer von denen, die angenehm sind, aber schnell aus deinem Bewusstsein verschwinden. Er hinterlässt kaum Spuren, außer, dass er Schüler, die herumblödeln oder vor sich hin pennen, manchmal mit Kreide bewirft. Nur, um anschließend breit zu grinsen.

»Na, Lucy? Wo bist du denn gerade gewesen? Auf 'nem Ponyhof?«

Wenn man abdriftet, zieht er einen freundlich aus dem Sumpf raus. Ohne Vorwürfe, ohne negative Bewertung. Was phantastisch ist bei einem Fach wie Mathe, wo man immer wieder den roten Faden verliert.

Aber genauso gut könnte er auch *nicht* nett sein, oder?

Wie gut kennen wir die Menschen, die uns umgeben, wirklich? Was an ihnen ist echt, was Fassade? Er könnte den *good guy* nur spielen, hinter verschlossener Tür ganz anders sein. Er kannte meinen Vater, und er kannte Lucy.

Genau wie alle anderen, die in diesem Raum sitzen.

Was weiß ich über Cem, Marvin oder Kamil? Was über die anderen Lehrer? Ich bin erst bei einem eingebrochen, dem nerdigen Mayer.

Er unterrichtet Physik und Chemie und sieht aus, als wäre gerade erst ein chemisches Experiment direkt vor seiner Nase explodiert: zerstreute »Frisur« wie Albert Einstein, Bartstoppeln und Hemden, die er ein paar Tage in Folge nicht wechselt (was Kaffeeflecken an gleichbleibender Stelle beweisen). Man sieht ihn ständig mit einer Dose Red Bull in der Hand und fragt sich, ob er ein Drogenproblem hat. Was sich in seiner Wohnung bestätigte: leere Bierflaschen in der Küche, neben dem Bett, im Bad (!) eine halb volle Flasche Wein.

Er schließt nicht ab, genau wie Hakennase. Überhaupt haben die beiden einiges gemeinsam: den tranigen Männermief, die Aldi-Lyoner im Kühlschrank. Der einzige Unterschied: Der Mayer hat eine umfangreiche Kaktussammlung und eine Schwäche für Fantasybücher, die sich in jeder Ecke stapeln. Überall liegt schmutzige Wäsche rum, seine Unterhosen haben alle *Sternchen* (= liebevolle Bezeichnung meiner Mutter für Kakastreifen). Ich weiß noch wie ich würgen musste, als ich über sie stolperte.

Also.

Muss ich beim Wagner einbrechen? Mein Spektrum also auf Leute erweitern, die vollkommen harmlos wirken? Die ich eigentlich mag? Und was ist mit Cem und Marvin?

Cem hat vier Geschwister, der Jüngste ist drei und geht noch in den Kindergarten. Seine Mutter ist Hausfrau. Es dürfte schwierig werden, bei ihm einen geeigneten Slot für einen Einbruch zu finden. Und überhaupt sehe ich kaum Anlass dafür. Er hat schon länger eine feste Freundin, Lara, die eine Stufe unter uns ist und mit der er jede Pause in einer Ecke verbringt. Er steckt seine Zunge jedes Mal so tief in ihren Hals, dass Nike und ich uns immer fragen, ob sie ersticken könnte (Really guys? Get a room!).

Seitdem nennen wir ihn nur noch *Zungen-Cem*, was sich als Spitzname schnell manifestiert hat. Ansonsten hat er nur Fußball im Kopf, trainiert dreimal pro Woche.

Über Marvin weiß ich nicht viel, außer, dass er Waise ist und bei seiner Großmutter lebt. Er entgleitet einem, genau wie der Wagner, ist unauffällig. Lucy hat bei ihm zu Hause mal ein Referat mit ihm vorbereitet und meinte, dass er total lieb wäre, halt eben nur schüchtern. Dass seine Großmutter noch »voll fit« wäre, ihnen Kakao gekocht hätte. Heißen Kakao für zwei 17-Jährige? Irgendwie strange.

Marvin kommt also auf meine Liste.

Und was ist mit Kamil? Noch so ein unbeschriebenes Blatt. Einer, der pickelig im Hintergrund sitzt und diese widerlichen Kaugummis mit Zimtgeschmack kaut. Er hat zwei ältere Brüder, und seine Klamotten sind immer abgetragen. Sind seine Brüder schon ausgezogen? Ich weiß quasi nichts über Kamil und seine Familie, außer, dass sie am Ortsrand von Eltville wohnen und eine Schreinerei besitzen. Und ich kann Kamil nur schwer von seinen Brüdern unterscheiden: Alle haben den gleichen Igel-Haarschnitt und Nasen, die aussehen, als wären sie beim Modellieren absichtlich platt gedrückt worden. Die Jungs haben etwas Bulliges: breite Schultern, breiter Gang, breite Hände. Und doch hat Kamil dieses schüchterne Lächeln. Und lustige Sommersprossen, die seine Gesamterscheinung in Schieflage bringen.

Okay, Kamil rückt auch auf meine aktuelle Einbruchsliste.

Taylor
Jamie
Bernd Wagner
Marvin
Kamil

Und was ist mit meinen anderen Lehrern? Bei der Hagen werde ich nicht einbrechen. Das würde nur Zeit kosten. Sie und mein Sportlehrer, Lutz Lüttich, sind mit meinem Vater befreundet, gehen ab und zu was trinken. Und eine Frau als Täterin? Eine, die selbst Kinder hat? Ausgeschlossen. Warum sollte sie Lucy etwas antun wollen?

Über den Lüttich habe ich bereits nachgedacht. Mit ihm hat sich Dad manchmal zum Mountainbikefahren oder am Weinprobierstand getroffen. Er kennt unsere Familie gut. Er ist verheiratet und hat zwei Töchter im Grundschulalter, Nele und Marie, die schon ein paarmal bei uns zum Grillen waren.

Beim Lüttich wäre ein Einbruch hart, ganz einfach, weil er total okay ist. Streng, aber gerecht. Beim Sport holt er alles aus einem raus, steht am Spielfeldrand und brüllt so laut und energiegeladen, dass sein Gesicht genauso rot wird wie seine Haare.

Aber es wäre nicht das erste Mal, dass ich bei jemandem einbreche, den ich mag. Anke und Matteo waren die Ersten. Und dann die Schröders, die Meleks, die Hubers. Alles Familien, die ich schon immer kenne, bei denen ich jederzeit klingeln könnte, um mir Milch oder ein paar Eier zu borgen.

Unsere unmittelbare Nachbarschaft gehörte zu meinen ersten Opfern. Anschließend knöpfte ich mir Lucys Reitbekanntschaften vor: die Inhaber des Hofes und noch wahllos ein paar andere, die mir seltsam vorkamen. Aber richtig systematisch bin ich nie vorgegangen. Wie auch? Ist es nicht viel wichtiger, einem Gefühl zu folgen, einem Impuls? Oder sollte ich erst einmal alle abklappern, die meinen Vater *und* Lucy gut kannten, wo die Schnittmenge am größten ist? Demnach müsste der Lüttich definitiv auf die Liste. Und Jamie auch.

Jetzt im Unterricht habe ich mich spontan neben ihn gesetzt. Zwar wirkt er überrascht. Aber das ist mir egal. Ich bin hier, um zu beobachten, den Leuten auf den Zahn zu fühlen.

Er trägt einen blauen Kapuzenpullover, an dessen Schnüren er rumspielt. Permanent wippt er mit den Beinen. Warum ist er so zappelig? Und da ist noch etwas anderes. Er hat sich ein Tattoo am Hals stechen lassen, das ein Stück unter seinem Pullover rausragt. Irgendwas Grünes mit Punkten, die wie eitrige Pickel aussehen.

Was soll das sein, bitte schön? Warum lässt man sich so was Ekliges auf den Hals stechen?

Jetzt reißt er abrupt den Kopf zu mir herum, starrt mich durch seine Stirnfransen hindurch an. Alter. Diese Augen. Kann er mit denen die Zeit anhalten, oder was? Sie sind riesig, mandelförmig, mit endlos langen, krass geschwungenen Wimpern. Zwei riesige Magnete, die mich anziehen und irgendwas mit meinem Körper machen, meinem Bauch. Als hätte er eine Handvoll Knallfrösche da reingeworfen.

Nervös versuche ich, nicht zu blinzeln. Was mir halbwegs gelingt.

Noch während wir uns taxieren, stellt der Wagner eine Statistik-Aufgabe:

Der Schüler Cem schreibt eine Woche lang auf, wie lange er von zu Hause zum Fußballtraining braucht: Am Montag sind es 8 Minuten, am Dienstag 7 Minuten, am Mittwoch 9 Minuten, Donnerstag 10 Minuten und Freitag 6 Minuten. Wie hoch ist die Varianz?

Endlich dreht Jamie den Kopf in Richtung Tafel, um die Formel abzuschreiben. Ich mache mir erst gar nicht die Mühe, sondern betrachte seine Hände. Sie sind noch immer braun, als hätte er einen langen Sommer hinter sich. Sommersprossen sind wie Pfefferkörner daraufgestreut, was mich überrascht, weil ich in seinem Gesicht keine finde.

Jetzt skizzieren diese Hände etwas unter die Zahlen. Eine Landschaft mit großen Steinen, die er so schnell und gekonnt erschafft, dass ich total baff bin. Im Hintergrund ein Fluss und zuletzt eine Gestalt, die dem Betrachter den Rücken zuwendet. Ich ahne bereits, was kommt.

Die Gestalt bekommt lange Haare, die lockig im Wind flattern. Die linke Hand hat sie erhoben, hält ein Bündel der wilden Haare fest. Die rechte Hand hängt zwar noch herab, hält aber schon einen Gegenstand in der Hand. Die Schere.

Ein letztes Mal stelle ich eine Verbindung zu ihm her. Suche in seinen Knopfaugen nach Wärme, nach etwas wie Empathie, Verständnis. Doch nichts. Da ist bloß ein seltsamer Glanz. Eine Regung, die einen unheimlichen Schauder über meinen Rücken jagt. Schnell wende ich mich ab. Tränen krabbeln hoch, genau wie gestern am Rhein. Warum führt er mir das vor Augen? Ahnt er nicht, wie mies es mir geht?

Am liebsten würde ich aufstehen und rausrennen. Einfach abhauen aus dieser verdammten Schule.

Jamie hingegen wendet das Blatt mit der Skizze um und steckt es in seine Unterlagen, blickt wieder stoisch zur Tafel, wo Zungen-Cem steht und sich mit seiner Fußballaufgabe abmüht. Noch immer wippen seine Knie nervös auf und ab. Seine Hände hingegen liegen reglos auf dem Tisch.

Ich mache nichts anderes, als zu starren. Und mich zu fragen, was er bisher in seinem Leben so alles getrieben hat. Mit diesen schönen, braunen Sommersprossenhänden.

11.

Zuletzt eine Doppelstunde Sport beim Lüttich. Zu der ich nicht gehen werde. Längst habe ich andere Pläne, einen straffen Zeitplan, den ich durchziehen will. Aber erst melde ich mich krank. Ziehe meine Schuhe aus und gehe durch die Umkleide geradewegs in die Turnhalle.

»Hey, Amber«, meint Lutz, als er mich durch die Halle kommen sieht. »Ich hab schon gehört, dass du heute da bist!«

Er ist gerade dabei, die Netze für unsere Badmintonstunde aufzubauen. Zwar sind die Fenster weit geöffnet, aber trotzdem hängt noch der Mief der vorherigen Stunde zwischen den Wänden fest.

Als ich vor ihm stehe, unterbricht er seine Vorbereitungen. An der Art wie er einen Schritt auf mich zugeht, sehe ich, dass er mich am liebsten umarmen würde. Doch er hält im letzten Moment inne, lässt seine durchtrainierten Arme unschlüssig zur Seite fallen.

»Wie geht's dir denn? Willst du dich nicht umziehen?«

»Mir ist schlecht«, sage ich und schaue ihm direkt ins Gesicht. Bei Lutz ist das enorm wichtig, weil er Leute, die verlegen zur Seite blicken, sofort als Simulanten entlarvt. Aber heute fällt es mir nicht schwer. Es entspricht vollkommen der Wahrheit.

Seine Augen sind grün, wie meine. Während er mich mustert, liegt ein seltsamer Schatten in ihnen. Es könnte Mitgefühl sein. Oder auch etwas anderes.

»Warum bist du schon wieder in die Schule gekommen? Du hättest bis nach Weihnachten warten sollen.«

An Weihnachten ist es zu spät.

»Mum will das so.«

Jetzt geht er noch einen Schritt auf mich zu, hebt vorsichtig die Hand, um mir über den Arm zu streichen.

»Wie geht's ihr denn? Und Tom?«

Wie sehr ich diese Frage hasse. Vor allem wenn Leute sie stellen, die ich mag. Können die sich nicht vorstellen, wie schwierig es ist, sich die ganze Zeit das Heulen zu verkneifen? Dass mein Tränenstausee immer kurz vorm Überlaufen ist?

Doch zu spät.

Zu spät.

Schon purzeln mir Tränen über die Wangen. Wegen meines Make-ups kann ich sie nicht mal richtig wegwischen.

Lutz klopft hektisch die Taschen seiner Jogginghose nach einem Taschentuch ab.

»Tut mir leid, Amber, tut mir leid …!«

»Schon okay«, meine ich und tupfe mein Gesicht einfach mit den Ärmeln meines Pullovers ab.

»Ich wollte nicht …!«

»Ist egal. Solange die anderen das nicht mitkriegen … Wie sehe ich aus?«

»Du siehst … total anders aus. Aber gut! Deine Haare …«

»Mann, Lutz, ich meine doch nicht die Frisur! Sondern mein Make-up! Ist es verschmiert?«

»Nur ein bisschen. Was soll ich machen? Soll ich …?«

Er ist so unbeholfen, dass meine Tränenflut stoppt und ich lachen muss.

»Gibt's immer noch nichts Neues?«

»Nein, nichts.«

Es sei denn, du hältst Dad und Lucy zufällig in deinem Keller gefangen?

Schweigend reibt er sich über die Bartstoppeln. Dann nimmt er einen breitbeinigen Stand ein und verschränkt die Arme vor dem Bauch, so wie er es am Spielfeldrand tut, kurz bevor er losschreit.

»Das ist so eine Scheiße!«

Ich entgegne nichts, sondern schaue nervös rüber zu den Umkleiden. Die Ersten sind schon umgezogen und betreten die Halle. Cem ist dabei, Yusuf und Larissa.

Mein Lehrer legt eine Hand auf meine Schulter.

»Geh besser wieder nach Hause. Und sag Nina, dass ihr zum Essen eingeladen seid. Tommy auch. Richtest du ihr das aus?«

»Mach ich.«

»Kopf hoch, Amber«, sagt er und verzieht den Mund zu einem Lächeln. Es gerät so schief und traurig, dass ich mich schnell abwende.

Inzwischen strömen weitere Mitschüler in die Halle: Nora und Jennifer, Taylor und Paul. Sie alle werfen mir denselben Blick zu, hinter dem die Frage steht: Warum ist die nicht umgezogen? Und warum kommt sie überhaupt wieder in unsere Kurse, wenn sie die Q2 eh wiederholen muss?

Tay taxiert mich stumm und legt den Kopf leicht schief, wie er es immer tut, wenn er zynisch grinst. Elender Vollpfosten! Anschließend macht er wieder diese dämliche Geste mit der Schere. Als hätte ich es nicht schon heute Morgen kapiert. Selbst Nora ist genervt und tritt ihm gegen das Schienbein.

»Lass das!«, höre ich sie zischen.

Dann steht Marvin vor mir. Ich bin überrascht, wie sehr er sich verändert hat. Er ist gewachsen, irgendwie reifer geworden. Waren seine Arme nicht immer schlaksig? Jetzt schauen sie durchtrainiert unter seinem T-Shirt hervor. Und sein Gesicht ist anders. Seine Akne ist verschwunden, die Haare trägt er länger, verstrubbelt. Wenn ich ihn zum ersten Mal sehen würde, fände ich ihn vielleicht süß. Nur seine Schüchternheit ist dieselbe geblieben. Sein unruhiger Blick, der immer wieder zum Boden gleitet. Fast so, als hätte er Angst, anderen zu begegnen. Was aber irgendwie auch kein Wunder ist. Schließlich war er lange genug bevorzugtes Opfer der Stars unserer Stufe (Triple-Freaks).

»Hi, Amber.«

»Hi.«

»Gehst du schon?«

Ich nicke und betrachte seinen Oberarm. Dort ist nicht nur neue Muskelmasse, sondern auch ein Tattoo entstanden. Wieso lässt sich plötzlich alle Welt tätowieren? Sogar einer wie Marvin? Bis vor ein paar Monaten trug er noch selbst gestrickte Schals und Klamotten, die alles andere als stylisch waren. Und was soll das überhaupt für ein Tattoo sein? Es sieht aus wie eine Knospe. Oder wie ein Gesicht? Genau wie bei Jamie liegt es halb unter dem Stoff seiner Kleidung verborgen.

»Ich wollte nur wissen, wie es dir geht. Und ob … na ja, ob es was Neues von Lucy gibt?«

»Leider nicht.«

»Wie kann das sein? Die Polizei muss ja wohl was finden!«

Er sieht ehrlich entrüstet aus. Inzwischen haben sich Larissa, Cem und Yusuf neben uns gestellt.

»Hat sie aber nicht.«

»Das ist echt Scheiße«, schaltet Larissa sich ein und schaut mich aus großen Augen mitfühlend an. »Tut mir voll leid!«

»Mir auch«, meint Yusuf und schiebt die Hände in seine Jogginghose, die ihm genau wie seine Jeans immer zu tief hängt. Wenn man Pech hat, sieht man seine haarige Poritze, wenn er sich vorbeugt.

Was weiß ich über ihn? Und warum bekomme ich plötzlich einen Schweißausbruch? Weil ich mich frage, ob ich etwa bei *allen* einbrechen muss? Soll ich Yusuf jetzt ebenfalls auf die Liste setzen? Obwohl er ständig Witze erzählt und enthusiastisch Hip-Hop-Lieder mitsingt?

Lutz klatscht lautstark in die Hände, um alle einzusammeln. Ich habe kaum Zeit, mich von Nike und Merle zu verabschieden, für mehr als eine flüchtige Umarmung reicht es nicht.

»Kommst du morgen wieder?«, fragt Merle.

»Ich denke schon.«

»Okay. Bis dann!«

Endlich bin ich allein. In der Umkleide. Genau dort, wo ich sein wollte. Jedenfalls fast. Schnell hole ich meine Sachen und gehe rüber zum Wechselraum der Jungs. Vor der Tür warte ich ein paar Momente, um wirklich ganz sicher zu sein, dass sich alle in der Turnhalle befinden. Dann trete ich ein.

Die Adrenalinspritze ist perfekt. Fast so gut wie bei einem richtigen Einbruch. Nur eine Sache sticht wie ein Splitter in meinen Gefühlsrausch. Warum habe ich nicht längst kleinere Tracker besorgt? Also solche, die ich unauffällig in einen Rucksack stecken kann? Und warum habe ich keinen für das Auto vom Wagner mitgenommen? Na ja, egal. Kann ich morgen noch machen.

Ich finde Jamies Sachen problemlos. Hastig klopfe ich seine Jacke ab, während Lutz in der Turnhalle Anweisungen bellt.

Was genau ich suche, weiß ich selbst nicht. Ich folge einer Ahnung, will herausfinden, was ihn beschäftigt, warum er sich mit niemandem aus unserer Stufe verbindet. In seinen Jackentaschen entdecke ich Taschentücher und sein gesperrtes Smartphone, dessen Hintergrundbild völlig nichtssagend ist: eine sonnige Berglandschaft.

In seinem Rucksack befinden sich, wie zu erwarten, Schulbücher, Hefte und ein verschlissenes Mäppchen. Viel interessanter ist der Inhalt einer versteckten Innentasche, aus dem ich einen

Gegenstand herausziehe, der mir bekannt vorkommt. Es ist das silberne Kästchen, das er in der Hand hielt, als wir uns am Rhein begegnet sind. Meine Hände zittern, als ich es öffne.

Es ist nicht das, was ich erwartet habe. Ganz und gar nicht. Genauso wenig wie die Stimme, die mich plötzlich von hinten anmotzt.

12.

»Was soll der Scheiß?«

Jamie ist einen guten Kopf größer und sieht in seinen Sportsachen vollkommen anders aus. Sofort begreife ich, dass er sich im Alltag in seinen schlabberigen Klamotten versteckt. Dass er in ihnen verschwinden will. Er ist kein künstlicher Muskelprotz wie Tay, sondern natürlicher, athletischer. Aber genauso stark. Schon hat er mir sein Kästchen aus der Hand gerissen. Meine Knie zittern. In meinem Körper ist alles zu viel: Adrenalin, Angst, Erschöpfung.

Er kommt so nah an mich heran, dass ich panisch zurückweiche. Immer weiter. Bis ich mit dem Rücken an der Wand stehe.

»WAS SOLL DER SCHEISS?«

Er brüllt nicht, spricht aber jedes einzelne Wort bewusst langsam und gedehnt. In seinen dunklen Augen liegt ein böser Schleier.

»Du ritzt dich?«, schleudere ich ihm entgegen.

Jetzt hebt er die Hand. Für einen Moment sehe ich dieses Funkeln in seinem Blick, dieses Aufblitzen, das mir sagt: Jetzt schlägt er zu.

Doch nichts dergleichen geschieht. Alles, was er macht, ist, seinen Arm wie eine Schranke gegen die Wand auszustrecken, mich auf diese Weise einzuzwängen.

»Das geht dich einen Scheiß an!«, zischt er und starrt mich an. Zuerst in die Augen. Mit einer Intensität, die mich erschaudern lässt. Dann rutscht sein Blick ab, gleitet zu meinem Mund. Dort bleibt er hängen, eine gefühlte Ewigkeit lang. Oh, Mann.

»Warum durchschnüffelst du meine Sachen?!?«

»Warum wohl, Schlaumeier?«, fauche ich zurück und schubse

ihn leicht von mir weg, schlüpfe an ihm vorbei und nehme mitten im Raum eine sichere Position ein. »Was glaubst du denn?«

»Keine Ahnung!«

»Verpetz mich doch!«

Jetzt verschränkt er die Arme, eine Bewegung, durch die sein T-Shirt leicht verrutscht. Es ist eines von diesen Sportoberteilen mit langen Ärmeln, die super eng am Körper liegen. Deutlich erkenne ich die Kontur seines Oberkörpers, seine Bauchmuskeln. Und sein Tattoo am Hals. Inzwischen wundert es mich, dass ich es vorhin im Unterricht nicht richtig gedeutet habe.

Es sind Pilze. Drei unterschiedlich große, giftgrüne Hüte nebeneinander und die Ansätze ihrer Stämme. Was soll das? Und warum trägt er diese alberne Klamotte, die absolut nicht zu ihm passt? Zu einem Angeber wie Taylor würde sie passen. Aber nicht zu einem, der sich im Hintergrund halten will.

»Warum schnüffelst du hier rum, Amber?«

Seine Stimme klingt jetzt ruhiger, beinahe mild. Und irgendwie rauchig. Wie die eines Soul-Sängers, der wahnsinnig schöne Worte ins Mikrophon raunt. Warum ist mir zuvor nicht aufgefallen, was für eine außergewöhnliche Stimme er hat? Weil er kaum mit mir gesprochen hat, ach ja. Sondern immer nur den Kopf wegdrehte, sobald ich versucht habe, einen Kontakt herzustellen.

»Sag es mir, und ich lasse dich vielleicht in Ruhe.«

»Sag mir, warum du dich ritzt, und vielleicht lasse ich DICH in Ruhe! Meinst du, du könntest mir drohen? Die Schulleitung würde sich mit Sicherheit für dein kleines Hobby interessieren! Meinst du, die lassen es zu, dass sich ein Schüler selbst verletzt? Mit 'ner *Rasierklinge*? Willst du vielleicht irgendwo *eingewiesen* werden?«

Jetzt fährt er sich mit der Hand durch die Haare, schaut beschämt zur Seite. Aha, interessant. Wunden Punkt getroffen.

»Wo ritzt du dich denn? Bauch? Hüfte? Sogar an den Armen? Deswegen auch dieses alberne eng anliegende Shirt? Damit keiner deine Verletzungen sieht?«

»Verpiss dich!«

»JAMIE!«, dröhnt Lutz aus der Halle. »Soll ich dir beim Pinkeln die Hand halten oder was? Alter, ihr seid alle so FAULE SÄCKE!!! Was soll das werden, Yusuf, he? Du hockst hier nicht vor deiner Playstation! Beweg deinen haarigen Arsch!«

Unter anderen Umständen hätte ich vielleicht gelacht. Sogar in Jamies Ausdruck sehe ich etwas aufblitzen, etwas anderes, Warmes. Doch dann verhärtet sich sein Gesicht wieder. Und ich wende mich ab. Stürze regelrecht aus diesem Raum, dem Gang, der Schule. Mein Kopf dröhnt, mein Herz hämmert.

Jamie ritzt sich, meidet jeden Kontakt. Er ist zweifellos seltsam. Aber hat er auch etwas mit dem Verschwinden von Dad und Lucy zu tun?

Vor der Tür schneiden wieder die Eiskristalle in meine Lunge. Ich nehme den Schleichweg über den Raucherhof, haste den Hügel rauf.

Meine Hände zittern. All das war zu viel. Jamie, Taylor, die Blicke vom Lüttich und der Hagen.

Noch im Gehen bestelle ich mir online eine Handvoll Mini-GPS-Tracker. Per Expresslieferung. Die Teile sind in etwa so groß wie eine Zweieuromünze und lassen sich quasi überall verstecken. Und selbst wenn eins meiner Opfer so einen Tracker in der Tasche finden sollte: Keiner wird mir was beweisen, das Teil zu mir zurückverfolgen können. Und falls doch: drauf geschissen. Ich werde erst an meinem achtzehnten Geburtstag im Mai voll strafmündig. Ich werde nicht aufhören. So lange, bis ich den verschwundenen Teil meiner Familie gefunden habe. Und ich weiß auch schon, wo ich weitermache.

13.

Jamie wohnt in der Nähe des Rheins, gegenüber der Kirche, die in den strahlend blauen Wintertag hineinragt. Sein Haus ist ein unglaublich schöner, alter Fachwerkbau, in dem drei Parteien untergebracht sind: Raps, Yildirim, Braun.

Dieser Einbruch ist völlig wahnsinnig. Ich habe ihn nicht mal ansatzweise durchdacht – was überhaupt nicht meine Art ist. Andererseits arbeitet seine Mutter tagsüber im Kindergarten. Sie wird wohl kaum um zwölf Uhr mittags wieder auf der Matte stehen, oder? Und was Jamie betrifft: Er hat nach der Doppelstunde Sport noch eine Doppelstunde Bio. Das weiß ich so genau, weil wir ursprünglich im selben Kurs saßen. Zeit habe ich also genug – die Frage ist nur, ob ich die Tür schnell genug aufbekommen werde. Und ob sein Dad zu Hause ist – er könnte immerhin im Homeoffice arbeiten oder krank sein.

Bevor ich Sturm klingele, streife ich Einweghandschuhe über. Anschließend betrachte ich die Hausfront, genauer gesagt die Fenster: Alles liegt dunkel und still da. Was ein gutes Zeichen ist. Sein Vater ist also nicht zu Hause. Die Haupttür ist von angrenzenden Häusern nicht einzusehen, was bedeutet: Ich kann mich in aller Ruhe an ihr zu schaffen machen. Was allerdings keine große Herausforderung darstellt. Eingangstüren von Mehrfamilienhäusern sind nur selten abgeschlossen. Meistens lassen seine Bewohner sie einfach hinter sich zufallen – wie es auch hier der Fall ist. Also gehe ich vor wie bei Mr. Schlodder: Ich schiebe die Türfallennadel zwischen die Dichtungen. Ein paarmal hin und her geruckelt – fertig.

Im Flur blättert ein wenig Nervosität von mir ab. Ich bin drin. Jetzt erst mal durchatmen und schon eine Ausrede auf den

Lippen formen, sollte mich einer von der Partei Raps/Yildirim ansprechen. Ich bin eine Klassenkameradin von Jamie. Will ihn besuchen. Ist nicht mal gelogen.

Jamies Wohnung ist die letzte im Haus und nimmt ein eigenes Geschoss ein. Die Tür hat ein einfaches Zylinderschloss, keine Bohrmulden, also werde ich sie bestimmt öffnen können.

Ich bin gespannt, ob jemand abgeschlossen hat. Oder ob ich wieder mit der Türfallennadel reinkomme. Was aber nicht klappt. Wäre ja auch zu einfach gewesen. Also packe ich meine Instrumente aus, die ich vorhin noch schnell von zu Hause geholt habe: mein Pickset mit Spanner und meine Lieblingssneaker. Danach lockere ich meine Finger und mache mich an die Arbeit, konzentriert und geduldig. Letzteres ist beim Picken das Wichtigste. Was ich zu Beginn meiner »Karriere« nicht verstanden habe, im Gegenteil: dadurch, dass ich besonders schnell sein wollte, habe ich mich verkrampft. Inzwischen nehme ich jedes Schloss, wie es ist. Und immer arbeite ich sanft, mit viel Fingerspitzengespür. Nach ein paar Minuten habe ich die ersten zwei Stifte im Inneren des Schlosses heruntergedrückt. Für den dritten und vierten brauche ich länger, aber nach etwa dreißig Minuten habe ich auch diese beiden so weit. Bleibt noch Stift Nummer fünf. Die letzte Hürde. Ich atme tief und entspannt ein, nur um im nächsten Moment jäh zusammenzuzucken. Unten hat jemand die Haustür geöffnet, trampelt bereits durchs Treppenhaus.

Oh, Fuck.

Panisch versuche ich, einen klaren Gedanken zu fassen. Ist es Jamie? No way – der ist in der Schule. Sein Dad? Möglich. Schwer genug hören sich die Schritte jedenfalls an, es ist definitiv keine leichte Person, die da durchs Treppenhaus stampft. Was jetzt? Adrenalin flutet in glühenden Wellen durch meinen Körper. Was soll ich sagen, wenn jemand vor mir steht? Ich bin schon im Begriff, den Einbruch abzubrechen, als die Schritte innehalten. Und zwar ein Stockwerk *unter* mir. Jemand klimpert mit einem Schlüssel, schließt eine Tür auf. Erleichterung perlt wie warmer Sommerregen von mir ab. Alter. Wenn ich den Spanner schon rausgezogen hätte, wäre meine Arbeit der letzten dreißig Minuten am Arsch gewesen!

Okay. Dafür habe ich den letzten Stift inzwischen erwischt, öffne die Tür und schlüpfe mit klopfendem Herzen in die Wohnung hinein.

Sofort sehe ich, dass hier ein kleines Mädchen wohnt: ein Prinzessinnenrucksack liegt auf dem Boden der Garderobe, gleich neben einem Paar von Jamies Sneakern. An den Wänden hängen selbst gemalte Bilder: Zeichnungen von Wiesen mit Schmetterlingen, Schlössern, unförmigen Pferden. Auf einer antiken Anrichte im Flur finde ich Post, die ich gezielt durchschaue, um mehr über die Familie zu erfahren, vor allem über seinen Dad, von dem aber nach wie vor jede Spur fehlt. Leben seine Eltern getrennt?

Es gibt in der Wohnung einen Hauptflur, von dem einige Türen abgehen: das Zimmer der kleinen Prinzessin (rosa und voller Kuscheltiere), das Wohnzimmer (großes Sofa, antiker Esstisch, Bücherregal), die Küche und ein Arbeitszimmer.

Alle diese Räume interessieren mich nicht, denn eigentlich will ich nur eines: Jamies Refugium durchschnüffeln.

Es liegt zwischen Julias Schlafzimmer (das sie ganz offensichtlich *alleine* bewohnt, jedenfalls hängen in ihrem Kleiderschrank ausschließlich Frauenklamotten) und dem Badezimmer. Die Tür zu seinem Zimmer steht einen Spalt offen, schwerelos trete ich ein.

Ich weiß nicht, was ich erwartet habe. Irgendwie nicht das. Er hat ziemlich viele Bücher, einige davon kenne ich. Viel Fantasy und Sci-Fi. An den Wänden hängen unglaublich viele Zeichnungen, die meisten davon hat er mit Kohlestift skizziert.

Auf dem Boden liegen Klamotten zerstreut: Socken, Jeans und Pullover, aber zum Glück keine Unterhosen mit Sternchen. Sein Kleiderschrank ist riesig, ein antikes Exemplar, das den Raum unheimlich gemütlich macht. Darüber hinaus sind die Wände in einem Beigeton gestrichen, auf dem Nachttisch eine Lampe in Form eines aufgeschlagenen Buches. Und ein Bilderrahmen mit drei Personen. In der Mitte steht Jamie in jüngerer Version: strubbelige Haare, glückliches Lachen, das sich in seinen Augen spiegelt. Er wirkt wie ein anderer Mensch, eine fröhliche Variante ohne Pickel-Pilze. Rechts und links ein Mann und eine Frau mittleren Alters: Er trägt ein leuchtend rotes Cap, sie einen ausladenden Strohhut mit grünem Band. Ihre Füße stecken in Wanderschuhen, im Bildhintergrund eine beeindruckende Berglandschaft. Das Bild wirkt wie die Momentaufnahme eines schönen Ausflugs. Wer sind die Erwachsenen auf dem Foto? Onkel und Tante? Eine Gastfamilie?

Was mich in diesem Zimmer total irritiert, ist sein Bett. Inmitten der Unordnung ist es ordentlich gemacht, die Decke glattgestrichen. Und dort, auf seinem Kopfkissen, ein Plüschtier. Ein Elefant, der so alt und abgegriffen ist, dass er unmöglich der kleinen Prinzessin gehören kann. Nein, das ist Jamies. Etwas aus seiner Kindheit. Ein Gegenstand, der ihn nahbar macht, etwas, das Tay längst weggeworfen hätte.

Ich schaue mir seine Zeichnungen genauer an. Dass er richtig gut skizzieren kann, ist mir schon vorhin im Unterricht aufgefallen. Aber hier entfaltet sich sein volles Talent, die Detailtiefe seiner Fertigkeit.

Er ist verdammt gut. So gut, dass er auf irgendeiner Kunsthochschule anfangen könnte.

Es sind viele Porträts dabei. Vom Strubbelhaarmädchen und seiner Sommersprossen-Mum. Dann eine hübsche, junge Frau mit langen Haaren, die ich nicht kenne. Vielleicht seine Freundin? Mal lacht sie, mal schaut sie ernst. Und mal …

Oh, Mann. Das ist krank! Auf dieser Zeichnung sieht sie so aus, als würde sie weinen, starrt mit ausdruckslosem, verzerrtem Gesicht zum Betrachter. Aber es sind keine Tränen, die ihr aus den Augen kullern. Es sind rote Blutstropfen. Insgesamt wirkt sie zombiemäßig, wie ein Monster aus einem Albtraum.

Ich wusste, dass der ein Freak ist! Der hat voll einen an der Klatsche! War Max nicht bei ihm zu Hause? Befragte er ihn nicht in *seinem* Zimmer? Mann, das muss ihm doch aufgefallen sein!

Ob dieses Mädchen eine Ex von ihm ist? Eine, die er nicht gehen lassen will, die er noch regelmäßig stalkt?

Etwas Neues schiebt sich zwischen das Gefühl der Aufregung und des Adrenalins in meinem Bauch. Irgendwas hier ist faul. Trotz seines niedlichen Plüschelefanten, trotz der vielen Bücher, die meine Sympathie wecken wollen.

Außer dem Zombie-Mädchen hat er noch verschiedene Zeichnungen von Pilzen aufgehängt. Warum macht er so etwas? Pilze sind ohnehin fies. Ich meine jetzt keine Champignons, sondern die Dinger, die im Wald wachsen. Die klein und unscheinbar sind, aber trotzdem die Kraft haben, ein Leben einfach so zu zerstören. Und dann die Erde, in der sie wachsen. Die hat in meiner Vorstellung immer etwas Marodes, Madiges.

Und dann Lucy. O mein Gott. Meine Schwester! An seiner Wand, ganz am Rand. Jetzt zittere ich am ganzen Körper. Ich wusste, dass etwas nicht mit ihm stimmt! Warum hat er eine Skizze von ihr an der Wand hängen? Was soll das?

Mein Herz stolpert nicht mehr, es sprintet. Blut rauscht in

meinen Ohren, durch meinen Körper, Schweiß tropft aus allen möglichen Poren.

Er skizzierte sie im Profil. Sie sitzt an einem Tisch, hat den Kopf in die Hand gestützt. Ihre hellen Haare umrahmen ihr Gesicht, sie schaut nicht zum Betrachter, sondern in eine andere Richtung, ich nehme an, zur Schultafel. Etwas Verträumtes liegt in diesem Bild, etwas Schönes. Genauso ist Lucy gewesen. Und er hat es erkannt. Ihr diesen Moment gestohlen, genau wie meinen am Rhein.

Meine Finger tasten über das Bild, Tränen brennen auf meinen Wangen. Am Ende ist er tatsächlich ein Stalker, und das Zombie-Mädchen und Lucy sind seine Opfer!

Ich überlege, das Bild von Lu abzuhängen und einzustecken. Er hat kein Anrecht auf meine Schwester, ich will nicht, dass er sie anschaut. Dann lasse ich es aber bleiben, ich muss Ruhe bewahren! Stattdessen fotografiere ich sein Sammelsurium ab. Vielleicht fällt mir später noch etwas auf.

Auch von seinem Schreibtisch mache ich Aufnahmen. Diesem Chaos aus Zetteln, angefangenen Skizzen, Notizen und Hausaufgaben. Besonders organisiert scheint er nicht zu sein. Der Inhalt der ersten Schublade ist relativ nichtssagend. Weitere Stifte, Karteikarten, Kleinkram. Die zweite Schublade sieht ähnlich aus. Bis auf diese eine Sache. Die mich sofort würgen lässt. Das darf nicht wahr sein!

Ich meine – das KANN einfach nicht echt, nicht real sein, oder?

Dort, in diesem kleinen Fach, liegt ein Bündel Haare, sorgfältig mit einem Band zusammengefasst.

Es sind meine roten, längst vergessenen Zotteln.

14.

Was soll ich jetzt machen? Max anrufen? Alleine die Zeichnung von Lu und dem Zombie-Mädchen wären Grund genug. Aber was genau soll ich ihm sagen? Dass er mal wieder bei Jamie zu Hause vorbeischauen soll? Am besten geradewegs in sein Zimmer marschieren soll, um sich die Zeichnungen und die Schreibtischschublade anzusehen?

Geht natürlich nicht. Ich muss mir was anderes einfallen lassen. Vielleicht sollte ich die Zeichnung von Lucy einstecken und behaupten, ich hätte sie in seiner Schultasche gefunden? Mein Kopf hämmert, während ich versuche, halbwegs klar zu denken.

Kann es wirklich sein, dass er Lucy etwas angetan hat? Dass er in der Halloweennacht zurück nach Eltville kam und sie auf der Straße abfing? Ob er sie vergewaltigt und anschließend irgendwo weggeworfen hat? Aber wo genau? Und wie? Scheiße, ich muss ihn überwachen! Am besten mit einem der Tracker, die ich bestellt habe. Ich muss genau wissen, was er in seiner Freizeit macht, welche Orte er aufsucht. Vielleicht führt er mich geradewegs zu einem Versteck. Hin zu meiner Schwester.

Inzwischen will mein Kopf vor Schmerzen aufplatzen, und ich will nur noch schlafen, mich um nichts mehr kümmern. Vor allem nicht um die Frage, wo Lucy sein könnte. Wo mein Dad. Was mit Tom und mir passiert. Ob Mum bereits aufgestanden ist oder immer noch halb besoffen pennt, so wie vorhin, als ich mein Pickset geholt habe.

Scheiße, fuck you all!

Und jetzt wird auch noch die Wohnungstür aufgeschlossen,

war ja klar! Super. Einfach mega! Mein Leben ist ein Albtraum in Endlosschleife.

Ich muss mich verstecken. SOFORT.

Ich wähle den erstbesten Platz, der mir ins Auge springt: sein riesiger Kleiderschrank. Panisch quetsche ich mich in die eine Ecke, die nicht von Regalböden blockiert ist, stelle mich gebückt einfach auf einen Haufen Schuhe. Obwohl ich versuche, halbwegs leise zu sein, empfinde ich jede meiner Bewegungen als unerträglich laut. Wer immer da zur Tür reingekommen ist, wird mich hören, oder???

Und ich schwitze so erbärmlich! Wie soll ich hier wieder rauskommen? Und wer zum Teufel hat die Wohnung betreten? Vielleicht eine Putzfrau?

Dann explodiert ein Gedanke in meinem Kopf. Es ist alles vorbei. Einfach alles! Mein Rucksack. Ich habe ihn vorhin im Flur abgelegt, geradewegs neben Jamies Sneakern. Scheiße, wie blöd kann man sein? Alles in meinem Körper fühlt sich an wie eine breiige, ekelhafte Suppe: mein Kopf, mein Magen, einfach alles. Aber da ist noch mehr. Nackte Panik. Er könnte Lu weggeschafft haben. Ich meine, es ist naheliegend, oder? Und wenn er es war und mich jetzt erwischt … wenn es eben nicht die Putzfrau ist, die gerade reingekommen ist …

Wie gelähmt verfolge ich die Geräusche, die der Bewohner macht: Rascheln im Flur, das eine gefühlte Ewigkeit lang dauert. Danach Schritte in Richtung Wohnzimmer, zur Küche, durch die ganze Wohnung. Bitte lieber Gott! Wenn es dich gibt, lass es die Putzfrau sein! Oder Jamies Mum, die nur einen kurzen Zwischenstopp macht, bevor sie einkaufen geht. Die meinen Rucksack einfach übersieht. Ich meine, wenn man Kids hat, liegt doch ständig irgendwo Zeug rum, da schaut man doch gar nicht mehr so genau hin, oder?

Aber natürlich muss es anders kommen. Natürlich kommt der Bewohner in Jamies Zimmer gelatscht. Hier verharrt er einen Moment, bevor er sich weiter in Bewegung setzt: direkt auf mein Versteck zu.

15.

Die Schranktür wird geöffnet, sehr leise, fast sanft.

Zuerst traue ich mich nicht, den Blick zu heben. Das Gefühl der Scham ist überwältigend, glühende Lava fließt durch meine Adern, vielleicht auch Salzsäure. Aber irgendwann schaue ich doch hoch. Starre in sein Gesicht, geradewegs hinein in seine geheimnisvollen, mandelförmigen Augen.

Sein Blick flackert, verdunkelt sich. Oh, Mann, ich muss pinkeln und heulen gleichzeitig. Weil das eine nicht geht, bleibt nur das andere. Vielleicht wird er mich schlagen. Vielleicht auch nur am Arm packen und rauszerren, aufs Bett schmeißen, mich …

»Scheiße, Amber! Das meinst du nicht ernst, oder?«

»Lass mich das erklären, okay?«

»Erklären?«, krächzt er. »Wie willst du das erklären? Haben dich Außerirdische entführt und in meinen Schrank gesteckt? Alter, du brichst bei mir ein?«

Jetzt greift er tatsächlich nach meinem Arm, bugsiert mich grob aus dem Schrank raus und schubst mich in Richtung Schreibtisch, den ich panisch nach einem Gegenstand absuche, womit ich mich verteidigen könnte. Da! Eine Schere. Schnell fasse ich sie und halte sie ihm entgegen. Der Blick, mit dem er mich dabei betrachtet, geht über Fassungslosigkeit weit hinaus.

»Echt jetzt? Du bedrohst *mich*? Leg die scheiß Schere weg, Mann!«

»Erst wenn du mir sagst, warum du Lucy an deiner Wand hängen hast!«

Meine Stimme. Scheiße, die zittert. Erst jetzt registriere ich, dass ich richtig weine. Dass Tränen über meine Wangen laufen, sie einfach immer weiter aus meinen Augen purzeln.

Etwas in Jamies Ausdruck glättet sich. Eine Art Milde legt sich darauf, beschwichtigend hebt er seine Hände, geht einen winzigen Schritt auf mich zu. Und noch einen.

»Komm mir nicht zu nahe!«

»Amber«, sagt er leise. »Jetzt beruhig dich mal!«

»Beantworte meine Frage!«

»Ich weiß nicht so genau, warum ich sie gezeichnet habe! Sie war halt traurig!«

»Du zeichnest jemanden, weil er traurig ist? Was soll denn der Kack?«

Meine Hand, die die Schere hält, schlottert. Ich traue ihm nicht. Seiner samtigen Stimme, die sich in mein Herz schleichen will. Seinem Hundeblick, den verfluchten Knopfaugen.

Inzwischen geht er einen Schritt zurück und zieht seine Jacke aus, wirft sie achtlos aufs Bett. Er ist größer als ich, stärker. Nachdem ich ihn in enganliegenden Sportklamotten gesehen habe, weiß ich genau, wie durchtrainiert er ist, dass er seine Muskeln unter den Schlabberklamotten versteckt. All das könnte Strategie sein, damit man auf keinen Fall ahnt, was er wirklich ist: unnahbar, gefährlich.

Scheinbar achtlos lässt er sich auf seinen Schreibtischstuhl sinken. Sein Blick zuckt über mein Gesicht, anschließend raus zum Fenster.

»Ich … ich habe mich in ihrer Traurigkeit wiedererkannt, okay? Deswegen hab ich sie gemalt!«

Er reibt sich hektisch über die Oberschenkel. Genauso wie es Mum tut, wenn ihre Hände schweißnass sind, sie sich unbedingt das erste Glas einschenken will. Ich fasse es nicht, hat er Entzugserscheinungen? Denkt er etwa daran, sich zu ritzen?

»Kapiere ich immer noch nicht!«, schnauze ich weiter, lasse aber die Schere ein kleines Stück sinken.

»Musst du auch nicht. Vergiss es einfach!«

»Wie gut kanntest du meine Schwester?«

Jetzt starrt er mich wieder direkt an.

»Du denkst nicht wirklich, dass ich ihr was angetan hab, oder?«

»Hast du?«

Wie sehr ich es hasse, wenn meine Stimme so klingt. Wenn sie so zittrig vibriert, wie die Saite eines Instrumentes, die kurz vorm Reißen ist. Er stöhnt auf, beugt sich vor und gräbt seinen Kopf zwischen die Hände.

»Alter, Amber! Nein, ich habe ihr nichts angetan!«

»Warum hast du sie dann gezeichnet?«

»Hab ich dir doch gerade gesagt, verdammt!«

»Gar nichts hast du! Du laberst unverständliches Zeug von Traurigkeit! Was meinst du? Ihre Traurigkeit? Deine?«

»Geht dich nichts an!«

»Ich glaub aber schon!«

»Nein!«

In seinem Gesicht liegt jetzt Entschlossenheit, eine seltsame Härte, die mir wieder einen Schauder über den Rücken jagt.

»Und was ist mit mir? Meinen Haaren? Was haben die in deiner Schublade zu suchen?«

Unvermittelt springt er auf, geht einen großen Schritt auf mich zu. Er ist unberechenbar, seine Bewegungen so geschmeidig wie die einer Katze.

»Hast du etwa alles durchgeschnüffelt, oder was?«

»Beantworte meine Frage!«

»Das geht dich einen Scheiß an!«

»Hä? Es sind *meine Haare*, schon vergessen?«

Ich registriere erst, dass er noch näher kommt, als er mir die Schere auch schon aus der Hand gerissen hat. Kein Wunder, alles an mir ist Wackelpudding: meine Beine genau wie die Arme, die Hände. Ich zucke zusammen und weiche zurück. So weit, bis ich mit dem Rücken zur Wand stehe. Zum zweiten Mal heute. Währenddessen pfeffert er die Schere wutentbrannt in eine Ecke des Zimmers.

»Es sind deine Haare, ja. Aber du wolltest sie nicht mehr!«

»Merkst du nicht selbst, wie psychomäßig das klingt?«

»Ich hab meine Gründe, okay? Das ist alles.«

Das ist alles?

Mann, der tickt doch nicht ganz! Er ist der totale Freak. Ich muss hier raus. SOFORT.

»Okay, verstehe. Ich will jetzt gehen.«

Ich will mich vorsichtig an ihm vorbeiquetschen, aber alles, was er tun muss, ist lässig eine Hand auszustrecken, sie mir leicht gegen den Brustkorb zu pressen.

»Nein.«

»Scheiße, lass mich durch, Jamie!«

»Nein. Ich will erst wissen, wie du hier reingekommen bist. Setz dich!« Er senkt seine Hand, weist rüber zum Bett.

»Na los!«

»Ich will mich nicht setzen!«

Er verschränkt locker die Arme vor dem Körper, spreizt dabei leicht die Beine. Ich könnte ihm einfach in die Eier treten und abhauen, oder? Einen Versuch wäre es wert, ich …

»Wie bist du eingebrochen? Ich hab an der Tür keine Spuren entdeckt.«

»Ich habe das Schloss gepickt«, antworte ich, in der Hoffnung, dass er sich schnell zufriedengibt und mich gehen lässt.

»Womit?«

»Mit Werkzeug halt.«

»Und wieso kannst du so was?«

»Ich habe es wochenlang geübt.«

»Zeig mir die Sachen!«

Er geht zurück in Richtung Zimmertür und hebt einen Gegenstand auf, der mir zuvor nicht aufgefallen ist: mein verdammter Rucksack, den er mir zuwirft. Mir bleibt gar nichts anderes übrig, als ihn zu fangen.

Wortlos beginne ich ihn auszupacken, zuerst den größten Gegenstand: einen kleinen Akkubohrer, den ich in Schaumstoff eingewickelt habe.

»Was machst du damit?«

»Der ist für Terrassentüren oder Fenster. Damit kann ich oberhalb des Griffes ein kleines Loch bohren und eine Schlaufe aus Draht einführen, um den Griff hochzuziehen.«

»Die Schlaufe hast du dabei?«

»Ja, hier.«

»Das funktioniert?«

Auf seinem Gesicht nichts als ehrliche Überraschung.

»Ja.«

»Wie oft hast du das schon gemacht? Also das mit dem Akkubohrer?«

Eine neue Form der Übelkeit schiebt sich zwischen meine Eingeweide. Warum will er das so genau wissen?

»Zeig mir die anderen … Instrumente.«

»Lässt du mich dann gehen?«

»Vielleicht.«

Ich breite mein Pickset vor ihm aus: ein Etui mit Spanner, Rake, Hook, Snake und Half-Diamond, um nur einige zu nennen. Vorsichtig nimmt er sich einen Hook und betrachtet das Instrument. Jetzt bräuchte er nur eine schnelle Bewegung zu machen und ihn mir ins Auge zu rammen, in den Hals …

Stattdessen sagt er: »Ich will mitmachen.«

16.

Entgeistert glotze ich ihn an.

»Spinnst du?«

Er zuckt mit den Schultern, lässt sich abermals auf seinen Stuhl fallen. Allerdings schiebt er ihn dabei ein Stückchen zur Tür, versperrt mir auf diese Weise den Ausgang.

»Wie oft bist du schon eingebrochen?«

»Du bist echt krank!«

»Ach, ja? Nicht mehr als du, würd ich sagen! Warum brichst du ein, Amber, mmmhhh?«

Die letzten Worte flüstert er fast. Und, Alter. Diese Stimme. Warum muss sie nur so verdammt *weich* klingen?

»Was soll das heißen, warum? Kannst du dir das nicht denken? Ich suche meine Familie!«

Sachte schüttelt er den Kopf, fixiert mich dabei. Seine Lippen umspielt ein leichtes Lächeln.

»Das ist nicht der einzige Grund. Hab ich recht?«

»Was laberst du da …?«

»Ach komm, Amber! Es macht dir *Spaß* einzubrechen, richtig? Es lenkt dich ab! Von dem, das *so richtig* weh tut.«

»Lass mich vorbei!«

»Klar doch! Sobald du mir sagst, wo du morgen einbrichst! Und wann wir uns treffen!«

»Erpresst du mich etwa?«

»Klar, was denkst du denn?«

»Fuck off!«

»Okay.« Beiläufig zieht er einen Gegenstand aus seiner Hosentasche. Sein Handy.

»Wie heißt gleich dieser Bulle? Max? Ich hab seine Nummer.«

»Du bluffst doch!«

»Meinst du?«

»Klar! Sag ihm, dass er kommen soll, sich deine kranken Zeichnungen angucken soll und meine Haare in deiner Schublade!«

»Okay, Amber, mach ich!«

Er stellt auf Lautsprecher, ich höre es in der Leitung klingeln. Ich fasse es nicht! Inzwischen läuft mir kalter Schweiß die Schläfen hinab. Dieser verdammte Mistkerl! Was soll ich jetzt machen? Kann Jamie tatsächlich etwas mit dem Verschwinden meiner Familie zu tun haben? Oder ist er einfach nur ein Freak?

»Fischer?«

Unwillkürlich krümme ich mich zusammen, werfe Jamie flehende Blicke zu. Doch er macht gnadenlos weiter.

»Ja, hi, hier ist Jamie Braun. Ich wollte nur mal fragen, ob es Neuigkeiten über Lucy gibt?«

»Ich darf darüber nicht sprechen, Jamie. Gibt es einen speziellen Grund, warum du anrufst?«

Jetzt treffen sich unsere Blicke. Seine Iris ist fast so dunkel und glänzend wie die einer Krähe. Lautlos formen meine Lippen ein einziges Wort: Okay.

»Nein, es ist nichts Spezielles. Amber war heute wieder in der Schule, und na ja, wir machen uns halt Sorgen, wie gesagt.«

»Wer ist *wir*?«

»Ihre Freundinnen Nike und Merle. Und ich halt. Die zwei trauen sich nicht anzurufen, weil sie nicht stören wollen. Deswegen rufe ich an.«

»Okay, verstehe. Wie geht's dir denn, Jamie? Besser?«

Was ich jetzt beobachte, ist interessant. Unsicherheit rauscht über sein Gesicht wie ein blitzschnelles Gewitter. Ruckartig wendet er den Kopf ab.

»Ja, alles gut.«

»Sicher?«

Die Fürsorge in Max' Stimme ist beinahe greifbar. Warum schert er sich um einen Psycho wie Jamie???

»Ja, ja, sicher.«

»Du weißt, dass es nicht deine Schuld war, richtig?«

Schweigen dehnt sich in diesem Raum aus, kribbelt wie saure Brause auf meiner Zunge.

»Ja, weiß ich. Bis dann.«

»Bis dann, Jamie.«

Ich atme tief ein, versuche meine Schultern zu lockern. Mann. Das war intensiv.

»Was war nicht deine Schuld?«

»Geht dich nichts an! Also. Wo brechen wir morgen ein?«

Für einen Moment versuche ich, seinen Blick wieder einzufangen. Vergeblich. Sein Gesicht ist verschlossen.

»Bei Taylor«, gebe ich schließlich nach.

»Deinem Ex? Warst du bei dem etwa noch nicht?«

»Doch. Aber ich habe Angst, dass ich etwas übersehen haben könnte.«

»Okay. Wie viel Uhr?«

»Zehn. Da sind seine Eltern auf jeden Fall weg. Die Putzfrau kommt immer montags und freitags. Das hat sich hoffentlich noch nicht geändert.«

»Und Taylor?«

»Was soll mit dem sein? Der ist in der Schule!«

Plötzlich macht Jamie einen warmen GlucksLaut, den ich so noch nie bei ihm gehört habe. Es dauert einen Moment, bis ich begreife, dass er lacht. Trotz allem.

»Du weißt schon, dass manchmal Stunden *ausfallen*, oder?«

Scheiße, er hat recht! Wieso habe ich vorhin nicht einfach

in den Vertretungsplan geschaut? Mein Hirn ist nach all den Wochen ohne Schule total aufgeweicht!

»Ich werde bei Jamie nicht lange brauchen.«

»Weißt du denn, was du suchst?«

»Nein. Ich folge meiner Intuition.« Er gluckst wieder, dieses Mal jedoch klingt es zynisch.

»Funktioniert ja mega, echt!«

»Warum willst du mitkommen, Jamie?« Sein Schulterzucken gerät aber viel zu verkrampft.

»Ist mal was anderes. Zerstreuung.«

»Du wirst blaumachen müssen.«

»Ja und?«

»Kann ich jetzt gehen?«

»Klar. Wo treffen wir uns morgen?«

»Um zehn oben *Am Hollerstrauch*.«

»Okay.«

Er rollt auf seinem Schreibtischstuhl zur Seite, steht anschließend aber auf und baut sich vor mir auf. Und glotzt wieder so intensiv. Scheiße, was soll das? Warum kann er mich nicht in Ruhe lassen?

»Gib mir meine Haare«, fordere ich ihn auf »Und die Zeichnung von Lu.«

Langsam wendet er sich ab und greift zu seinen Bildern, drückt mir das Blatt mit dem Porträt meiner Schwester in die Hand.

»Jetzt die Haare.«

»Nein.«

»Was? Es sind meine!«

»Sind sie nicht! Du hast sie weggeworfen. Jetzt gehören sie mir!«

»Du bist ein kranker Arsch!«

»Kann schon sein. Aber egal. Wir haben einen Deal!«

Mit seinen letzten Worten stürme ich aus seinem Zimmer, der Wohnung, dem verdammten Haus. Nichts wie weg von ihm, und seinen erdigen Augen, in denen irgendwas ruht, dunkel und still.

17.

Zu Hause zittere ich immer noch. Verdammt, ich stecke in einer Zwickmühle! Wenn ich Max anrufe und ihm von Jamie erzähle, fliegen meine Einbrüche bestimmt auf. Und dann hätte ich nichts mehr! Keinen Plan, keine Hoffnung, Dad und Lucy jemals zu finden!

Wahrscheinlich ist Jamie wirklich nur ein Freak. Wenn er Lucy wirklich umgebracht hätte, hätte er doch viel krasser auf mich reagiert, mich angegriffen, oder? Irgendwas stimmt nicht mit ihm. Aber muss es unbedingt mit Lucy und meinem Dad zu tun haben? Meine Intuition sagt mir, dass er irgendwas anderes mit sich rumschleppt. Etwas, wegen dem er sich schämt. Vielleicht hat es mit dem Zombie-Mädchen an der Wand zu tun. Und noch etwas: Max scheint ihm zu vertrauen, sein Geheimnis zu kennen. Egal, ob ich will oder nicht, ich muss ihn wohl oder übel morgen mit zu Tay nehmen, ihn in mein Leben hineinlassen.

Ich werfe einen kurzen Blick auf die Uhr. Halb zwei, großartig. Bald fängt die unsägliche Bastelstunde im Kindergarten an! Und von Mum keine Spur.

Die Küche sieht genauso aus, wie wir sie heute Morgen in der Hektik verlassen haben: Unsere Müslischälchen stehen noch auf der Ablage, ein paar Haferflocken sind an der Keramikoberfläche festgewachsen. Also erst mal einweichen lassen. Und Toms halbvolle Kakaotasse ausschütten. Und lüften. Vielleicht saugen. Eine Maschine Wäsche waschen. Beziehungsweise die nassen Sachen, die sich noch in der Trommel befinden, endlich mal aufhängen. Scheiße, wie lange rottet das Zeug da schon rum?

Sich überhaupt um alles kümmern. Ich öffne den Kühlschrank: Es gibt noch Eier. Immerhin. Und ein paar Scheiben

Käse, die sich in der halb offenen Plastikverpackung zu einem harten Lappen gewellt haben.

Das ist alles. Nichts Frisches mehr. Kein Obst. Kein Brot.

Dagegen ist Stefans Aldi-Ausstattung das reinste Schlaraffenland!

Mein Hals schnürt sich zusammen. Wann soll ich heute noch einkaufen gehen? Es ist einfach alles zu viel.

Von oben höre ich Geräusche. Immerhin. Wenn Mum sich gerade anzieht und sofort etwas isst, könnten wir es noch pünktlich bis zur Bastelstunde schaffen! Sie darf Tom auf keinen Fall wieder enttäuschen! Bitte, Mum, sei angezogen!

Hungrig und erschöpft schleppe ich mich die Treppe ins erste Geschoss hoch. Die Tür von Lucys Zimmer steht einen Spalt offen. Wie gerne ich mich jetzt einfach in ihr Bett legen würde! Ihren Raum auf mich wirken lassen würde: ihre fliederfarbenen Wände mit den großformatigen Schwarz-Weiß-Fotografien von Tieren, die sie selbst gemacht hat: verschiedene (sagenhaft hässliche) Hunde aus dem Tierheim, Katzen, Pferde.

Ich würde mir vorstellen, dass ihr Zimmer genauso ist, wie sie es verlassen hat: mit dem Buch auf dem Nachttisch, das sie gerade liest (*Die Stadt der Blinden* von José Saramago), ihrer blauen Strickjacke über dem Schreibtischstuhl. Aber natürlich ist das nicht so. Natürlich wurde ihr Zimmer von einem Haufen Spezialisten untersucht, die jeden verdammten Millimeter nach einem Hinweis abgetastet haben.

Sogar die Matratze haben sie aufgeschnitten (Tommys Kommentar hierzu: »Voll krass, Alter!«).

Aus den Laken ist ihr Geruch längst verschwunden. Was daran liegen mag, dass wir uns alle abwechselnd in ihr Bett gelegt und die Kissen vollgeheult haben. Zuerst ich, dann Mum, und immer mal wieder Tom.

Sein Zimmer liegt zwischen Lucys und meinem. Auch hier steht die Tür offen, aber wirklich reinschauen will ich in dieses Chaos nicht. Mein Bruder hat seit gefühlt tausend Jahren nicht aufgeräumt. Es sieht aus, als wäre eine Bombe eingeschlagen. Und dann noch Lucys Meerschweinchen, die er in sein Zimmer verfrachtet hat. Zu Beginn war er total begeistert – zumindest eine »gute« Sache hatte das Verschwinden unserer Schwester. Die Meerschweinchen gingen nahtlos in seinen Besitz über, voller Stolz präsentierte er sie seinen Freunden. Doch schon nach zwei Wochen kümmerte er sich kaum noch um sie. Was natürlich nicht seine Schuld ist. Er ist zu jung für die Meerlis, kann noch kein frisches Gemüse einkaufen gehen. Und er kann den Stall nicht nach unten tragen, ihn nicht sauber machen, ohne dabei selbst eine Sauerei zu veranstalten. Weswegen es in seinem Zimmer entsetzlich stinkt. Toms Freunde waren auch schon seit einer Ewigkeit nicht mehr hier: ein Gedanke, der genauso niederschmetternd ist wie dieser erbärmliche Gestank.

Die Tiere quieken, als ich das Zimmer meines Bruders passiere. Sie haben ein feines Gehör, nehmen meine Schritte wahr und melden sich lautstark, weil sie nagenden Hunger haben. Was hat Tom ihnen heute Morgen gegeben? Die letzte Möhre, die noch im Kühlschrank war. Aber das reicht nicht. Kurz betrete ich sein Zimmer, um ein Fenster zu kippen und wenigstens zu schauen, ob noch Wasser in den Näpfen ist. Und Trockenfutter. Aber selbst das haben wir nicht mehr.

Ich fülle kurz Wasser auf und schreibe groß TROCKENFUTTER auf meine mentale Einkaufsliste.

Und dann weiter nach oben. Zu Mum. Die sich im Bad befindet.

Das ist die gute Nachricht. Ansonsten gibt es nur schlechte. In ihrem Zimmer riecht es fast so schlimm wie unten bei Tom.

Und meine Mutter? Hängt über der Kloschüssel und würgt, ihre langen blonden Haare streifen die Klobrille. Einige hängen auch mitten im Klo.

Sofort schießen mir Tränen in die Augen. Ich stürze zu ihr, fasse als Erstes ihre Haare zusammen, die teilweise vollgekotzt sind. Streiche ihr über den Rücken und lasse zu, dass der Schmerz mich richtig packt und durchschüttelt. Alles verkrampft sich, ich bekomme kaum Luft, so schlimm erwischt es mich. Ihr geht es nicht wirklich besser. Nachdem sie alles rausgelassen hat, schlingt sie die Arme um meinen Hals und beteuert, dass sie sich bessern wird.

Irgendwann. Vielleicht.

»Schon okay, Mum.«

»Nein, ist es nicht! Es tut mir so leid, Amber!«

»Weiß ich doch.«

»Ich denke jeden Tag, wenn ich aufwache, dass es besser wird, dass ich heute weniger trinken werde, aber dann …«

Ich streichele sie. Minutenlang. Ihr ist schwindelig, deswegen legt sie den Kopf einfach auf meinen Schoß. Und da sitzen wir. In einem Badezimmer, das seit Wochen nicht richtig geputzt wurde. Scheiße, warum haben wir keine Putzfrau? Weil wir nicht genug Geld haben, richtig. Weil wir weiterhin das Haus abbezahlen müssen, irgendwie, von Mums Arbeitslosengeld.

Inzwischen ist Mum eingeschlafen. Einfach so. Auf meinem Schoß. Was soll ich mit ihr machen? Ihr die Haare waschen oder sie einfach wieder ins Bett legen? Hat sie heute überhaupt schon Wasser getrunken?

»Mama, steh auf!«, sage ich und rüttele sie sanft.

Es gelingt ihr, sich aufzusetzen. Immerhin.

»Kannst du duschen?«

»Ich weiß nicht. Mir ist immer noch schlecht.«

»Deine Haare sind verklebt. Komm. Gib dir ’nen Ruck, ja?«

Ich sehe zu, wie sie sich auszieht. Und muss dabei einer weiteren, buchstäblich nackten Wahrheit ins Gesicht schauen: Meine Mutter ist total abgemagert. Geschrumpfte Brüste hängen über spitzen Rippen. Ihre Fußnägel: noch immer diese hässlichen, fiesen Krallen. Ich könnte sie ihr schneiden Jetzt, sofort. Aber ich kann einfach nicht mehr. Sitze bloß da und sehe zu, wie sie in der Duschkabine Wasser über ihren Körper laufen lässt, sich die Haare shampooniert. Warum ich bleibe? Weil ich verdammt nochmal Angst habe, dass sie in der Dusche umkippt! Aber sie schwankt nur. Aus der Kabine, rüber in ihr Bett. Um ihren Kopf wickele ich einen Handtuch-Turban. So kann sie selbst mit nassen Haaren weiterschlafen. Anschließend gehe ich wieder runter in die Küche, wo ich Wasser in einen großen Krug fülle, ihr zwei Reiswaffeln aus dem Schrank hole. Damit wenigstens irgendwas in ihren Körper reinkommt.

»Iss das. Okay? Und trink was, ja? Mama?«

So langsam kapiere ich: Es muss was passieren. Ich muss herausfinden, was mit Dad und Lucy geschehen ist. Sie aufspüren, auf Teufel komm raus! Selbst wenn ich dabei in Kauf nehmen muss, dass Jamie dabei ist! Bis Weihnachten gebe ich uns noch. Danach ist Schluss mit dem Gestank, dem Saufen, dem erbärmlichen Hunger und dieser widerlich schleimigen Traurigkeit.

18.

Am nächsten Morgen gehe ich gar nicht erst in die Schule. Wozu auch? Es bringt nichts, im Unterricht zu hocken und in die Gesichter meiner Mitschüler und Lehrer zu starren, ohne etwas zu unternehmen.

Mum bekommt davon nichts mit. Zwar hat sie gestern Abend deutlich weniger getrunken, stand heute Morgen aber trotzdem nicht auf, um Tommy in den Kindergarten zu bringen. Es bleibt einfach alles an mir hängen: die Bastelstunde im Kindergarten, das Einkaufen, der verdammte Meerschweinchenstall. Die Wände meines Zuhauses bröckeln. Es braucht nur einer dagegenzupusten, und alles wird wie ein Kartenhaus auseinanderbrechen.

Es ist kurz vor zehn. Also fast Zeit, Jamie am vereinbarten Punkt zu treffen. Aber vorher muss ich noch etwas erledigen. Alleine. Nur weil er mich erpresst, heißt das noch lange nicht, dass ich ihn in alles einweihen werde.

Der Lehrerparkplatz liegt verlassen da. Der Wagner fährt einen blauen, älteren Audi, den Magnettracker, mit dem ich ihn überwachen will, halte ich schon in der Hand.

Also, wo ist sein Wagen? Ah, da drüben. Glück gehabt. Jetzt schnell danebenhocken und so tun, als ob ich mir die Schuhe zubinden würde. Nicht gerade originell, aber mir fällt nichts Besseres ein. Und es ist keine große Sache. Zum einen geht es blitzschnell, die Tracker unter dem Auto anzubringen, und zum anderen sind eh alle im Unterricht.

Easy peasy. Oder auch nicht. Denn der Wagner steht plötzlich vor mir, gleich hier, gleich jetzt. Wo zum Teufel kommt er her? Hat der sich aus dem Nichts materialisiert? Von wegen *easy peasy*.

»Hey, Amber! Alles okay? Was treibst du denn hier?«

Die Überraschung auf seinem Gesicht ist offensichtlich. Aber vielleicht ist da noch etwas mehr. Skepsis.

»Ich, ähhh … mir ist schlecht!«

Zum Beweis halte ich eine Hand auf den Bauch. Es ist nicht mal gelogen. Adrenalin schießt mit einer solchen Kraft durch meinen Körper, dass ich am liebsten loskotzen würde. Sein Ausdruck wird mild.

»Willst du gerade nach Hause gehen?«

»Äh … ja.«

»Über den Lehrerparkplatz? Ist das nicht ein Umweg für dich?«

»Weiß nicht. Ich bin voll durcheinander!«

Jetzt geht er einen Schritt auf mich zu, hebt die Hand auf meine Schulter. Ich versuche, nicht zusammenzuzucken.

Diese Hände. Mit denen er manchmal scherzhaft mit Kreide nach uns wirft. Warum ist mir nie aufgefallen, wie behaart sie sind? Und wie groß? Dass sie nicht zum Rest seines schmalen Körpers passen wollen?

»Komm erst mal mit ins Sekretariat! Dann rufen wir deine Mutter an, sie kann dich abholen kommen. Ich kann dich leider nicht bringen, ich muss zurück in den Unterricht. Ich wollte nur schnell was aus dem Auto holen, was ich vergessen habe!«

Für einen Moment hefte ich meinen Blick auf sein Gesicht. Auf die lustigen Locken, die es einrahmen, die dezente silberne Nickelbrille. Die braunen, einfühlsamen Augen. Er wirkt so freundlich, so unschuldig. Und könnte doch ganz anders sein.

»Ich wäre eh nie in Ihr Auto gestiegen! Selbst wenn ich vor Übelkeit nicht mehr laufen könnte!«

Oh, no.

Diese Wörter sind gerade nicht wirklich aus meinem Mund gesprudelt, oder? Sofort reißt er den Kopf zu mir herum, eine jähe, erschrockene Bewegung.

»Was willst du damit andeuten?«

In seinem braunen Blick liegt ein seltsames Funkeln. Vielleicht ist es Unsicherheit, vielleicht Ärger. Oder etwas ganz anderes.

»Ich deute nichts an! Mein Vater ist verschwunden. Und meine Schwester. Da steige ich halt nicht einfach so in ein Auto!«

Er schweigt, fährt sich mit der Hand durch die Locken. Die gekräuselten Haare auf seinem Handrücken jagen eine Welle Übelkeit quer durch meinen Magen. Weil sich schon wieder neue Bilder aufdrängen. Sich reinquetschen in meinen Kopf, dort böse Schatten werfen. Diese haarigen Hände. Auf Lucys wunderschöner, milchiger Haut.

»Verstehe«, presst er raus. »Das ist eine schwere Zeit für dich. Bist du sicher, dass deine Mutter dich nicht abholen soll?«

»Ja, voll sicher! Es geht auch schon wieder …«, nuschele ich und wende mich ab, lasse ihn einfach stehen. Nichts wie weg! Noch während ich laufe, spüre ich seine Blicke in meinem Rücken, brennend wie Wespenstiche. Mann. Ich hätte einfach die Fresse halten sollen!

Mein Herz rast, meine Gedanken überschlagen sich wieder.

Er ist einer der wenigen Lehrer, die in Eltville wohnen. Irgendwo am Ortsrand, Richtung Sonnenberg. Direkt am Weinberg, abgelegen. Hat er mal erzählt. Dass er gerne gärtnert, Tomaten und Bohnen anbaut. Er imkert sogar, liebt seine Bienen. Naturschutz, Leute! Großes Insektensterben! Denkt mal drüber nach, bevor ihr einfach mal so 'ne Spinne oder nervige Wespe totschlagt!

Ich glaube, er ist verheiratet. Aber ganz sicher bin ich mir nicht. Hat er Kinder? Ich weiß nur eines: Er ist der beste Mathelehrer der Welt. Aber trotzdem ist er auf meiner Liste plötzlich ganz bis nach oben gerutscht.

19.

Und jetzt Jamie. Alter, der fehlt mir gerade noch! Irgendwie hatte ich bis zum Schluss gehofft, dass er nicht aufkreuzen würde. Doch nein.

Da vorne steht er. Irgendwie krumm. Wie ein einzelner, schief geratener Baum am Wegrand.

»Du bist zu spät!«, begrüßt er mich.

»Nur fünf Minuten. Chill mal!«

»Wieso kommst du aus dieser Richtung? Warst du in der Schule?«

»Nein, war ich nicht! Musste was erledigen.«

Seine Augen heften sich auf mein Gesicht. Tief in ihnen ruht etwas.

Ein Verlangen, das ich nicht benennen kann.

»Hast du die Sachen zum Picken dabei?«

»Nein, werden wir nicht brauchen.«

»Wieso denn? Wie sollen wir …?«

»Wirst schon sehen. Wichtig ist, dass du genau das machst, was ich sage, okay? Ich habe keinen Bock, wegen dir aufzufliegen!«

»Schon klar.«

»Okay. Stell dein Handy stumm. Letztens bin ich fast erwischt worden, weil ich das vergessen hatte.«

Plötzlich streift mich sein kehliges Lachen. Jetzt sieht er aus wie ein anderer Mensch. Gerade gewachsen, aufrecht. Und hübsch. Verdammtes Gluckerlachen.

Vor Taylors Haus ist kein Auto zu sehen. Was kein Wunder ist. Sein Vater macht in Frankfurt irgendwas Wichtiges (was genau weiß ich nicht, es war dermaßen langweilig, dass ich es sofort wieder vergessen habe). Außerdem ist heute Dienstag, was bedeutet, dass er abends noch bei Jonathan in Wiesbaden vorbeischauen wird. Britta, seine Mutter, hat in Wiesbaden eine Werbeagentur und kommt frühestens gegen acht, manchmal wird es auch neun oder zehn.

Die Racker sind ja schon groß, oder? Kommen gut ohne sie klar. Was sie viel zu oft betont. Dabei den Blick abwendet, um bloß keinem in die Augen zu schauen.

Mein einziges Problem stellt Henry dar, Tays älterer Bruder, dessen Stundenplan ich nicht kenne. Aber er wird kaum *mitten* in der 3. Stunde nach Hause kommen. Keiner bricht eine Stunde ab und geht einfach nach Hause, also wirklich *keiner*. Wenn er jetzt nicht zu Hause ist, kommt er frühestens nach der 3. Stunde. Was bedeutet, dass wir noch eine halbe Stunde Zeit haben.

Zuerst klingele ich wieder Sturm. Sollte Henry krank sein, wird ihn das zermürben. Doch das Haus ist verlassen. Haustür und Einfahrt liegen hinter Büschen verborgen, sind von der Straße nicht einsehbar. Das Problem sind eher die Fenster der angrenzenden Häuser. Jemand könnte dort stehen und zufällig rausschauen. Bei jedem Einbruch ist das die größte Herausforderung. Die Leute kennen mich. Glotzen mich im Vorbeigehen an, wollen wissen, ob es was Neues gibt. Manchmal sprechen mich im Supermarkt vollkommen Fremde an, streifen zart meinen Arm, werfen mir mitleidige Blicke zu. Einmal hat mir irgendeine Omi eine Tafel Schokolade in die Hand gedrückt und mir zugeraunt, ich dürfte die Hoffnung nicht aufgeben.

Ein scheiß Kaff ist das hier! Jeder kennt jeden, alle wissen alles! Oder auch nicht. Irgendeiner von uns ist faul.

Jamie und ich streifen ein frisches Paar Einweghandschuhe über. Wortlos betrachtet er jede meiner Bewegungen. Alter. Ich komme mir vor wie ein Tier im Zoo! Warum will er dabei sein?

Sein Ausdruck ist unergründlich, ich kann so lange in seine verdammten Hundeaugen starren wie ich will – ich werde keine Antwort in ihnen finden! Bedeutet dieser Einbruch für ihn tatsächlich nur Zerstreuung? Oder steckt mehr dahinter?

Der Schlüssel liegt da, wo er immer liegt: unter dem teuren Blumenkübel Nummer vier. Nicht gerade das beste Versteck. Passt aber zur Arroganz dieser Familie. Wir sind die Größten, uns kann nichts passieren! Mal schauen.

Schon schlüpfe ich mit Jamie unbemerkt rein. Anschließend schließe ich wieder ab und lasse den Schlüssel in meine Hosentasche gleiten. Sollte ich ihn verlieren, wäre das ziemlich ungünstig.

Natürlich ist dieses Haus ganz anders als das von Hakennase. Es ist sauber und voll mit Sachen, die so schön sind, dass man ständig stehen bleiben und irgendwas anfassen will. Der Flur erscheint riesig, was an dem Spiegel liegt, der eine komplette Wand einnimmt.

Für einen Moment mustere ich meine eigene Gestalt. Eine junge Frau blickt mich aus großen, leuchtend grünen Augen an. Sie trägt einen dunkelroten Parka und schwarze Docs. Ihre Beine sind lang, aber ziemlich knochig, ihre Haut blass. Nur die Augenringe wollen nicht dazu passen, sehen aus wie graue Halbmonde, die man mit Kohlefingern dorthin geschmiert hat.

Gegenüber vom Spiegel ein schmales Sideboard, auf dem frische Schnittblumen stehen. Tay hat die Angewohnheit, erst einmal seinen Kram (Schlüssel, Handy, Wasserflasche) dort abzulegen, was jedes Mal zu lautstarken Protesten seiner Mutter führt.

Alter, chill doch mal! Das Leben muss kein Prospekt sein, oder?

Außer im Hause Schulz. Da muss es eines sein. Alles ist aufgeräumt, weiß, glatt und teuer. Auch die Menschen darin sollen blank geputzte Gegenstände sein.

Die Küche: polierte Oberflächen. In der einen Ecke ein antikes blaues Sofa mit Samtbezug, das bewusst den modernen Stil bricht und zwei Personen Platz bietet. Davor ein schmaler Tisch, ebenfalls mit frischen Schnittblumen und teuren Zeitschriften, die zu einem akkuraten Stapel geordnet sind. Ich weiß noch, wie mir dieser Stapel einmal verrutschte. Wie Tays Mutter ihn gleich wieder gerade rückte, mit dem Lächeln der Schneekönigin auf dem Gesicht.

Ich habe mit Taylor total gerne auf diesem Sofa gesessen, Milchkaffee getrunken und was für die Schule gelernt. Oder geknutscht. Einmal haben wir sogar ... ach egal. Dieser Arsch!

Hat er eigentlich eine Ahnung, wie tief er mir ins Herz gestochen hat?

Ich öffne den Kühlschrank und suche nach seinen Proteinshakes, die er selbst anrührt. Ich greife nach einer Flasche, öffne sie und ziehe den Schleim hoch. Doch dann treffe ich Jamies Blick. Mann, dieser Idiot folgt mir wie ein verdammter Schatten!

»Du willst da nicht wirklich *reinspucken*, oder? Hast du das bei uns etwa auch gemacht?«

»Nein.«

»Das ist widerlich! Außerdem weißt du gar nicht, ob er was mit dem Verschwinden von Lucy zu tun hat!«

»Er hat genug anderen Scheiß gebaut, glaub mir!«

»Was denn? Mit dir Schluss gemacht? Deswegen flennst du rum?«

»Es geht nicht darum, *dass* er Schluss gemacht hat, sondern *wie*! Er hat mich hängenlassen, sich von jetzt auf gleich nicht mehr gemeldet!«

»Und das wundert dich??? Die Leute halten so schwere Gefühle nicht lange aus, Amber. Du bist mit diesen Schmerzen alleine. Finde dich damit ab!«

Wie er da steht, die Arme vor der Brust verschränkt. Er wirkt so deplatziert in dieser Hochglanzküche, so verloren. Anscheinend weiß er genau, worüber er spricht. Was aber nicht viel ändert, deswegen traue ich ihm noch lange nicht!

Ich stelle den Shake zurück in den Kühlschrank. *Ohne* reingespuckt zu haben.

Im Wohnzimmer hat sich kaum etwas verändert. Die riesige Sofalandschaft mochte ich nie. Ledergarnituren haben etwas Kaltes, Abweisendes, selbst wenn flauschige Wolldecken darauf liegen. Aber darf man sie auch benutzen? Wenn sie stets Kante auf Kante zusammengefaltet sind?

»Ist echt 'ne krasse Hütte«, kommentiert Jamie den Raum, in dem protzige Bilder an den Wänden hängen. Auf dem Couchtisch sind opulente Kataloge aus Kunstausstellungen zur Schau gestellt, die nie jemand durchblättert. Kurz frage ich mich, was sich dort befinden würde, wenn meine Familie hier wohnen würde. Dad hätte eine Zeitung dort liegenlassen. Tom sein Kuscheltier. Ich das Buch, das ich gerade lese. Dieses Haus hier könnte schön sein, wenn seine Bewohner lebendiger wären.

Wir gehen weiter in Taylors Zimmer. Auch hier ist alles beim Alten. Er hat sich ein altes Filmplakat von *Matrix* besorgt, nachdem wir die Trilogie zusammen geschaut haben. Auf seinem Nachtisch liegt ein Buch. *Es* von Stephen King., das ich ihm empfohlen habe. Jetzt liest er es also doch.

Das ist auch so eine Sache bei Taylor. Als wir zusammenkamen, machte er eigentlich nichts außer zocken, daddeln, pumpen und stundenlang Nachhilfeunterricht nehmen. Sein Bruder Henry hat wenigstens sein Taekwondo, räumt regelmäßig Pokale ab. Aber Tay? Er hatte außer dem ersten Band von *Harry Potter* und dem Schulstoff kein einziges Buch gelesen. Deswegen brachte ich ihm zwei meiner Lieblingsbücher mit. Nichts literarisch Anstrengendes, sondern Texte, die schnell Spannung aufbauen und sich einfach so weglesen lassen. Er hatte sie innerhalb einer Woche durch. Danach brachte ich mehr mit, parallel schauten wir uns Dads alte Lieblingsfilme an. Irgendwie löste das in Taylor etwas aus. Plötzlich sprach er darüber, dass er nach dem Abi gerne eine etwas ungewöhnlichere Ausbildung angehen wollte. Dass er nicht »so 'nen langweiligen Scheiß« studieren wollte wie seine Eltern, sondern was ganz anderes machen wollte, was Cooles. Als ich wissen wollte, was genau, druckste er tagelang rum. Schließlich rückte er mit der Sprache raus. Er will es mit der Schauspielerei probieren. Oder wollte es zumindest. Ob das noch aktuell ist, weiß ich nicht.

Letztes Jahr haben wir ein Theaterstück in der Schule aufgeführt, *Die Welle*. Taylor hat David gespielt, eine der Hauptfiguren, Lucy die Rolle von Laurie eingenommen. Die beiden haben auf der Bühne total gut harmoniert, obwohl oder gerade weil sie vollkommen konträre Rollen spielten. Ich hatte sogar den Eindruck, dass Lu sich ein wenig in Taylor verknallte, obwohl sie das heftig abstritt. War sie am Ende eifersüchtig auf mich gewesen? Und was ist mit Tay? Er muss Lucy hübsch gefunden haben. Jeder findet sie hübsch. Sie ist so klassisch, so verträumt. Hat etwas Reines, Unberührtes.

Inzwischen wünsche ich mir, sie wäre anders gewesen. Nicht so zurückhaltend, nicht so hilfsbereit und gutgläubig, sondern aufmüpfig, wie ich. Vielleicht wäre sie dann nicht verschwunden. Vielleicht hätte sie die Bedrohung kommen sehen, sich heftiger dagegen gewehrt.

Und dann war sie noch Jungfrau. Da bin ich mir sicher. Sie wollte auf den richtigen Kerl, auf echte Gefühle warten.

Alleine bei dem Gedanken krabbeln schon wieder Tränen hoch. Sie hätte es tun sollen. Mit irgendwem. Wegen mir sogar mit Taylor. Dem haarigen Yusuf. Scheißegal. Alles besser als entführt und dann vielleicht dazu gezwungen zu werden.

»Alles okay?«, fragt Jamie.

Diese Frage ist so was von beschissen. *Nichts* ist okay. Ich antworte nicht, sondern blinzele die Tränen fort. Aber offenbar nicht schnell genug. Schon geht er ein paar Schritte auf mich zu, unbeholfen wie ein tapsiger Welpe.

»Amber …«

»Is schon okay …«, nuschele ich, damit er nicht näher kommt. Aber er hält nicht inne. Schon steht er vor mir, seine Hand zuckt vor, will mich berühren. Hastig weiche ich einen Schritt zurück.

»Wonach suchen wir eigentlich? Kann ich irgendwie helfen?«

»Du kannst dir seinen Laptop vornehmen. Kannst du ihn hacken? Ich habe das bei meinem ersten Einbruch versucht, allerdings ohne Erfolg.«

»Bin nicht gerade ein Computerfreak. Aber ich kann es versuchen.«

Ich bin gerade im Begriff, den Laptop einzuschalten, als mich ein Geräusch ablenkt. Es ist ein Auto, das vor dem Haus parkt. Sofort springt mein Puls in die Höhe. Es wird der Postbote sein, oder? Taylors Mum bestellt ständig irgendwelches Zeug, ist total kaufsüchtig.

Also. Kein Grund zur Panik.

Oder doch.

Das ist so eine Scheiße! Zum zweiten Mal in zwei Tagen wird plötzlich die Haustür aufgeschlossen! Jamie starrt mich ausdrucklos an, sein Flüstern klingt panisch: »Was sollen wir jetzt machen?«

Meine Gedanken rasen. Wo zum Teufel sollen wir uns verstecken? In Taylors Zimmer? Nope.

Ich meine, es könnte mein Ex sein, oder? Wobei da ein Auto

vorgefahren kam ... Ist es vielleicht Henry? Der ist volljährig und hat schon den Führerschein. Henrys Zimmer fällt also auch raus. Gäste- und Arbeitszimmer befinden sich unten. Bleibt nur noch ... das Schlafzimmer seiner Eltern. Nein, lieber nicht!

Kopflos machen wir ein paar Schritte in Richtung Bad. Das geht auch nicht! Wenn der unerwartete Bewohner pinkeln muss ...

Bleibt noch diese seltsame Tür. Ich habe sie zwar noch nie geöffnet, aber das muss jetzt einfach passen, es muss ... Eine Abstellkammer, Gott sei Dank! Passen wir da beide rein? Jamie hat seinen Schulrucksack dabei. Aber Scheiße, wir haben keine andere Wahl! Er schlüpft als Erstes rein, anschließend quetsche ich mich zwischen ihn und den Staubsauger. Ist das hier drin eng. Und shit, ich muss mich voll an ihn pressen! Mein Gesicht klebt quasi an seinem!

Schon hören wir eine Person im Flur rumkruscheln. Hohe Absätze klappern. Klingt nach Britta, nicht nach der Putzfrau – ein Gedanke, der mich erleichtert, schließlich wird Britta garantiert nicht in die Putzkammer schauen.

Mein Herz wummert im Brustkorb. Jamie ist so verdammt nah, ich muss mich an seinem Gürtel festkrallen, um meine schiefe Position zu halten. Sekunden vergehen, Minuten. Wenigstens reguliert sich langsam meine Atmung. Ich höre sie in der Küche herumwerkeln. Der Raum im Erdgeschoss öffnet sich zum ersten Geschoss hin, also können wir der Geräuschkulisse problemlos folgen. Zumal die Tür dieser Abstellkammer diese schrägen, offenen Lamellen hat.

Ich nehme das Brummen der Hightech-Kaffeemaschine wahr, anschließend geht sie ins Wohnzimmer. Macht sie es sich etwa gemütlich?

Schnell werfe ich einen Blick auf mein Handy. 10.27 Uhr!

Die 3. Stunde endet in genau 8 Minuten! Wie lange will sie hier hocken?

Von draußen wieder Motorengeräusche. Ein weiteres Auto fährt in die Einfahrt. Schon steht sie auf und rauscht auf ihren High Heels über das Parkett. Empfängt sie etwa einen geheimen Liebhaber? Ich will so eine Szene auf keinen Fall mitbekommen! Ich suche bloß meine Schwester und meinen Dad!

Ihre Stimme zischt durch den Flur: »Du bist zehn Minuten zu spät! Ich hab doch gesagt, du sollst pünktlich sein!«

»Chill mal! Du wolltest 4 Gramm?«

Die Stimme des fremden Mannes ist dunkel, mit einer leicht fremden, singenden Note, die ich vom Akzent her nicht einordnen kann.

»Ja. Zweihundertfünfzig hattest du gesagt?«

»Hast du's passend? Kann nicht wechseln.«

Für einen Moment interagieren sie wortlos. Dann sagt der Fremde: »Danke. Bis zum nächsten Mal, Madame!«

»Nenn mich nicht so! Hab ich dir schon hundertmal gesagt! Das ist *absolut unangebracht*!«

»Okay, Madame!«

Sie knallt die Tür zu.

»Blödes Arschloch!«

Jamie und ich tauschen einen Blick aus.

»Kokst die?«, flüstert er, und zarte Lachfalten legen sich um seine Augen. Alter, der hat Nerven! Wie kann man so eine Situation *witzig* finden? Und wie sich sein Körper anfühlt, wenn er lacht. Irgendwie geschmeidig.

Brittas Absätze klappern aggressiv, es klingt, als würde sie ihr benutztes Geschirr in die Spülmaschine räumen. Dann einen Moment unerwarteter Stille, nur durch ein kaum wahrnehmbares, leises Schniefen unterbrochen.

4 Gramm.

Wie kaputt ist diese Familie eigentlich? Warum machen sie es sich so schwer? Warum steht Uwe nicht zu seinem Freund, sondern führt ein Doppelleben? Er könnte noch einmal neu anfangen. Klar wäre es hart für seine Familie, aber sie bekommen doch auch so zu spüren, dass irgendwas nicht stimmt!

Scheiße, wir müssen hier raus! Ich schwitze so verdammt erbärmlich, Jamie scheint es nicht besser zu gehen. Er hat es in dieser Kammer noch schwerer als ich, weil er ein Stückchen größer ist. Mit krampfhaft eingezogenem Kopf steht er da, bis er ihn anlehnt. An mir. Meiner Stirn. Einfach so.

Die Bewegung hat etwas Intimes, Verschmustes, und mir wird bewusst, dass ich außer Tom und Mum lange keinem Menschen mehr so nah gewesen bin. So dicht. Mein Puls schießt in die Höhe, und zwar nicht, weil wir erwischt werden könnten. Sondern weil es guttut, jemanden zu spüren.

»Wie kommen wir hier raus? Sollen wir uns an ihr vorbeischleichen?«, unterbricht er meine Gedanken.

»Nein, das ist zu riskant! Sie wird bestimmt gleich wieder fahren.«

»Und wenn nicht? Was, wenn Taylor oder Henry nach Hause kommen?«

»Die sind in der Schule. Tay hat bis zur Sechsten Unterricht!«

»Sagst du …!«

»Es wird schon schiefgehen …!«

Fast im selben Moment kommt es mir so vor, als hätte mir einer in den Magen geboxt. Mit voller Wucht. Irgendeine unbekannte, übergeordnete Macht, die mich verhöhnt. Anders ist es nicht zu erklären, dass jetzt einer die Haustüre aufschließt, Henrys Stimme durch den Flur schwappt.

»Hi! Wusste gar nicht, dass du heute von zu Hause arbeitest!«

»Ähhh … wieso bist du nicht in der Schule?«

»Freistunde! Die halbe Lehrerschaft ist krank.«

»Digger, wahrscheinlich macht der blau«, kommentiert Jamie.

»Wollen wir zusammen einen Kaffee trinken?«

Wie anders Henrys Stimme klingt. Ich glaube, ich habe ihn noch nie so erlebt. So voller Freude. So hoffnungsvoll.

»Ich hab keine Zeit, tut mir leid! Ich hab gleich ein wichtiges Meeting!«

»Wann fängt das denn an?«

»Schon um elf!«

»Wenn wir uns beeilen, können wir es schaffen!«

»Das ist zu knapp, Henry, du weißt ja, wie oft Stau ist. Das ist ein MEGA wichtiger Kunde, da kann ich nicht einfach zehn Minuten später reinschneien!«

»Okay, schon gut. Schade.«

Seine Enttäuschung schneidet mir ins Herz. Was für ein scheiß Leben! Warum ist es so schwer, füreinander da zu sein? Auch Jamie regt sich bei diesen Worten, ändert vor Unbehagen seine Position.

»Ich mach's wieder gut! Versprochen!«

»Ja klar. Nächstes Jahr. Wenn ich ausgezogen bin!«

»Das ist jetzt voll unfair, Henry, was soll das denn? Mein Tag ist auch so beschissen genug, da brauche ich keinen, der mir sagt, wie schlecht ich bin. Ich mache das alles für uns, damit wir uns dieses Haus leisten können, die schönen Urlaube …«

»Schon gut. Hab's kapiert! Bis später dann!«

»Wie läuft's mit Mathe?«

»Läuft irgendwie. Mach dir keine Gedanken!«

»Brauchst du mehr Nachhilfe? Wenn du weiter abrutschst …«

»Werde ich schon nicht! Keine Panik, dein Söhnchen wird

bestimmt studieren! Irgendwas Wichtiges. Damit er sich später auch ein großes Haus und fette Urlaube leisten kann …!«

»Boaaahh, Henry, ich fasse es nicht! Echt jetzt? Bist du letztes Jahr nicht mal eben so nach Südafrika geflogen? Und fandst es voll geil? Wer hat das bezahlt, he? Und wer überlegt gerade, in Kapstadt zu studieren?«

»Ja, schon klar. Sorry!«

»Lass uns nicht streiten. Ich muss jetzt echt los. Bis später, ja?«

»Bye, bye!«

Die Tür fällt ins Schloss. Zurück bleibt Henry, den ich am liebsten in den Arm nehmen würde. Jamie scheint das Gleiche zu empfinden. Seine Augen spiegeln meine eigene Traurigkeit wider. Diese zwei dunklen, flackernden Seen. Jetzt macht er etwas, womit ich nicht gerechnet habe. Mit einer entschlossenen Bewegung legt er beide Arme um mich.

Oh, das ist … Er drückt mich leicht, gleichzeitig legt er wieder den Kopf an meiner Stirn ab. Nur dieses Mal anders. Mit dem Mund nach unten. Als wollte er meinen Scheitel küssen.

Mir knicken fast die Beine weg. Mein erster Impuls ist, ihn wegzuschieben, aus dieser Umklammerung auszubrechen. Wären da nicht die Knallfrösche. Also lasse ich es geschehen, mich gegen seine Brust sinken. Atme seinen Geruch ein, stelle mir vor, nicht mehr alleine zu sein. Sicher zu sein. Nicht mehr traurig.

Was für eine Illusion! Schnell schiebe ich ihn von mir, verdammt, ich muss hier raus, darf nicht den Fehler machen und ihm vertrauen! Immerhin hat er meine Haare geklaut! Scheiße, ich kenne ihn gar nicht!

Während Henry unten im Wohnzimmer stumpfsinnig ein Ballerspiel zockt, fallen wir buchstäblich aus der Abstellkammer raus. Nichts wie weg hier. Jetzt. SOFORT.

»Meinst du, wir können an ihm vorbei?«, raunt Jamie, der genauso durcheinander und zerknautscht aussieht wie ich mich fühle.

Scheiße, was ist da gerade zwischen uns passiert? Hoffentlich hat er das nicht so intensiv empfunden wie ich. Immerhin könnte er seine Arme nur um mich gelegt haben, um sie irgendwo unterzubringen, richtig?

»Lass es uns probieren«, flüstere ich zurück und deute in Richtung Treppe. Wie in Zeitlupe gehen wir Stufe für Stufe abwärts. Aus dem Wohnzimmer nichts außer Geballere und sporadischen Flüchen. Alles im grünen Bereich.

Ich kann die Haustür sogar schon sehen! Wir werden sie erreichen und geräuschlos öffnen, danach mega leise schließen und abhauen!

Den Schlüssel werde ich später zurücklegen. Heute Nacht. Wenn alle schlafen.

Mein Herz macht einen freudigen Hüpfer. Nur um mir sofort wieder in die Hose zu rutschen.

Das darf nicht wahr sein!

Die Haustür hat ein schmales Milchglasfenster. Dahinter erkenne ich einen Schatten, eine Person, die geradewegs auf das Haus zukommt.

20.

Really??? Wie viel Pech kann man eigentlich haben?

Jamie und ich hasten die Treppe zurück nach oben. Gerade so schaffen wir es ins erste Geschoss, als die Haustür auch schon geöffnet wird.

Die Stimme, die jetzt durchs Haus klingt, ist so vertraut, dass es weh tut.

»Hey!«, sagt mein Ex mit wenig Enthusiasmus. »Bin da!«

Henry reagiert nicht, sondern zockt unbeirrt weiter.

Ich schwitze. Mein Herz poltert, wo zum Teufel sollen wir hin? Bloß nicht wieder in die Abstellkammer, ich bin so nassgeschwitzt wie ein mariniertes Hühnchen! Dann lieber in das Heiligtum von Uwe und Britta – in ihr Schlafzimmer. Die Tür steht offen, schnell schlüpfen wir hinein.

Warum kommt Taylor während einer *laufenden* Schulstunde nach Hause? Das ist quasi *unmöglich*!

»Mir geht's nicht so besonders«, hören wir ihn durch die angelehnte Tür sagen. »Ich glaub, ich krieg 'ne Grippe.«

Henry reagiert nicht. Dem Geballere und Fluchen nach zu urteilen, muss er zuerst einen wichtigen Schusswechsel gewinnen.

»Hast du überhaupt gehört, was ich gesagt habe?«

»Ja, ja. Aber was soll ich machen, Alter? Händchen halten? Leg dich halt hin und penn!«

»Wo ist denn Mama?«

»Wo wohl? Arbeiten, wie immer!«

Etwas Bitteres tropft in meine Seele, zähflüssig wie dicker Schleim. Der Geschmack von Traurigkeit.

Hier ist es so beschissen. Wäre ich krank, hätte Lucy mir

einen Tee oder eine Suppe gekocht. In diesem Haus muss man nach Zuneigung lange suchen. Wahrscheinlich versteckt sie sich in den Blumenvasen.

»Krass gute Stimmung hier«, kommentiert Jamie. »Ist das hier immer so?«

Mir gelingt ein kraftloses Nicken, während ich höre, wie Taylor die Treppe rauf und rüber in sein Zimmer geht.

»Und was jetzt?«, will Jamie wissen.

Er hat sich auf dem Fußboden niedergelassen und seine Jacke ausgezogen, genau wie ich.

»Keine Ahnung. Warten wir's ab!«

»Sind deine Streifzüge immer so turbulent?«

»Normalerweise nicht. Aber du wolltest ja Zerstreuung!«

Für einen kurzen Moment schauen mich seine Hundeaugen intensiv an. Dann schiebt sich eine Erkenntnis in sie hinein, eine Art mehliger Staub. Am liebsten würde ich zurücknehmen, was ich gesagt habe.

Unsicher gleitet mein Blick durch das saubere, weiße Schlafzimmer.

Das Bett ist gemacht, die Decken glattgestrichen. Auf den Nachttischen fehlen Bücher. Stattdessen stehen auch hier wieder Vasen mit frischen Schnittblumen. Echt jetzt? Man kann es auch übertreiben, oder?

Aus Tays Zimmer hören wir nichts. Vielleicht daddelt er rum. Liest. Oder ist eingeschlafen. Minuten vergehen. Brittas Parfüm wabert in meine Gedanken, liegt wie eine kalte, blumig duftende Hand in diesem Raum. In dieses Bett legt sich Uwe also. Nachdem er Jonathan in Wiesbaden besucht hat. Der Gedanke ist so gemein, dass es in meinem Magen rumort.

Taylor hat in seinem Zimmer zu telefonieren begonnen.

»Hey«, sagt er. »Ich glaub, ich muss zum Arzt.«

Stille.

»Nein, ich konnte nicht in der Schule bleiben. Hab Fieber.«

Pause.

»Der zockt unten! Ich dachte, du kannst mich zum Arzt fahren!«

»Das ist doch scheiße mit 'nem Taxi! Kannst du nicht kommen?«

Sein Schweigen dauert wenige Augenblicke an.

»War ja klar! Wie immer halt. Nie bist du für mich da!«

Danach ist er still. Ein Frösteln überzieht meinen Körper. Eine Berührung der Schneekönigin, deren Lächeln nie richtig warm wird.

Scheiße, wir müssen hier endlich raus!

Er telefoniert erneut.

»Hey.«

Pause.

»Nee, meine Mutter hat keine Zeit. Ich wollte fragen, ob du mich fahren kannst.«

Stocken.

»Sobald es geht halt. Du hast doch gerade 'ne Freistunde!«

Ich werfe einen Blick auf mein Handy. 10.44 Uhr. Es könnte Paul sein. Sein Buddy mit der ekligen gelben Schlange, der schon achtzehn ist, in der Nähe wohnt und alleine fahren darf.

»Nein, ich hab sie heute auch nicht gesehen. Wie kommst du denn jetzt auf Amber?«

WTF???

»Nein, mach dich locker, Digger! Auch wenn die einen so anstarrt: Sie weiß nichts! Wie auch? Ich hab das Video längst gelöscht! Und Lucy hat nicht mitbekommen, dass ich gefilmt habe!«

Lucy? Video? Was zum Teufel geht hier ab??? Meine Haut

überzieht eisige Kälte, mein Herz pumpt gefrorenes Eis. Durch den Raum hinweg finde ich Jamies Blick.

»Ich weiß, dass ich die Wette verloren habe! Obwohl ich echt nah dran war. Hätte Lucy fast geknackt … sie ge…«

Lachen. Frotzeln.

Alles in mir erstarrt. Nur am Rand nehme ich wahr, dass Jamie nach meiner Hand greift.

»Jetzt lass mal, Alter. Ist echt scheiße, dass Lucy weg ist. Tut mir voll leid. Da draußen rennt irgendein kranker Arsch rum!«

Pause.

»Okay. Danke, Mann. Mir geht's echt mies. Bis später!«

Am liebsten würde ich aufstehen, zu Taylor rübergehen und auf ihn einprügeln. Ihn anschreien, zur Rede stellen. Alles in meinem Körper verkrampft sich, hindert mich daran, klar zu denken. Er hat irgendwas gemacht. Mit Lucy.

Ich hätte sie fast geknackt. Sie ge…

Soll das etwa heißen, dass er was mit ihr hatte?

Taylor und Lucy, Lucy und Taylor.

Während Taylor und ich …

Ihr Blick, als sie in dieser Nacht in sein Zimmer gestürzt kam. Hatte sie geweint? Verdammt, warum erinnere ich mich nicht besser daran? Warum musste ich mich so volllaufen lassen?

»Bitte, Amber, hör mir mal zu …!«, hatte sie ausgerufen, mit diesen roten Flecken im Gesicht, die sie nur bekommt, wenn sie sich richtig aufregt. Was genau wollte sie mir sagen? Hatte sie kurz zuvor irgendwas *erfahren*?

Jetzt verlässt Taylor sein Zimmer, geht runter in die Küche. Der Geräuschkulisse nach zu urteilen, kocht er sich einen Tee. Was meine Chance ist. Wie in Trance stehe ich auf, wanke in Richtung Tür.

»Amber …!«, versucht Jamie mich aufzuhalten, aber ich habe

den Raum bereits verlassen und gehe rüber in Tays Zimmer. Ich brauche sein Handy. Zur Not klaue ich es. Inzwischen ist mir alles egal, gehe jedes Risiko ein. Solange ich nur die Wahrheit rausfinde.

Dort liegt es. Auf dem zerknautschten Bett. Was pures Glück ist, denn normalerweise nimmt dieser Honk es überall mit hin, selbst aufs Klo. Hektisch greife ich danach und gebe den Code ein, den ich kenne.

Er ist unverändert. Kaum zu glauben. Andererseits ist es gerade mal sechs Wochen her, dass wir »zusammen« waren. Warum hätte er zwischenzeitlich seinen Code ändern sollen?

Durch meinen Körper strömt so viel Adrenalin, dass es in den Ohren rauscht. Zittrig scrolle ich durch seine Kamerabilder. Die letzten Schnappschüsse stammen von Nora. Sie sitzt auf dem blauen Samtsofa und macht einen Kussmund. Danach liegt sie auf der kalten Sofalandschaft, ebenfalls in Pose. Anschließend hier auf dem Bett. Schwarzer BH. Dann gar kein BH. Scheiße, das will echt keiner sehen!

Ich scrolle Tag für Tag zurück, Woche für Woche. Irgendwelche Feiern rauschen an mir vorbei, eine Aufnahme von Pups, der Katze von Dennis, die Wasser aus der Toilette säuft. Echt jetzt, Digger?

Ich öffne seine WhatsApp-Nachrichten und suche nach einer Kommunikation mit Lucy. Doch nichts. Nicht einmal ihre Nummer hat er gespeichert. Was mir total verdächtig vorkommt, schließlich müsste er sie vom letzten Jahr noch haben, wegen der Theaterproben. Ich gebe ihren Namen in die Suchmaske ein, und siehe da: Sie erscheint in diversen Chats, vor allem in denen mit Paul und Penis.

Ich versuche so schnell wie möglich alle Informationen aufzusaugen, die wichtig sein könnten. Am 2. November machte die Info die Runde, dass Lu verschwunden ist. Überraschung von allen Seiten.

Penis: *Echt?*

Paul: *Wie weg? Wie ihr Dad?*

Penis: *Scheiße, wie kann das sein?*

Taylor: *Wann hast du sie zuletzt gesehen?*

Penis: *Beim Feiern an Halloween. Und du?*

Taylor: *Auch.*

Paul: *Die Bullen wollen mich befragen, was soll ich denen sagen?*

Taylor: *Dass sie kurz bei der Party reingeschneit ist. Was SONST?*

Irgendwas stinkt hier meilenweit zum Himmel. Irgendwas verheimlichen die Triple-Freaks. Nur was? Fest steht: Tay scheint einige Nachrichten gelöscht zu haben. Da sind Lücken, vor allem am 1. November ist es zwischen meinem Ex und den beiden Kumpels verdächtig ruhig.

Taylor sprach von einem Video. Ich durchforste sowohl seinen Kameraordner als auch die WhatsApp-Galerie, in der Hoffnung, etwas zu finden. Doch nichts. Was jetzt? Denk nach, Amber, denk nach!

Ich zittere so sehr, dass mir das Handy fast aus der Hand fällt. Meine letzte Idee: Sein Mail-Postfach. Vielleicht ist da was drin. Vielleicht hat er dieses ominöse Video per Mail verschickt. Ist zwar extrem unwahrscheinlich, aber man weiß ja nie.

Zuerst schaue ich in seinen Order mit den gesendeten Nachrichten. Viele sind es nicht. Wie zu erwarten. Wer schreibt schon eine Mail, wenn per WhatsApp alles viel schneller und einfacher geht?

Nichts. Vor allem nicht unmittelbar nach dem 31. Oktober. Seine letzte Nachricht ging an die amerikanische Gastfamilie aus New York, bei denen er die letzten Sommerferien verbrachte. Damn it!!!

Zur Sicherheit lese ich noch seinen Posteingang quer – aber auch da wenig Privates. Enttäuschung und Verzweiflung ätzen wie Säure durch meinen Körper.

Es muss einfach irgendwo eine Datei mit dem Video geben! Es muss!

Ein kleiner Hoffnungsschimmer flackert auf. Sein Mail-Ordner »Entwürfe«. Eine einzige Nachricht liegt hier bereit. Ohne Betreff. Dafür aber mit Anhang.

Mein Herz setzt einen Moment aus. Es handelt sich tatsächlich um ein mp4, mit einer nichtssagenden Zahlenreihe als Titel. Der Mixer in meinen Bauch hat die Stufe zehn inzwischen längst überschritten. Er ist irgendwo bei zwanzig angekommen, so sehr rumoren in meinen Eingeweiden die Aufregung, die Angst, pures Adrenalin. Nur entfernt nehme ich wahr, dass Tay und Henri im Erdgeschoss miteinander streiten. Verdammt, mir läuft die Zeit davon! Am besten leite ich mir die Mail weiter und schaue mir das Video später an!

Hektisch gebe ich meine Adresse in das Empfängerfeld ein. Jetzt bloß keinen Tippfehler machen, Amber!!!

Scheiße, wie groß ist dieses Video? 6 MB. Müsste durchgehen, oder?

Ich höre ihn unten umhergehen. Fuck! Ich muss die Nachricht noch aus dem Ordner »Gesendete Mails« löschen und den verdammten Papierkorb leeren, um wirklich alle Spuren zu verwischen!

Scheiße, es hört sich an, als würde er in Richtung Treppe gehen! Was jetzt? O nein, er ist schon fast da! Eigentlich habe ich nur noch Zeit, mich in den Kleiderschrank zu quetschen (mal wieder). Doch plötzlich stoppt er, geht noch einmal zurück in die Küche. Kurzerhand husche ich zu Jamie zurück.

»Alter!«, zischt er mir zu. »Bist du wahnsinnig?«

»Hat sich gelohnt!«, gebe ich atemlos zurück und reiche ihm einen Earplug. Mein Herz überschlägt sich, während ich das Video öffne.

Die Qualität ist mies. Womit hat Tay die Aufnahme gemacht? Mit seinem Handy? Einer alten Nanny-Cam? Ich erkenne Henrys Zimmer. Tay und Lu kommen rein, im Hintergrund wummert die Halloweenparty, die im Wohnzimmer abging. Taylor trägt sein Luke-Skywalker-Outfit, was ihm zwar irgendwie steht, aber trotzdem mega lächerlich ist. Er müsste Darth Vader sein. Oder wenigstens Anakin. Kurz vor seiner perfiden Verwandlung.

»Wo ist Amber?«

»Warte …«

»Was soll das, Taylor? Du hast gesagt, du bringst mich zu ihr!«

»Mach ich ja auch. Nur einen Moment. Ich wollte nur …«

Sie stehen seitlich zur Kamera. Er geht einen Schritt auf meine Schwester zu, legt eine Hand auf ihre Wange. Zaghaft, mit diesem verträumten Blick. Den er immer hat, kurz bevor er einen küssen will. Lucy zögert einen Moment, und sofort presst er seinen Mund auf ihren, drückt sie gegen die Wand und schiebt die Hand unter ihr Shirt. Alter, Tay! Du lässt aber auch nichts anbrennen, oder?

Dann die Erleichterung. Lucy schubst ihn heftig weg.

»Was soll der Scheiß???«

»Du weißt es nicht, oder?«

»WAS weiß ich nicht?«

»Dass ich schon voll lange in dich verliebt bin. Seit dem Theaterstück. Du bist so mega hübsch, Lucy! Und nicht nur das. Du bist anders als die anderen Mädchen. Das weißt du doch, oder?«

»Nicht dein Ernst, oder? Du hast doch was mit Amber! Oder etwa nicht? Sie meinte zwar, ihr wärt nur FREUNDE, aber das könnt ihr meiner toten Oma erzählen! Du bist so ein Arsch! Denkst nur ans Ficken, oder? Wo ist meine Schwester?!«

»Lucy, ehrlich, ich mag …«

»Meinst du, ich falle auf deine billigen Anmachsprüche rein? *Du bist so hübsch, Lucy, so anders als die anderen Mädchen …!*«, äfft sie ihn nach.

»Ich dachte, du magst mich auch! Wir haben uns doch ein paarmal getroffen, wir …«

»Ich hab mich mit dir getroffen, weil ich rausfinden wollte, wie es Amber geht. *Zwei Mal.* Weil ich mir verdammt nochmal Sorgen um meine Schwester mache! Und das hab ich dir auch offen gesagt! Es ging dabei nicht um dich! Geschnallt?«

»Ja, schon klar! Zisch ab!«

»Aber gerne doch! Wenn du mir sagst, wo Amber ist!«

»Nebenan. Wo sonst?«

»Was macht sie da? Hast du ihr was gegeben? Scheiße, Tay, wenn sie Drogen intus hat …!«

»Drogen, was für Drogen? Sie säuft halt, aber das weißt du ja längst! Ist total breit! Und jetzt lass mich endlich feiern!«

Lucy wendet sich ab, will nach der Türklinke greifen. Dreht sich dann aber noch einmal zu meinem Ex um, schleudert ihm etwas entgegen:

»Luke Skywalker? Really? Du bist der fucking Imperator!«

WOW Lucy.

Von wegen schüchtern. Von wegen *sanft*. Ich habe dich unterschätzt. Du kannst auch anders sein. Die Krallen ausfahren. Dich nicht verarschen lassen. Ganz anders als ich. Alter, *ich* habe das alles völlig falsch eingeschätzt. *Ich* war diejenige, die naiv war.

Wie paralysiert hocke ich da, starre noch immer auf mein Handy, bis Jamie leise flüsternd meine Gedanken unterbricht.

»Was war das denn?«

»Die Halloweenparty. Kurz bevor Lucy verschwand!«

»Meinst du, er hat …? Danach …?«

»Keine Ahnung. Nein. Alle haben ausgesagt, dass Tay die Party nicht verlassen hat. Und selbst wenn er mal für 'ne Viertelstunde draußen war, er kann sie in so einer kurzen Zeit nicht … umgebracht und beseitigt haben.«

»Das könnte er später gemacht haben. Also sie beseitigen. Nach der Party. Vielleicht hat er sie dazwischen irgendwo … liegen lassen.«

Die Bilder, die seine Worte formen, stechen geradewegs in mein Herz. Auch wenn seine Augen wieder voll Anteilnahme schimmern.

»Wenn er sie wirklich umgebracht hätte, hätte er wohl kaum ein Video mit ihr gemacht und später an seine Freunde geschickt! Außerdem habe ich eben den WhatsApp-Chat zwischen ihm und den Triple-Freaks gelesen. Sie haben keine Ahnung, was mit Lu passiert ist!«

»Er hat doch was von einer Wette gelabert, oder? Wenn es eine Wette mit seinen Freunden war, dann na ja, vielleicht wollte er beweisen, dass er erst was mit dir haben kann und dann mit deiner Schwester.«

Scheiße, Jamie hat recht. So etwas würde zu Taylor passen.

Mein Herz rutscht eine Etage tiefer. Hat er am Ende auch uns beide gefilmt?

Ich mache mich klein, ziehe die Knie eng an meinen Körper. Lucy zu sehen, hat sämtliche Schleusen in meinem Körper geöffnet. Gott, ich vermisse sie so. Sie gehört zu mir wie ein Arm oder Bein. Und jetzt ist sie weg. Wurde von mir abgeschnitten.

Ich heule, wiege mich vor und zurück. Jamie rückt an mich heran, legt wie selbstverständlich einen Arm um mich. Scheiße, auch das noch! Ich weiß gar nicht, ob ich will, dass er mich so hält. Dass er meinen Kopf streichelt, mir beruhigend zuflüstert. Und doch grabe ich mein Gesicht an seinen Hals. Weil er da ist. Weil es verdammt nochmal gut ist, nicht allein zu sein.

Taylor ist das größte Arschloch des Jahrtausends. Endlich kapiere ich, was passiert ist. Er hat mit mir geschlafen und wollte es am selben Abend auch mit Lucy machen.

Du denkst nur ans Ficken.

Wie recht sie doch hat. Meine schlaue, schöne Schwester.

Die noch leben könnte. Jetzt bin ich mehr denn je davon überzeugt. Sie ist eine Kämpfernatur! Sie kann es schaffen, sie hat den Willen!

»Vielleicht sollten wir die Bullen anrufen«, flüstert Jamie mir zu. Seine Stimme ist so weich, als wollte er nicht nur meinen Kopf, sondern auch meine Seele streicheln.

»Nein. Es ist wie du gesagt hast. Eine Wette unter Arschlöchern! Er wäre nicht dazu in der Lage, eine Leiche wegzuschaffen. Also wirklich loszuwerden. Für immer. Die Umgebung wurde von Leichenspürhunden durchforstet, vergiss das nicht! Da blieb kein Stein auf dem anderen!«

Es klingelt an der Tür.

»Machst du auf?«, brüllt Taylor heiser aus seinem Zimmer.

»Ich kann nicht, ich knacke gerade den Rekord!«

Mein Ex flucht, setzt sich aber stöhnend in Bewegung.

»Hey, Danke, dass du da bist. Henry macht nicht mal die Tür auf!«

»Weil ich gerade den verdammten Rekord knacke, Digger!«

»Sollen wir gleich los?«

Es ist Paul, der diese Frage stellt. Ich verstehe ihn kaum, er scheint noch im Eingang zu stehen.

Schon fällt die Tür ins Schloss. Was bleibt, ist das hirnlose Geballere von der Playstation. Und meine Verwirrung. Ein klebriges Spinnennetz, das mich gefangen hält in böser, bitterer Traurigkeit.

»Lass uns versuchen, hier rauszukommen«, meint Jamie und zieht mich hoch. Wie eine Besoffene torkele ich zur Treppe. Wenn Henry sich in genau diesem Moment umdreht, sind wir am Arsch! Aber er feuert weiter auf seinen Frust, seine Einsamkeit. Auch er ist in einem klebrigen Netz gefangen. Und wer weiß, vielleicht ist seins sogar noch zäher als das von mir. Fest steht, dass es liebloser ist. Eisig kalt, genau wie das Schloss der Schneekönigin.

Die Kälte des blauen Tages ist ein Schlag ins Gesicht. Aber noch nie war ich so froh, klirrende Eissterne einzuatmen! Wir haben es geschafft!

Erst ein paar hundert Meter weiter halten wir an.

»Bist du sicher, dass du nicht die Bullen rufen willst? Ich meine, ich würde dich auch nicht mehr verpetzen …«

Wie er vor mir steht, mich aufmerksam betrachtet. Beinahe liebevoll. Mit diesen großen Mandelaugen. Wie ein verdammt hübsches Glubschi.

»Keine Bullen.«

»Okay.«

»Dann erpresst du mich nicht mehr?«

»Ich will weiter mitmachen, Amber.«

Ich gehe einen Schritt auf ihn zu, fixiere ihn eindringlich.

»Warum willst du das, Jamie? Sag mir die Wahrheit!«

»Ich …« Er stottert rum, sein Blick flutscht weg.

»Ich werde dir nie vertrauen können, solange ich nicht weiß, was mit dir los ist!«

Seine Augen finden zu mir zurück, treffen mich mit einer Entschlossenheit, die mich ins Wanken bringt.

»Ich kann dir nichts erzählen, kapiert? Alles, was du wissen musst, ist, dass ich mich heute noch kein einziges Mal ritzen wollte!«

Mit diesen Worten wendet er sich ab, lässt mich verdattert stehen. Er geht in großen Schritten hangabwärts, als wollte er so schnell wie möglich Abstand zwischen uns bringen. Trotz allem, was wir gerade gemeinsam erlebt haben. Meinen Tränen, seinen Umarmungen. Die noch immer in meiner Brust nachklingen.

21.

Der Wecker klingelt um drei Uhr nachts. Gnadenlos. Ich schrecke auf und stelle ihn so schnell wie möglich aus. Tom schläft seit neustem in meinem Zimmer auf einer Matratze. Er will nicht alleine sein. Genau wie ich fürchtet er sich in der Dunkelheit. Vor dem Einschlafen halten wir Ewigkeiten Händchen. Etwas, das er mit Mum nicht tun kann. Weil sie meistens besoffen ist.

Vorsichtig steige ich über seinen zusammengerollten Körper und schlüpfe in Jeans und Sweatshirt. Danach gehe ich runter in den Hausflur, wo ich meinen Parka und ein Paar Sneaker anziehe.

Ich stelle sicher, dass ich unseren Haustürschlüssel dabeihabe. Genau wie den anderen. Der seit gestern Mittag in meiner Jeans steckt.

Anschließend gleite ich raus in die Nacht. Hinein in eine verkohlte Landschaft aus zackiger Kälte und kratzigen Eissternen.

Es ist nicht weit. Nur wenige Minuten Fußweg. Trotzdem schwitze ich. Angstschweiß, klar. Weil die Dunkelheit nicht nur Menschen verschluckt, sondern auch welche ausspucken kann.

Ich stehe vor seinem Haus. Das ich vor etwa sechzehn Stunden mit wild klopfendem Herzen verlassen habe.

Eigentlich wollte ich seinen Schlüssel nur zurück unter den Blumentopf legen. Aber jetzt zögere ich, drehe ihn nachdenklich in der Hand.

Das Haus liegt dunkel da. Ich könnte noch einen Streifzug machen.

Noch bevor ich weiß, was genau ich tue, lasse ich den Schlüssel ins Schloss gleiten, stehe plötzlich mitten im Flur. In dem mein Herz wie irre wummert. Wie bei einem Reh, das vor einem

Rudel Wölfe um sein Leben rennt. Oder wie ein Mädchen, nach dem die stockfinstere Nacht schnappt.

Es ist so still im Haus. Mucksmäuschenstill. Durch meine Adern rauscht Adrenalin. Alter, das Gefühl ist atemberaubend! Wie zu fliegen. Total breit zu sein! Nur besser, weil ich im Kopf völlig klar bin.

Blumenvase Nummer eins steht im Flur. Ich schnappe mir die Rosen, schmeiße sie wahllos auf den Boden. Es ist an der Zeit, die falsche Ordnung dieser Familie auf den Kopf zu stellen.

Das Gleiche mache ich mit Vase Nummer zwei in der Küche, einige Blumen schleudere ich irgendwo hin, andere verteile ich im Kühlschrank und der Cornflakes-Packung. Danach ist sein Protein-Shake dran. In welchem Schrank stehen noch mal die Gewürze? Ach ja, hier. Schnell finde ich, was ich suche. Die kleine Flasche mit Tabasco. Ein paar Tropfen in seinem Shake werden ihn nicht umbringen, richtig? Ich streune weiter zu den Zeitschriften. Oh yeah! Die müssen auf jeden Fall durcheinanderliegen!

Dann ins Wohnzimmer. Hier steht Vase Nummer drei. Ein paar Blumen stopfe ich in herumliegende Hausschuhe, andere in ein Weinglas, das noch auf dem Couchtisch steht. Dann wende ich mich den überdimensionalen Bildern an den Wänden zu. Sieht denn keiner, dass sie viel zu groß sind und zu dicht beieinander hängen? In ihrer Protzigkeit liegt etwas zutiefst Geschmackloses.

Vorsichtig tausche ich sie miteinander aus. Die Rheingauer Landschaft hängt jetzt dort, wo die abstrakte Skizze einer Frau trumpfte, die Stadtansicht von Venedig wechselt mit einer Leinwand voller Blattgold.

Ausgezeichnet. Was noch? Diese lächerlichen Kunstkataloge auf dem Wohnzimmertisch müssen auf jeden Fall dran glauben.

Nur wie? Ha! Eine Idee zuckt durch meine Gedanken, sofort hole ich eine Dose mit Mehl aus der Küche und setze sie in die Tat um.

Ich lege drei gerade Lines nebeneinander. Genauso, wie man es in Filmen sieht. Na bitte! Womit ich mit meinem Besuch am Ende wäre. Noch einmal lausche ich, stehe reglos. Alles bleibt ruhig. Vorsichtig gehe ich zurück in den Flur, ziehe die Tür hinter mir zu. Endlich lege ich den Schlüssel zurück. Das war's. Mission erfüllt. Trotzdem klopft mein Herz noch immer wie verrückt, als ich zurück auf den Gehweg trete. Ich habe einfach Schiss, dass mich einer entdeckt. Man weiß ja nie. Es gibt immer Leute, die nicht schlafen können. Die mit ihren Hunden Gassi gehen, selbst mitten in der Nacht. Aber die Straße ist verlassen. Keine bösen Schatten, die mich schlucken wollen.

Obwohl.

Mein Herz beginnt wieder zu wummern, meine Beine wollen schon losrennen. Jetzt. Sofort. Weil dort, am Straßenende, plötzlich jemand steht. Eine stumme, pechschwarze Gestalt.

22.

Mein Herzschlag poltert nicht mehr, sondern setzt aus. Einfach so.

Eine Sekunde.

Zwei.

Drei.

Danach schnappe ich nach Luft, sauge die Nachtluft gierig ein. Sie ist so eisig, dass jeder Atemzug schmerzt. Wie Schmirgelpapier, das man schlucken muss.

Wie weit ist der Fremde von mir entfernt? Fünfzig Meter? Meine Gedanken überschlagen sich.

Warum zum Teufel treibt sich einer um 3.30 Uhr in meiner Hood rum? Noch dazu … schiebt der etwa ein Fahrrad? In einer arschkalten Dezembernacht? Sofort taste ich nach Schlagring und Pfefferspray in meiner Jackentasche. *Komm ruhig her, du Arschloch.*

Aber er kommt nicht. Er steht nur da. Und glotzt. So reglos, dass ich mich frage, ob dort drüben überhaupt einer steht. Oder ob es nicht eher ein Gegenstand sein könnte. Der zwar aussieht wie ein Mensch mit Fahrrad, aber keiner ist. Mein Gehirn könnte mir einen Streich spielen. Könnte ja sein, nach all der Angst, der Panik, dem Schlafmangel.

Doch dann setzt sich der Gegenstand in Bewegung. Steigt aufs Fahrrad und radelt davon. Weg von mir, zur Schule. Oder in die Weinberge, je nachdem für welche Richtung man sich entscheidet. Ein paar Augenblicke stehe ich erstarrt. Die Gestalt ist verschwunden.

Scheiße.

Was jetzt? Bevor ich weiß, was ich tue, hechte ich los. Jetzt überschlägt sich mein Herz, mein Kopf, meine Gedanken. Mein Gefühl sagt mir, dass etwas nicht stimmt. Dass es eine Verbindung gibt, nach der ich bloß greifen müsste, eine zarte Linie, auf der Lucy SOS-Zeichen sendet.

Schon bin ich am Ende der Straße angelangt. Die Straßenlaternen reichen ein kleines Stück in die Weinberge hinein. Nach etwa fünfzig Metern kann man rechts in Richtung Schule abbiegen, geradeaus kreuzt der Weg die Schnellstraße. Danach nichts als Schwärze, nur die spitzen Schemen knochiger Weinreben stechen in die düstere Nacht. Die Gestalt könnte überall sein: Eingetaucht in die Finsternis oder auf dem Gehweg, der den Hügel runter zur Schule führt.

Ich renne die Straße entlang, geradewegs durch den matten Schein der Straßenlaternen. An der Weggabelung halte ich kurz inne. Wo lang? Scheiße, wenn ich jetzt die falsche Wahl treffe, ist diese Fährte für immer verloren!

Ich entscheide mich für rechts. Runter zur Schule. Es ist abwegig genug, jemandem in einer Dezembernacht um 3.30 Uhr auf der Straße zu begegnen. Aber warum sollte diese Person in die Weinberge fahren? Auf einem verdammten Fahrrad ohne Licht?

Natürlich könnte es irgendeine plausible Erklärung geben.

Könnte, könnte.

Hätte, hätte.

Irgendein Mensch, der auf dem Weg zur Frühschicht ist. Aber wohin?

Noch kann ich die Straße nicht einsehen, weil sie nach unten hin einen Knick macht. Linker Hand ist das Gebäude eines Schützenvereins, grau, angegammelt und zwielichtig. Wer geht da eigentlich hin? Noch während ich daran vorbeihechte, setze ich den verdammten Kasten auf meine Einbruchsliste. Dann dieser Gedanke: Der Typ auf dem Fahrrad könnte genau hier sein. Sprich: sich dahinter versteckt und mir aufgelauert haben.

Panisch werfe ich einen Blick hinter mich. Nichts. Gleichzeitig erreiche ich endlich die Biegung der Straße. Dahinter der vertraute, steile Weg runter zur Schule. Endlich kann ich den restlichen Verlauf der Straße einsehen. Ganz unten, am Ende, sehe ich die Gestalt auf dem Fahrrad. Sie hat die T-Kreuzung erreicht. Jetzt muss sie sich entscheiden. Rechts in Richtung Stadt oder links stadtauswärts in ein Wohngebiet, das irgendwann in den Wald mündet.

Komm, du Wichser. Fahr ruhig nach links. Ganz bis nach hinten, zum Waldrand. Damit ich genau weiß, wo ich meine Schwester suchen muss. Notfalls breche ich in jedes verdammte Haus ein, vom Waldrand aus rückwärts in Richtung Stadt. Und zwar so lange, bis ich jeden beschissenen Keller kontrolliert habe. Fahr nur.

Aber nichts. Der Typ steht einfach da. Dreht sich um und glotzt. Jetzt fange ich an zu zittern. Unkontrolliert, wie ein Parkinsonkranker. Das Blut in meinen Adern gefriert. Dass ich dem Radfahrer eben begegnet bin, ist noch nachzuvollziehen.

Irgendwie. Er schob halt gerade sein Fahrrad den Berg hoch und traf meinem Blick, als er in Taylors Straße angekommen war. Dann stieg er auf und fuhr weiter. Voll creepy, aber irgendwie im Bereich des Denkbaren. Ganz im Gegenteil zu dem, was jetzt geschieht. Er steht einfach da unten, mitten auf der Kreuzung und starrt zu mir hoch. Zwischen uns pulsiert etwas Böses. Eine Verbindung, die dieser Wichser ganz bewusst herstellt.

Aus meinen Augen tropft etwas, das so heiß und dickflüssig ist, dass es unmöglich Tränen sein können. Vielleicht ist es Blut. Oder Gift. Das für immer auf meinem Gesicht gefriert.

Ich bin versucht, ihm etwas entgegenzubrüllen, aber dafür ist er zu weit weg.

Ich werde ihn verlieren, verdammt! Gegen ein Fahrrad habe ich keine Chance! Es sei denn. Er könnte auch umdrehen, oder? Den Weg zurückradeln, geradewegs den Hügel wieder hoch. Zu mir. Was dann?

Hast du immer noch nicht kapiert, dass du gegen einen Mann keine Chance hast, Amber? Ich habe nur den Schlagring und dieses alberne Pfefferspray. Was ich bräuchte, ist eine Waffe! Meine Hände schlottern so sehr, dass ich das Handy, das ich aus der Tasche ziehe, beinahe fallen lasse. Ich entsperre es, für alle Fälle. Um notfalls sofort Max anzurufen. Ich öffne seinen Kontakt, halte den Finger über den Anruf-Button.

Komm, dreh nur um und radel hier hoch. Dann weiß ich endlich, endlich Bescheid. Wer du bist. Was du mit meiner Schwester gemacht hast.

Aber der Moment vergeht. Er setzt sich wieder auf den Sattel, fährt nach rechts in Richtung Stadt. Wunderbar. Dort gibt es so viele Häuser, so viele Verstecke. Wie viele Einwohner hat Eltville doch gleich? Fünfzehn-, vielleicht sechzehn- oder siebzehntausend? So viele Möglichkeiten. So viele Keller.

Verdammt, verdammt!

Was weiß ich über den Typ auf dem Fahrrad? Nichts. Er war vermummt. Mit Handschuhen, Mütze und einem dunklen Schal, der über Nase und Mund gewickelt war. Eine Gestalt, dunkel wie die Nacht. Und schon wieder in ihr verschwunden.

23.

Die Begegnung hallt noch am nächsten Tag nach. Wie ein Echo, das durch meine Seele tropft. Der Fahrradfahrer muss aus Eltville stammen. Was meinen Verdacht bestätigt, dass jemand aus unserer Kleinstadt für das Verschwinden von Dad und Lucy verantwortlich sein muss. Vorausgesetzt natürlich, dass der Radfahrer in dieser Sache mit drinsteckt. Aber warum sonst hätte er mich so psychopathisch mitten in der Nacht anstarren sollen? Ich bin so allein mit dieser ganzen Scheiße!

Max anzurufen ist zwecklos – ich kann ihm unmöglich sagen, dass ich gestern Nacht rumgestreunt bin! Die Familie Schulz könnte den Einbruch bereits gemeldet haben. Max ist nicht dumm, nachdem er den Einweghandschuh gesehen hat, kann er eins und eins zusammenzählen. Ich würde sofort auffliegen.

Nein, ich bin auf mich allein gestellt. Weswegen ich schon wieder unterwegs bin, dieses Mal bei Karl. Zum zweiten Mal. Mittwochs hat er einen Computerkurs, das weiß ich, weil ich ihm mal gefolgt bin. Außerdem hängt an seinem Kühlschrank ein Kalender mit wöchentlichen Terminen. Außer dem Computerkurs geht er montags zur Physiotherapie, sonntags trifft er sich zum Kartenspiel mit Freunden.

Nachdem ich geschlagene fünfundvierzig Minuten gebraucht habe, um das Schloss zu picken, stehe ich in seiner Küche. Sein rotgefleckter Kater Alfred maunzt mir entgegen, wie schon bei meinem letzten Einbruch streichele ich ihn und schütte ein wenig Trockenfutter in seinen Fressnapf. Dabei sticht mir ein neues Bild an der Wand ins Auge: eine Kinderzeichnung mit Tannenbaum, Weihnachtsmann und Geschenken. Darunter in krakeliger Schrift:

Opa wir vermissen dich! Schade, dass wir uns an Weihnachten nicht sehen können!

Etwas kribbelt in meinem Rachen. Einsamkeit hat einen eigenen Geschmack. Nach saurer, längst verdorbener Milch. Warum kommt Karls Sohn ihn nicht wenigstens an Weihnachten besuchen? Ich weiß, dass er mit seiner Familie inzwischen in Kanada lebt. Aber trotzdem. Warum ist es so schwierig, füreinander da zu sein?

Ich habe Karl relativ schnell als Verdächtigen ausgeschlossen. Eigentlich bin ich nur bei ihm eingestiegen, weil er genau wie Hakennase als alleinstehender Mann in unserer Straße lebt. Schließlich weiß man ja nie. Auch ein Rentner kann ein Mädchen überwältigen und wegschaffen. Und zumindest *ein* dunkles Geheimnis hütet Karl. Eines, das tief in seinem Kleiderschrank verborgen liegt, gleich neben dem Hochzeitsalbum. Deswegen bin ich hier. Ich brauche es. Wenige Minuten später steckt es in meinem Rucksack. Zwar habe ich keinen Plan, ob es funktioniert. Aber egal. Ich werde es rausfinden.

Als ich zurück auf die Straße trete, hat es zu schneien begonnen. Der Tag ist trüb, die Flocken fallen lautlos und flauschig. Trotzdem ist der Schnee ein Schock. Diese dicke Schicht, die alles verbirgt: Spuren, Geheimnisse. Lucy ist gefühlt erst gestern verschwunden. Also darf es noch nicht schneien. Und erst recht darf nicht in elf Tagen Weihnachten sein! Scheiße, wir haben nicht mal einen Adventskranz! Mum wird mit Sicherheit noch nichts für Tom besorgt haben. Also muss ich das übernehmen. Und auch für Nike brauche ich etwas. Sie hat mir schon gestern ein halbes Dutzend Nachrichten hinterlassen, will wissen, ob ich vor Weihnachten wieder in die Schule komme. Sie vermisst mich. Ich darf sie nicht länger aus meinem Leben ausschließen, ich sollte …

Oh, no. Der zweite Schock. Da vorne ist jemand. Auf dem Gehweg.

Vor meinem Haus. Einer, dem ich unter keinen Umständen begegnen will.

24.

Er steht an einen Laternenmast gelehnt, in meine Richtung starrend. Alter. Wartet der etwa auf mich?

Ich werfe einen raschen Blick über die Schulter. Kein anderer Schüler zu sehen. Keiner, der mir helfen könnte, sollte er mich rumschubsen. Mir eine reinhauen. Ich zögere. Noch könnte ich umkehren.

Aber er kann mich mal. Er kann mir nicht wirklich etwas tun, schließlich habe ich etwas gegen ihn in der Hand. Das Video.

Ich straffe die Schultern und gehe einfach weiter, sehe, wie er sich vom Laternenmast löst und sich breitbeinig auf den Gehweg stellt. Er sagt nichts, sondern glotzt nur. Sein Mund ist seltsam verzerrt. Fast so, als würde er am liebsten losschreien. Oder als wäre ich das Widerlichste, das er jemals gesehen hat.

»Warst du das?«, platzt es sofort aus ihm raus.

»War ich WAS?«

Seine Hände steckten bislang in den Taschen seines Parkas. Jetzt holt er sie heraus, ballt sie zu Fäusten. Er ist bereit, sofort zuzuschlagen.

»Verarsch mich nicht! Hast du eine Ahnung, was heute Morgen bei uns los war? Die Spurensicherung war bis eben in unserem Haus! In jedem verdammten Zimmer!«

»Und was hab ich damit zu tun?«

Plötzlich macht er einen großen Schritt auf mich zu, packt mich an der Jacke und schüttelt mich heftig.

»Du bist so eine Fotze! Ich mach dich fertig! Ich weiß genau, dass du das warst! DU wusstest doch genau, wo der Schlüssel liegt! Ich selbst hab's dir mal gezeigt!«

Er spuckt, während er mich anbrüllt, Speichel landet auf meinem Gesicht. Sein Atem riecht sauer. Und wie anders er jetzt aussieht. Ganz und gar nicht mehr wie der Junge, in den ich mal verliebt gewesen bin. Ein paar Wimpernschläge lang.

Dann flackert sein Blick. Und ich begreife: Jemand nähert sich, hat uns beinahe erreicht.

»Lass sie los, Taylor!«

Ich erkenne ihn, ohne mich umzudrehen.

Seine tiefe rauchige Stimme. Die sich anschmeichelt, als wäre er ein bekannter Soulsänger, an den sich ein Haufen Groupies hängen.

»Halt du dich da raus, Alter!«

Jamie umfasst meine Schulter. Sanft, zaghaft. Um mich ein Stück von meinem Ex wegzuziehen.

»Du hast ja keine Ahnung!«, zetert Taylor weiter. »Was die für eine fucking Bitch ist!«

Jetzt bin ich es, die einen Schritt auf ihn zugeht. Die ihm am liebsten mitten ins Gesicht spucken würde.

»Eine *Bitch* bin ich also, ja? Dann sag mir doch mal eines, Taylor! Was für einen Grund könnte ich haben, wirklich gemein zu dir zu sein? Mmhhh? Vielleicht das eine oder andere Video? Eines, das ich den Bullen zeigen sollte?«

Er schwankt. Ich kann regelrecht zusehen, wie die Wut von ihm abblättert, sich stattdessen etwas anderes auf sein Gesicht legt. Unsicherheit, Angst. Damit hat er nicht gerechnet.

»Du beantwortest mir jetzt ein paar Fragen, kapiert? Weil ich ansonsten sofort die Bullen rufe! Und zwar nicht die Typen von der Spurensicherung. Sondern die, die nach meiner Schwester suchen. Die sich mit Sicherheit für dein kleines Filmchen interessieren werden!«

»Film? Welcher Film?«, krächzt er los, aber sein Versuch ist witzlos, er stottert bereits.

»Der, von dem ich zufällig eine *Sicherheitskopie* angefertigt habe. Geschnallt, Taylor? Also. Du hast die Wahl. Entweder du rennst nach Hause zu deiner Kokainmutti und heulst, wie gemein ich doch bin, oder du beantwortest meine Fragen!«

»Kokain, was …«

»Jetzt. SOFORT.«

»Ich weiß nicht …«

»Schau hier«, sage ich ruhig und ziehe mein Handy aus der Tasche.

»Der Kontakt von Max Fischer. Den kennst du ja noch, oder? Soll ich ihm das Video jetzt sofort weiterleiten?«

Sein Gesicht versteinert.

»Wie hast du … das ist unmöglich, ich habe das doch gelöscht, ich …«

»Bereit für meine Fragen?«, wiederhole ich und verschränkte meine Arme vor der Brust.

»Okay«, sagt Taylor. »Okay.«

»Gut. Und jetzt schau mich an, während ich dir meine Fragen stelle. Verstanden?«

Er nickt, irgendwie grün im Gesicht.

»Hast du in der Halloweennacht, nachdem Lucy gegangen ist, noch mal das Haus verlassen?«

»Nein. Ich war nur ein paarmal auf der Terrasse, um zu rauchen.«

»Was ist mit Henry?«

»Henry? Was hat denn mein Bruder …?«

»Beantworte meine scheiß Frage!«

»Nicht, dass ich wüsste. Ganz hundertprozentig sicher bin ich mir nicht. Aber wenn, war er höchstens mal kurz weg. Er hat fast die ganze Zeit mit Elisa rumgemacht. Irgendwann gegen zwei haben wir noch ein bisschen aufgeräumt. Ich weiß noch, dass er irgendwie Schiss bekommen hat. Dass unsere Eltern am Ende am nächsten Morgen doch schon nach Hause kommen könnten. Deswegen hat er mich ziemlich angetrieben. Obwohl ich echt breit war.«

»Was ist mit Dennis?«

»Der war nicht weg. Blieb die ganze Zeit da. Ist auf dem Sofa eingepennt. Wir haben ihn geweckt und nach Hause geschickt, als wir mit dem Aufräumen angefangen haben.«

»Und Paul?«

»Der war auch nicht weg. Hat die ganze Zeit versucht bei Jen zu landen. Hat aber nicht geklappt.«

Für ein paar Momente starre ich ihn einfach nur an. Geradewegs in seine Lagunenaugen, die immer wieder verlegen zur Seite huschen, sich mir nicht stellen wollen.

»Gibt es von mir auch ein Video?«

»Ich … was, nein!«

»Ein Sextape?«

»Nein!«

Ich verlagere mein Gewicht von einem Bein auf das andere. Lasse ihn noch etwas schmoren, fixiere ihn einfach nur dumpf. Vier Sekunden lang, fünf, sechs.

Eine gefühlte Ewigkeit.

»Was meinst du, Jamie? Sollen wir ihm glauben?«

Jamie legt den Kopf schief. Er trägt keinen Schal, deswegen blitzt bei dieser Bewegung sein Pilztattoo auf.

»Ich weiß nicht«, stellt er schließlich fest.

»Ich auch nicht. Sagst du die Wahrheit, Taylor? Oder soll ich doch lieber Max anrufen und ihn bitten vorbeizukommen?«

»Nein, von dir gibt es kein Tape! Wozu auch? Dich hatte ich ja schon, oder?«

»Du meinst, mich hattest du schon gefickt.«

»Alter! Mann, du weißt, dass es so nicht war …«

»Nicht? An dem Abend hast du mich gefickt. Und kurz darauf wolltest du Lucy ficken. Was genau habe ich da falsch verstanden?«

»Sag nicht die ganze Zeit *ficken*!«

»Wieso nicht? Warst du etwa in sie verliebt? Hattest du *Gefühle*?«

Wie er sich windet. Sich mit der einen Hand durch diese alberne Frisur fährt.

»Weiß nicht.«

»Und trotzdem machst du mit deinen Kumpels diese Wette? Fällt dir nicht selbst auf, wie krank das ist? Wieso baust du so eine Scheiße, Taylor?«

»Ich, weil … es war …«

Ich gebe ihm Zeit. Lasse Sekunden verstreichen, will ihm Raum für eine Erklärung, eine Entschuldigung geben. Doch nichts.

»Ich, weil … es war …«, äffe ich ihn nach und trete noch einen Schritt auf ihn zu.

»Hast du mit Lucy geschlafen? Davor irgendwann?«

»Nein.«

Ich bin geneigt, ihm zu glauben. Alles. Weil ich spüre, dass er die Wahrheit sagt. Und weil ich seine Visage nicht mehr sehen will. Seine Beau-Fresse. Nie mehr. In meinem ganzen Leben.

Ich trete noch einen kleinen Schritt auf ihn zu. Starre ihn an, bis er endlich wegschaut.

»Von dem Video habe ich drei Sicherheitskopien an verschiedenen Orten«, bluffe ich. »Du lässt mich ab sofort in Ruhe. Du redest auch nicht schlecht über mich. Oder über Jamie. Oder einen meiner Freunde. Kapiert, mmhhh?«

Seine Hand verliert sich wieder in den Haaren, ich bin versucht, sie ihm wegzuschlagen. Stattdessen greife ich ihm zwischen die Beine. Und drücke zu. Nicht zu fest, aber schon anders als früher. Er wird ganz starr. Nicht am Glied, sondern insgesamt. Sein Körper verhärtet. Schockstarre.

»Denk immer dran. Es ist nicht gerade günstig, ein heimliches Video von einem Mädchen zu machen, das kurz darauf verschwindet. Das wahrscheinlich entführt wurde. Ein Video, in dem man es sexuell bedrängt.«

Jetzt schlägt er meine Hand weg, hat seine Unsicherheit überwunden.

»Genauso ungünstig ist es, so ein Video vor den Bullen zurückzuhalten! Und irgendwo einzubrechen«, giftet er los. »Du reitest dich selbst in die Scheiße!«

»Meinst du, mich interessieren irgendwelche *rechtlichen Konsequenzen*? Dass ich angezeigt werde, vielleicht ein paar Monate irgendwo sitzen muss? Das ist mir so was von scheißegal! Interessiert mich *null*!«

Seine Augen flackern auf, ich ahne, dass er mich verstanden hat. Dass der Groschen gefallen ist.

»Und jetzt *fuck off*!«, zische ich und stelle fest, dass ich diese vier Worte ausspeie, dass es jetzt meine Spucke ist, die auf seinem Gesicht landet.

Wortlos dreht er sich um und geht zurück nach Hause. In sein großes, schönes Haus. In dem alle Sachen perfekt sind. Die Blumen, die Körper, die Zeitschriftenstapel. Nur die Seelen nicht.

25.

Vielleicht vergehen Minuten, vielleicht nur Sekunden. Zeit, in der die Flocken weiter zu Boden taumeln. Sie verfangen sich in Jamies Haaren, auf seinem Gesicht, das mich eingehend mustert.

»Wie hat er rausgefunden, dass du bei ihm drin warst?«

»Ich war heute Nacht noch mal da. Eigentlich wollte ich nur den Schlüssel zurücklegen, aber dann …«

»Das meinst du nicht im Ernst! Hat er dich erwischt?«

»Nein, so war es nicht … ich habe nur ein paar Gegenstände anders angeordnet. Ein paar Bilder umgehängt und diese albernen Blumen in die Cornflakes-Packung gesteckt.«

»Warum hast du das gemacht?«

»Ja, warum wohl? Sie führen ein verlogenes Leben! Seine Mum kokst. Und sein Dad bumst in Wiesbaden seinen Personal Trainer!«

»Woher weißt du …? Scheiße, Amber, das geht uns nichts an!«

»Schon klar. Aber die haben es verdient. Tay hat alle angelogen. Die Bullen, mich. Ich habe ein Recht darauf zu erfahren, was er mit meiner Schwester gemacht hat!«

Seine Augen heften sich mit dieser bekannten Eindringlichkeit auf mich. Mann, wenn die nur nicht so verdammt *schön* wären. Könnten nicht wenigstens seine Wimpern etwas kürzer sein? Oder die Schneeflocken aufhören, auf seine Strubbelhaare zu fallen? Ich will jedes Mal die Hand ausstrecken und sie wegwuscheln.

»Du hast gesagt, dass du mich bei deinen Einbrüchen mitnimmst!«

»Das bei Tay heute Nacht war … spontan. Außerdem: So wie du gestern abgedampft bist, hatte ich nicht mehr den Eindruck, dass du dabei sein willst!«

»Will ich aber!«

Ich verschränkte die Arme vor dem Körper.

»Dann sag mir doch einfach, was mit dir los ist, Jamie.«

»Ich … das hab ich dir schon gesagt.«

»Wir drehen uns im Kreis. Warum meinte Max, dass dich keine Schuld trifft? Was genau hat er damit gemeint?«

Der Schritt, den er von mir zurückweicht, ist winzig, aber ich spüre: Jede Faser seines Körpers schreit gegen diese Frage an.

Und plötzlich entdecke ich einen ganz neuen Schimmer in seinen Augen. Scheiße, sind das etwa Tränen?

Ich gehe einen Schritt auf ihn zu, zaghaft.

»Schon okay. Lass mal, Amber.«

Er fasst in die Innentasche seiner Jacke, zieht einen Briefumschlag daraus hervor.

»Hier. Wollte ich dir geben.«

Bevor ich weiß, was geschieht, drückt er mir den Umschlag gegen die Brust und geht in großen Schritten an mir vorbei. Lässt mich stehen, mal wieder. Und ich? Tue nichts anderes, als ihm hinterherzustarren. Seiner großen Gestalt mit den hochgezogenen Schultern, die verloren durch den Schnee davonstampft.

26.

Zu Hause stelle ich fest, dass Mum es aus dem Bett geschafft hat. Immerhin. Dafür ist sie gleich wieder auf dem Sofa eingeschlafen, liegt da wie ein mageres Vogelküken, das aus dem Nest gefallen ist: mit spitzen, kantig hervorstechenden Gelenken.

Leise breite ich eine Decke über ihr aus und beuge mich über sie, um ihren Atem zu testen. Sie riecht wie immer: sauer, leicht ranzig. Einsamkeit riecht und schmeckt absolut gleich.

Im Wohnzimmer wage ich mich kaum umzuschauen. Den Wollmäusen auf dem Boden könnte ich inzwischen Namen geben. Wäsche, die aus drei vollen Körben herausquillt, will zusammengefaltet und weggeräumt werden. Auf unserem klebrigen Esstisch stapelt sich benutztes Geschirr. Wir sind solche Messies. Scham sticht in mein Herz, alles entgleitet. Das ist kein Ort für ein kleines Kind. Hier ist es schon lange nicht mehr schön, wird längst nur noch in unseren Erinnerungen gelacht.

Natürlich könnte ich jetzt aufräumen, aber ich will sie nicht wecken. Außerdem halte ich noch immer Jamies Briefumschlag in der Hand. Also gehe ich leise hoch in mein Zimmer, lasse mich erschöpft aufs Bett fallen, wo ich ihn vorsichtig öffne.

Es befinden sich drei Dinge darin.

Das kleine Bündel mit meinen Haaren. Ein Brief. Und … ein Foto.

Mich lacht ein Mädchen von zwölf, vielleicht dreizehn Jahren an.

Es hat rote Haare wie ich und trägt ein grünes Kleid. Ich habe sie schon einmal gesehen. Es ist das Zombie-Mädchen von Jamies Wand.

Eine gemeine Vorahnung ätzt durch meine Gedanken. Ich

bin davon ausgegangen, sie wäre eine Ex von ihm. Eine, die er vielleicht gestalkt hat. Jetzt stelle ich fest, dass sie viel zu jung ist, um mit ihm zusammen gewesen zu sein.

Mit zittrigen Fingern falte ich den Brief auseinander.

Hi Amber,

ich gebe dir deine Haare zurück. Sie haben mich an die von Lena erinnert, meiner Schwester. Es ist fast die gleiche Farbe, deswegen wollte ich sie behalten.

Lena ist im Sommer gestorben, kurz bevor ich nach Eltville gezogen bin. Ich kann darüber nicht sprechen. Manchmal versuche ich es und öffne meinen Mund, aber dann kommen keine Worte raus.

Jamie

Ich starre aus dem Fenster. Die Welt draußen sieht vollkommen anders aus. Alles ist taub, alles auf Pause. Sogar mein Herz. Das für ein paar Momente einfach vergaß zu schlagen.

27.

Im Kindergarten will ich Tom so schnell wie möglich einsammeln.

Ich habe ihn sogar schon im Kaufladen gefunden und an die Hand genommen, als uns Nicole den Weg blockiert, der Milchschnitten-Drache mit der roten Hornbrille. Dass er sich nicht auf uns stürzt und platt walzt, grenzt an ein Wunder.

»Amber? Kann ich dich gerade mal sprechen?«

»Ich habe es eilig …«

»Es dauert nicht lange!«

»Okay … geh dich schon mal anziehen, Tom, ja?«

Bitte. Und zwar OHNE dich brüllend auf den Boden zu werfen!

Zu meinem Erstaunen flitzt mein Bruder gleich los. Der Grund wird der Drache sein. Wahrscheinlich fürchtet er ihn genauso wie ich.

»Amber, wir haben deine Mutter seit drei Wochen nicht mehr gesehen. Zur Bastelstunde kam sie auch nicht. Und bei dem, was Tom so erzählt …«

»Sorry, dass ich unterbreche«, schieße ich zurück. »Aber ich bin jetzt fast volljährig. Ich möchte, dass Sie mich siezen, okay? Ansonsten duze ich dich nämlich auch.«

Ein Schatten huscht über ihr Gesicht, ihre Nasenflügel blähen sich auf. Dass sie nicht noch Dampf ausstößt, ist erstaunlich.

»Okay. Mache ich. Das ändert aber nichts daran, dass Ihre Mutter Tom ab sofort in den Kindergarten bringen und abholen sollte!«

»Warum?«

»Weil das dazugehört.«

»Na ja, ich kenne Kinder, die von den Großeltern gebracht

und abgeholt werden. Und zwar JEDEN TAG. Seit Monaten. Haben Sie damit auch ein Problem?«

Jetzt umfasst sie meinen Oberarm. Die Berührung soll sanft sein, aber mir kann sie nichts vormachen. Sie hat Krallen. Ihr Griff ist eine stahlharte Klammer. *She is a fucking dragon. For real.*

»Wir machen uns doch einfach nur Sorgen, Amber. Um Tom. Wenn Ihre Mutter nicht bald erscheint, werde ich gezwungen sein, das Jugendamt einzuschalten!«

Ich nicke und starre sie lange genug an, um ihre Konturen breiig werden zu lassen. Ich könnte bei ihr einbrechen. Ihr so viel Rizinusöl in die Milch, den Joghurt, ihr verfluchtes Drachenfutter kippen, damit sie bis Neujahr Durchfall hat. Damit sie vergisst, dieses eine, gemeine Wort jemals ausgesprochen zu haben: *Jugendamt.*

»Ich sage meiner Mutter Bescheid«, gebe ich zurück. »Sie hat schon seit zwei Wochen einen Magen-Darm-Infekt und ist ziemlich schwach. Sie hat viel abgenommen, seitdem wir zwei Familienmitglieder verloren haben. Aber wenn Sie darauf bestehen, sage ich ihr, dass sie morgen früh kommen soll …«

»Ist schon gut, Amber. Wenn es ihr so schlecht geht, reicht es auch, wenn sie am Montag kommt. Okay?«

»Okay«, sage ich kurz angebunden und wende mich ab. Das Wort Jugendamt brennt glühend heiß in meiner Brust. Scheiße, ich muss zu Hause aufräumen. Die leeren Weinflaschen wegbringen, die Wollmäuse wegsaugen, den verdammten Meerschweinchenstall sauber machen. Tom mal wieder in die Badewanne stecken, den Kühlschrank füllen und ein paar Rechnungen überweisen.

Etwas Klebriges greift nach meiner Hand. Toms kleine Tatze.

»Amber …«, flüstert er. »Weinst du?«

»Ich … nein.«

»Ist schon gut. Ich weine auch manchmal.«

»Ich … weine nicht.«

»Deine Piratenaugen sind aber verschmiert!«

Kurzerhand gehe ich neben ihm in die Hocke, drücke ihn fest.

»Ich hab dich lieb!«

»Ich bekomm keine Luft!«

»Wollen wir was unternehmen?«

»Was denn?«

»Jemanden besuchen!«

»Und wen?«

»Ist 'ne Überraschung. Okay?«

Er nickt und drückt mir einen Kuss auf die Wange.

Wir sind gerade im Begriff, den Kindergarten zu verlassen, als mich eine WhatsApp erreicht. Ich traue meinen Augen kaum. Sie stammt von Taylor.

Hey schreibt er. Eigentlich so wie früher. Da begann auch jede seiner Nachricht mit diesem einem Wort: *Hey*.

Ich sehe, dass er weiter in den Chat schreibt, aber irgendwann bricht er ab, ruft mich stattdessen an. Really? Dafür hat er noch Nerven?

»Was ist?«, melde ich mich harsch.

»Hey«, beginnt er, und am liebsten würde ich ihm sein verdammtes *Hey* hinten reinschieben.

»Ich … ich will mich entschuldigen. Ich habe nachgedacht, natürlich hast du recht, ich war ein Arsch.«

Ich schweige, lasse seine Worte auf mich wirken. Damit habe ich nicht gerechnet. Er hat sich nicht wirklich entschuldigt, oder? Taylor?

»Ich weiß auch nicht, warum ich das gemacht habe. Diese Wette mit dir und Lucy, es ist, es …«, stammelt er rum, während ich raus in den Wintertag trete, kalte Luft mein Gesicht streift.

»Ich glaube, du bist die Einzige, der ich es sagen kann. Es ist so scheiße bei uns zu Hause. Meine Eltern … alles bricht auseinander!«

Okay. Alles klar. Er ruft an, weil er sich ausjammern will. Weil er ansonsten niemanden hat. Plötzlich bin ich wieder gut genug für ihn. »Taylor …«

»Ich weiß, du hast genug eigene Probleme«, unterbricht er mich. »Ich weiß, dass wir keine Freunde mehr sein können. Dafür ist zu viel passiert zwischen uns. Ich wollte dir nur sagen, falls du mich brauchst, dann bin ich für dich da, okay?«

Ich schweige, bleibe kurz stehen. Tom, den ich noch immer an der Hand halte, schaut irritiert zu mir auf. Ich schließe die Augen, atme tief durch. Sehe Tays Gesicht vor mir, sein Lachen im Sommer. Wie weh er mir getan hat. Mir und Lucy. Dass er jetzt anruft, kommt unerwartet. Er durchbricht sein altes Muster.

»Okay, Taylor. Danke. Vielleicht komm ich drauf zurück.«

Mit diesen Worten lege ich auf.

28.

»Wer wohnt hier?«, fragt Tom, als wir vor dem alten Fachwerkhaus stehen.

»Einer aus meiner Stufe.«

»Ich hab Hunger!«

»Er macht dir bestimmt einen Kakao.«

»Ja?«, macht es aus der Sprechanlage. Es ist die Stimme des kleinen Mädchens.

»Ich möchte zu Jamie.«

Einen Moment herrscht Stille, dann nehme ich das automatische Summen des Türöffners wahr.

Das Mädchen steht in der Tür, auf dem Rücken trägt sie Flügel, über ihrem Prinzessinnenrock eine Kochschürze. Ihre Haare sind zerzaust.

»Oh!«, macht sie und versteckt sich hinter Julia, die im Türrahmen steht. Aus der Wohnung dringt der warme Geruch von frisch gebackenem Kuchen.

»Ich möchte zu Jamie«, wiederhole ich.

»Und ihr seid …?«

»Ich bin Tom!«, prescht mein Bruder hervor und grinst schief.

»Und ich bin Amber.«

»Oh«, macht sie nur, und Erkenntnis hüpft wie ein Floh über ihr Gesicht. Sie kennt mich zwar nicht persönlich, dafür aber meine Geschichte. Was mich nicht überrascht. Ganz Eltville weiß über unsere Familie Bescheid.

»Komm rein. Jamies Zimmer ist da drüben.«

»Ich müsste alleine mit ihm reden, geht das?«

»Klar. Willst du mit in die Küche kommen, Tom? Wir backen gerade Plätzchen!«

Die Freude auf dem Gesicht meines Bruders ist nicht zu übersehen. Umso besser. Hauptsache, ich bin den Kleinen für ein paar Minuten los.

»Klopf am besten vorher an«, warnt Julia mich. »Ich hab keine Ahnung, was er gerade macht!«

»Okay.«

In dem Moment, in dem ich sein Zimmer betrete, sitzt er an seinem Schreibtisch und zeichnet. Als er sich langsam zu mir herumdreht und seinen Kopf hebt, wollen seine Augen vor Überraschung aus den Höhlen ploppen.

»Hi … ich … wieso hast du nicht angerufen oder so?«

Ich schließe die Tür hinter mir und schaue mich um. Viel hat sich seit meinem letzten Besuch nicht geändert. Auf seinem Boden das übliche Chaos aus Büchern, Klamotten und Schulsachen. Sein Bett ist wieder glattgezogen, der Stoffelefant hat seinen festen Platz auf dem Kopfkissen eingenommen.

Weil er mir keinen Platz anbietet, lehne ich mich gegen die geschlossene Tür. Meine Augen tasten über sein Gesicht, seine Locken, die wie immer verträumt zu allen Seiten abstehen.

»Ich bin gekommen, weil … das mit den Haaren hast du mir jetzt erklärt. Aber warum hast du Lucy gezeichnet? Warst du in sie verknallt?«

»Was? Nein! Ich habe mich in ihrer Traurigkeit wiedererkannt. Das hab ich dir schon gesagt!«

Sein Ausdruck ist so klar, so ehrlich. Ich kann keine Risse einer Lüge darin erkennen.

»Okay, verstehe. Ich frage ein letztes Mal … Hast du meiner Schwester was angetan? Oder meinem Dad? Weißt du, wo sie sind?«

Dieses Brennen in meiner Kehle. Meine Stimme kratzt, die Worte brechen mit Tränen raus.

Erst schaut er mich nur an. Lange. Mit diesen bleischwarzen Augen.

»Amber«, sagt er endlich und steht auf, geht einen großen Schritt auf mich zu. »Ich hab damit nichts zu tun. Okay? Ich kannte deinen Dad kaum. Und Lucy auch nicht so richtig.«

Ich antworte nicht, sondern fixiere ihn stumm. Auch meine Tränen laufen lautlos. Weil einfach alles zu viel ist. Weil der Schmerz mich von innen auffrisst.

»Komm. Setz dich erst mal, okay?«

Vorsichtig legt er mir eine Hand auf die Schulter und führt mich zu seinem Bett.

»Nimm dir den Elefanten. Der hilft mir auch. Manchmal.«

Ich versuche meine Atmung zu regulieren, diese verdammte Tränenflut zu stoppen. Ich hasse es, wenn andere mich so sehen. Was er zu spüren scheint, denn er hält Abstand. Anstatt sich neben mich zu setzen, lässt er sich wieder auf seinen Schreibtischstuhl fallen.

Der Elefant fühlt sich genauso an, wie er aussieht: abgewetzt, der Stoff leicht aufgeraut. Vorsichtig lege ich ihn auf sein Kissen zurück.

»Wie ist Lena gestorben?«

Die Frage windet sich aus meinem Mund, hinterhältig wie eine giftige Schlange. Sein Blick zuckt in meine Richtung. Was ich in seinem Gesicht sehe, ist ernüchternd. Das Spiegelbild meines eigenen Leidens. Dieser Brei voller Eiskristalle, die in den Eingeweiden rumkratzen. Vielleicht antwortet er mir, weil ich noch immer weine. Vielleicht auch, weil er es endlich jemandem erzählen will. Doch die Worte, die er jetzt sagt, will ich auf keinen Fall hören. Weil sie geradewegs hineinstechen in mein tiefgefrorenes Herz.

»Ich habe sie umgebracht.«

29.

»Du hast sie umgebracht?«

Meine Stimme vibriert durch den Raum, prallt aber nicht an ihm ab, sondern durchdringt ihn, lässt ihn erschaudern. Er hat mir sein Profil zugewandt und lässt den Kopf hängen, starrt auf seine Schreibtischunterlage. Eine Träne läuft an seiner Nase herab, bleibt an der Spitze hängen, starr wie ein Eiszapfen. Erst als eine zweite hinzukommt, fällt sie herunter.

»Was ist passiert?«

In diesem Moment platzen Anna und Tom ins Zimmer. Mein Bruder scheint sich in der Gesellschaft von Jamies Schwester pudelwohl zu fühlen, zumindest sprechen die aufgeregten roten Flecken in seinem Gesicht dafür.

»Es gibt Plätzchen!«

»Ich hab keinen Hunger!«, raunt Jamie.

Anna legt die Stirn in Falten. Sie tritt an Jamie heran und fuchtelt mit einem Feenstab vor seinem Gesicht herum.

»Abrakadabra, Traurigkeit weg!«

Sie lächelt und entblößt eine markante Zahnlücke.

»Warum bist du traurig?«, schaltet sich Tom ein, quasselt aber sofort weiter, ohne eine Antwort abzuwarten. »Das ist dein Zimmer? Voll cool! Hast du noch ein Kuscheltier? Wie heißt es?«

»Fanta!«, beantwortet Anna seine Frage und nimmt Jamies Elefanten wie selbstverständlich in die Hand.

»Hast du auch ein Kuscheltier?«, will sie von Tommy wissen, der sich neben mich auf Jamies Bett gesetzt hat.

»Ja, einen Wal. Das sind die größten Saurier!«

»Säugetiere«, korrigiere ich ihn.

Schließlich steht Julia in der Tür. »Kommt ihr?«

»Ja, gleich«, antwortet Jamie ausweichend.

Die Kinder plappern, gehen mit Julia voraus. Jamie und ich bleiben zurück, noch immer erstarrt.

»Soll ich nach Hause gehen? Vielleicht willst du lieber allein sein?«

»Nein, schon okay. Gib mir nur einen Moment.«

»Okay.«

Langsam stehe ich auf. Er sitzt noch immer reglos, auf die Tischplatte starrend. Seine Nähe ist irritierend. Anna und er haben definitiv die gleichen Gene. Eine Strubbelkopf-DNA, bei der man die Hand sofort in ihre Haare graben will.

Wie ferngesteuert gehe ich einen Schritt auf ihn zu. Und noch einen. Einen letzten. Bis ich dicht vor seinem Drehstuhl stehe. Auf dem er die Schultern noch immer krumm macht. Aber immerhin hebt er den Kopf, plötzlich auch die Arme, ruckartig und so schnell, dass ich nicht ausweichen kann. Bevor ich begreife, was er vorhat, umschlingt er bereits meinen Körper, drückt sein Gesicht gegen meinen Bauch. Ich spüre, wie seine Schultern, seine Lunge, sein kompletter Oberkörper verkrampft.

Gott.

Erst lasse ich meine Arme stocksteif herabhängen. Aber dann graben sich meine Finger doch in sein Haar. Diese paar Atemzüge lang, bis es vorbei ist, er mich mit gesenktem Kopf von sich schiebt.

»Geh schon mal, ich komm gleich«, meint er und wendet sich verlegen ab. Ich selbst entgegne nichts. Weil ich so gar keinen Plan habe, was da gerade zwischen uns passiert ist. Nur eines kapiere ich: Etwas in meinem Bauch schlägt Funken. Und es ist definitiv größer als ein Knallfrosch.

30.

Tom schaufelt wie ausgehungert Plätzchen in sich rein. Was kein Wunder ist, schließlich kennt er das gar nicht mehr: dieses ganz normale, entspannte Zusammensitzen einer Familie in der Vorweihnachtszeit.

»Schmeckt sehr lecker«, lobe ich Julia, weil es sich seltsam anfühlt, dass von uns Erwachsenen niemand spricht. Vor allem Jamie, der sich nach ein paar Minuten zu uns in die Küche gesetzt hat, ist anzumerken, dass er nicht reden will. Er ist mindestens genauso gut gepanzert wie einer dieser dämlichen Ninja-Turtles.

»Danke. Gehst du wieder in die Schule, Amber?«

»Ich war da, aber nur für einen Tag. Ich bin noch nicht so weit. Ich will lieber noch die Ferien abwarten.«

Sie nickt, lächelt mich zurückhaltend an.

»Was machen Sie denn beruflich?«

Mein Blick ruht auf ihrem Gesicht. Bis auf etwas Wimperntusche ist sie ungeschminkt, trägt einen leuchtend grünen Pullover, der ihre Sommersprossen hervorhebt.

»Wir können uns ruhig duzen, okay? Aber um deine Frage zu beantworten: Ich bin Erzieherin. Ich arbeite in dem Kindergarten, in den Anna geht.«

»Aber sie ist nicht in meiner Gruppe!«, ergänzt der Fusselkopf. »Sonst wäre das voll nervig!«

»Ja, aber nicht nur für dich!«, meint Julia und zwickt Anna in die Seite. Das Mädchen trägt noch immer ihre Flügel und hat den Feenstab neben ihren Teller gelegt. Unwillkürlich wünsche ich mir, ihr Zauber würde funktionieren. Und ich könnte mir den Stab ausleihen, um alles in meiner Welt geradezurücken.

»Bei uns darf es auf keinen Fall Pilze geben!«, sagt die Kleine unvermittelt. »Pilze sind bei uns verboten!«

Jamie knallt seine Teetasse auf den Tisch. Wortlos funkelt er Anna an, steht auf und verlässt die Küche.

»Jamie!«, startet Julia einen Versuch. »Jamie, sie ist ein Kind!«

So viel also zu einer Familie, die ganz normal zusammen am Tisch sitzt.

»Warum darf es keine Pilze geben?«, stochert Tom gnadenlos weiter, worauf ich ihn hektisch mit dem Fuß unter dem Tisch anstupse.

»Weil …«, setzt Anna an, aber Julia unterbricht sie sofort.

»Lass mal, Anna, ja? Jetzt ist nicht der richtige Moment.«

Um sie abzulenken, informiere ich mich nach ihren Freunden und Erziehern. Hauptsache, sie fängt an, über etwas anderes zu plappern. Währenddessen dröhnt aus Jamies Zimmer so gnadenlos laut Musik, dass ich die Vibration auf meinem Stuhl spüre.

Keine Pilze im Essen, dafür aber welche auf seinem Hals.

Der Gedanke, der von mir Besitz ergreift, sticht im Rhythmus der Bässe in meine Brust.

Als die Kinder fertig sind, erlaubt ihnen Julia aufzustehen und in Annas Zimmer zu spielen. Ich selbst starre dumpf in meine Tasse, Julia auf einen undefinierbaren Punkt zwischen uns.

»Ist Lena an einer Pilzvergiftung gestorben?«, traue ich mich zu fragen.

Julia nickt, stellt mit zittrigen Händen ihre Tasse ab.

»Es ist so absurd. Jamies Eltern waren so oft Pilze sammeln, sie kannten sich richtig gut aus! Und dann …«

Die schlichte, böse Erkenntnis rauscht wie ein Schnellzug in mich hinein, hinterlässt gallenartige Fußabdrücke.

»Du bist nicht seine Mutter?«

Die Überraschung in ihrem Gesicht ist offenkundig.

»Nein, wusstest du das nicht? Ich bin seine Tante, Anna seine Cousine.«

Ich nicke einfältig, versuche meine Gedanken zu sortieren. Seine Tante. Deswegen derselbe Nachname. Also wird die Frau mit dem Strohhut auf dem Nachttischbild seine Mutter sein. Und der Mann mit dem roten Cap sein Vater.

»Willst du noch einen Tee, Amber?«

»Okay.«

Schweigend sehe ich zu, wie sie den Wasserkocher füllt und frische Teebeutel in unsere Tassen steckt. All diese Tätigkeiten geben ihr den Abstand, den sie braucht, um sich zu sammeln.

»Leider war es Jamie, der die Pilze gefunden hat. Die Biester wuchsen auf einer Wiese, am Waldrand. Knollenblätterpilze sind von Champignons schwer zu unterscheiden, wusstest du das? Zumindest, wenn sie jung sind. Da sehen sie beinahe identisch aus.«

Dankbar nehme ich meinen Tee entgegen, sauge mit den Händen die Wärme weg. Eigentlich will ich nicht, dass sie weiterspricht. Ich habe genug gehört, genug Trauer gesehen. Mehr, als ich aushalten kann. Trotzdem lasse ich sie reden. Weil ich spüre, dass sie es braucht, es zu wenig Leute gibt, die ihr einfach nur zuhören.

»Knollenblätterpilze kommen eigentlich nicht auf Wiesen vor, genauso wenig wie Champignons im Wald. Aber diese Kuhweide lag direkt am Waldrand. Und der Knollenblätterpilz hatte von den Bäumen aus seine Myzeln bis dorthin ausgestreckt, sein Wurzelgeflecht. Genau an die Stelle, an der auch die Champignons wuchsen. Beide Pilzarten standen also direkt nebeneinander.«

Sie gibt etwas Honig in ihren Tee, rührt ihn ruhig um, bevor sie daran nippt.

»Sie waren an diesem Tag zu viert unterwegs: Mein Bruder,

seine Frau, Jamie und Lena. Sie hatten im Wald ziemlich lang gesucht, aber nichts gefunden. Deswegen hatte Jamie sich über den Fund auf der Wiese total gefreut. Und Champignons stehen oft auf Kuhweiden. Dort haben sie Felix und ich mit unseren Eltern auch immer gesucht. Jamie konnte dann abends nicht mitessen, weil er noch zu einer Grillparty eingeladen war. Ein Freund von ihm hatte Geburtstag.«

Inzwischen würde ich am liebsten aufspringen. Ich habe genug von diesem verdammten Sterben.

»All das erzähle ich dir nur, weil er ziemlich allein ist. Ich hoffe, es belastet dich nicht allzu sehr, Amber. Ich weiß, du hast genug eigene Baustellen.«

»Ist schon okay. Es tut mir so leid für euch!«

Sie nickt und lächelt mir aufmunternd zu.

»Geh ruhig noch mal zu ihm, wenn du magst.«

Ich greife über den Tisch kurz nach ihrer Hand. In diesem Moment nehme ich eine Bewegung im Türrahmen wahr. Auch die Stille fällt mir jetzt auf, das fehlende Wummern der Bässe.

Jamie steht groß im Türrahmen, seine Augen starren auf mich hinab.

»Können wir kurz reden, Amber? Vor der Tür?«

»Klar«, meine ich und stehe auf. »Warte, ich hole Tom.«

»Du kannst ihn gerne noch etwas hier lassen«, schlägt Julia vor.

»Vielleicht solange wir reden. Aber anschließend hole ich ihn, ja?«

31.

Die Welt draußen ist dunkel und wattiert.

Jamie geht zur Rheinpromenade, die jetzt, nach dem Trubel der Sommermonate, verlassen daliegt. So wie heute habe ich diesen Ort noch nie erlebt. Die Stille dehnt sich, atmet tief in einen Abend, der schwarz und weiß zugleich ist. Der Mond hat sein Licht in den Schnee geschüttet. Geradewegs hinein in einen See aus Eiskristallen, aus denen die Platanen wie kurze, abgenagte Knochen hinausragen.

Er steuert zielstrebig eine Bank an, setzt sich auf die Kante der Rückenlehne. Es ist die gleiche, auf der er gesessen hat, als wir uns zum ersten Mal hier begegnet sind. Als ich mir die Haare abgeschnitten habe.

»Du weißt Bescheid, oder?«

Sein Blick ist bei dieser Frage nicht auf mich, sondern aufs Wasser gerichtet.

»Ja.«

Ich sehe ihn blinzeln, jetzt starrt er auf den Schnee, der die Bank bedeckt, den er zwischen seinen Schuhen umherschiebt.

»Jamie?«

Er reagiert nicht. Stattdessen drückt Trauer seine Schultern nach unten.

»Jamie? Sieh mich an.«

Unendlich langsam hebt sich sein Kopf. Erst als ich mir sicher bin, dass ich seine volle Aufmerksamkeit habe, rede ich weiter.

»Es war nicht deine Schuld. Das weißt du doch, oder?«

»Natürlich war es meine Schuld, warum behauptet jeder das Gegenteil? Ich war es schließlich, der die Dinger gefunden hat!«

»Aber du hast sie nicht absichtlich umgebracht!«

»Macht das einen Unterschied? Ich bin schuld, und fertig! Amber … wenn du wüsstest, was das für ein Gefühl ist … ich würde glatt mit dir tauschen, verstehst du? Immerhin hast du nichts *falsch* gemacht. Und Lena, scheiße, sie war erst zwölf!«

Ich hätte erwartet, dass er wieder weint, aber das Gegenteil ist der Fall. Sein Ausdruck ist wutverzerrt. Seine Hände zittern, sein Blick ist so verzweifelt, derart verloren, dass ich ihm aus einem Impuls heraus eine Hand auf seinen Arm lege, eine Berührung, die ihn beruhigen soll. Doch genau das Gegenteil ist der Fall. Er zuckt jäh zusammen, verzieht das Gesicht, als ob er empfindliche Schmerzen hätte.

Ein dumpfer Verdacht breitet sich in mir aus. Ich könnte genau die falsche Stelle berührt haben, richtig? Eine Stelle, die er unter seinen Klamotten versteckt.

»Jamie, hast du … tut dir da was weh …?«

Sein Blick gleitet weiter von mir fort. Also trete ich dichter heran und berühre ihn dort, wo es ihm garantiert nicht weh tun kann: in seinem Gesicht. Zaghaft lege ich meine Hand auf seine Wange und sehe zu, wie er die Augen schließt, seinen Kopf in meine Hand schmiegt. Wie eine Katze. Seine Regung ist so weich, dass ein warmer Stich durch meinen Bauch jagt.

Als er die Augen wieder öffnet, stehe ich schon so nah, dass sich unsere Nasenspitzen berühren. Erst danach treffen sich unsere Münder. Seine Lippen schmecken nach Winter, Eissternen und Weihnachten. Ein wenig nach Hoffnung. Weil wir uns in dieser weißen Nacht gefunden haben.

32.

Am nächsten Tag gleite ich anders als sonst in den neuen Tag. Zwar gelten meine ersten Gedanken immer noch Lucy und Dad. Aber dann schiebt sich etwas Neues dazwischen. Bilder von Jamies Gesicht. Dass er trotz allem so glucksig lachen und Schneebälle werfen kann. Einfach irgendwohin. Zum Beispiel in die Dunkelheit des vorüberziehenden Flusses.

Den Fragen, die ich ihm noch stellte, wich er aus.

Wo genau schneidest du dich, wie und wie oft machst du es? Weiß deine Tante darüber Bescheid?

Je mehr ich versuchte, darüber herauszufinden, desto mehr distanzierte er sich von mir. Genau genommen beantwortete er keine meiner Fragen, sondern wich mir entschieden aus.

»Lass mal, Amber. Vielleicht ein andermal.«

Also versuchte ich, ihn nicht mehr an den Oberarmen zu berühren, sondern umarmte ihn vorsichtig, küsste ihn lang. Alleine bei der Erinnerung zieht sich alles in mir zusammen. Das mit den Knallfröschen ist jedenfalls Geschichte. In meinem Bauch kracht ein ganzes Feuerwerk.

»Komm schmusen, Tommy«, nuschele ich meinem Bruder zu, der schlaftrunken von seiner Matratze zu mir ins Bett taumelt. Inzwischen ist dies unser Morgenritual: Wir beide unter einer Decke, bis er mich wachgequasselt oder mir einen seiner sagenhaft spitzen Ellenbogen in die Weichteile gehauen hat.

Anschließend ziehen wir uns an, bringe ich ihn, während Mum noch schläft, in den Kindergarten. Erst danach beginnen meine Streifzüge.

Eigentlich wollte ich mit meinem Lehrer Bernd Wagner beginnen.

Aber sein Tracker ergab bislang keine nennenswerten Ergebnisse, außer zum Supermarkt ist er nirgendwo hingefahren. Also habe ich beschlossen, zuerst eine Beobachtung bei Marvin zu starten.

Er wohnt in Richtung Kindergarten, etwa zehn Minuten von uns entfernt. Sein Haus ist relativ alt, auf der Rückseite erstreckt sich ein riesiger Garten mit Schuppen.

Natürlich kenne ich Marvins Haus. Ich weiß von fast allen aus meiner Stufe, wo sie wohnen, ganz einfach, weil Eltville nicht groß genug ist, um sich zu verstecken. Aber drinnen bin ich noch nie gewesen. Lucy war mal dort, um mit Marvin ein Referat vorzubereiten. Sie erzählte mir, dass er Hunde hätte, zwei Tiere, die meine Schwester als *süß* beschrieb.

Meinte sie etwa diese zwei Biester, die mich gerade lauthals ankläffen? Alter, Lucy, das sind *megafiese Rottweiler*! Zwei richtige Kampfmaschinen! Solche, denen du auf keinen Fall im Dunkeln begegnen willst! Da sieht man es wieder. Lucys großes Herz. Selbst für widerliches Viehzeug konnte sie was empfinden.

Also bleibt mir nichts anderes übrig, als unverrichteter Dinge wieder abzuziehen.

Der Schuppen gefällt mir nicht. *Schuppen* ist übrigens auch die falsche Bezeichnung, es ist vielmehr eine Art Hinterhaus, massiv wie das Haupthaus gebaut, bloß viel kleiner. Ein Ort, der isoliert genug steht, um jemanden darin zu verstecken.

Was weiß ich über Marvins Großmutter? Habe ich sie schon einmal gesehen?

Ich wünschte, Jamie wäre bei mir. Aber er schreibt heute eine wichtige Klausur und kann schließlich nicht jeden Tag blaumachen. Ich musste ihm versprechen, nicht ohne ihn einzubrechen. Was ganz in meinem Sinne ist. Ich muss wieder vorsichtiger werden, die Häuser erst mal genau unter die Lupe zu nehmen, bevor ich einsteige.

Eine halbe Stunde vergeht, aber keine Oma lässt sich blicken. Also kann ich auch nicht rausfinden, ob sie ein Auto oder einen Partner hat.

Was jetzt? Ich könnte Marvin besuchen, sobald er nach der Schule nach Hause kommt. Das wäre die einfachste Möglichkeit, an den *süßen Hündchen* vorbeizukommen – indem er mich einfach ins Haus lässt. Aber unter welchem Vorwand soll ich bei ihm klingeln? Sollte ich ihn nach Lucy fragen? Das wäre einigermaßen verständlich, oder?

Trotzdem will ich dieses Haus vom Keller bis zum Dachboden durchsuchen. Inklusive *Schuppen*. Und dafür muss ich mir etwas einfallen lassen.

Schon öffne ich in meinem Smartphone den Browser und stöbere der Frage hinterher, wie man Hunde am besten betäuben kann. Erstaunlicherweise gibt es massenweise Präparate, die man seinen Lieblingen über das Futter verabreichen kann. Auf zahlreichen Foren wird über die Dosierung diskutiert, die Frage ist sogar aktuell, weil Silvester mit einem Feuerwerk vor der Tür steht und sich viele Hunde vor dem Geböllere fürchten.

Silvester. Noch so ein Fest, an das ich nicht denken will.

Wie viel wiegen Marvins Hunde? Vierzig, vielleicht sogar fünfzig Kilo? Was, wenn ich es mit der Dosis übertreibe? Oder die Viecher eine Stunde oder länger brauchen, um einzuschlafen?

Ein gutes Gefühl habe ich bei der Sache jedenfalls nicht, weshalb ich nach Alternativen suche und irgendwann bei dem Interview eines Exeinbrechers lande. Seine Empfehlung: 15 %iges Ammoniak in der Apotheke kaufen, in eine Spritzpistole füllen und den Hunden direkt auf die Nase sprühen. Das soll die Tiere zwei, drei Stunden außer Gefecht setzen.

Ich beschließe, es mit dieser Option zu probieren und gleich im Anschluss zur Apotheke zu laufen. Wasserspritzpistolen aus Plastik haben wir in der Garage massenweise – Tommy liebt es, im Sommer mit den Dingern zu nerven.

Und auch die Mini-GPS-Tracker werden noch heute geliefert. Was definitiv helfen wird. Vielleicht werde ich eine Möglichkeit finden, einen davon in Marvins Jackentasche verschwinden zu lassen.

Noch während ich mich in Richtung Apotheke aufmache, erreicht mich eine WhatsApp von Jamie. Sofort fliegen in meinem Bauch ein paar Raketen in die Luft.

Sehen wir uns heute? 😉

Ja. Bei dir? Bei uns zu Hause ist es ziemlich chaotisch. 🙄

Okay. Wann?

Kannst es wohl nicht abwarten …? 🤪 🥰

Nein, kann ich nicht. Kleiner Bernstein, wenn du wüsstest, woran ich gerade so denke … 😝

Ich komme zu dir, okay? Aber ich muss zu Hause noch helfen. Ich melde mich. Und jetzt konzentriere dich auf Mathe!

Er schickt mir ein GIF, Bert aus der Sesamstraße, der vor Entsetzen aufschreit. Ich muss so lachen, dass ich stehen bleibe und es mir ein paarmal hintereinander anschaue.

Kleiner Bernstein.

Seine zwei Worte lösen etwas Unbeschreibliches in mir aus. Jamie muss die Bedeutung meines Namens recherchiert haben. Was er nicht wissen kann: Auch Dad hat mich manchmal so genannt. Trotzdem haftet dem Kosenamen nicht Trauriges an, im Gegenteil. Es ist, als hätte Jamie mir etwas aus meinem alten Leben zurückgegeben.

33.

Wenige Stunden später stehe ich erneut vor Marvins Haus, dieses Mal mit zwei Mini-GPS-Trackern in der Hosentasche. Sogar eine Nagelschere habe ich dabei. Um notfalls ein kleines Loch in das Innenfutter von Marvins Jacke zu schneiden und einen der Tracker darin verschwinden zu lassen.

Es ist drei Uhr nachmittags, und ich bin mir sicher, dass Marvin vor kurzem nach Hause gekommen ist. Montags haben wir nämlich normalerweise in der siebten Stunde gemeinsam Geschichte.

Also klingele ich. Ohne Gummihandschuhe an den Händen. Einfach so. Wie eine normale Klassenkameradin, die ihn etwas fragen will. Die verdammten Köter kläffen schon wieder, springen an dem Zaun hoch, der das Grundstück anscheinend komplett umgibt (hoffentlich). Instinktiv weiche ich ein paar Schritte zurück. Gott, diese Hunde sind fies. Wieso hält man sich solche Viecher? Müssten die nicht sogar im Garten einen Maulkorb tragen, was, wenn …

Eine Frau steht in der geöffneten Tür. Ihr Haar ist zu einem strengen Dutt zusammengefasst. Ihre Haltung ist aufrecht, ihr Gesichtsausdruck skeptisch.

»Ja?«

»Ich möchte zu Marvin. Ich bin eine Klassenkameradin.«

»Und du bist *wer*?«

»Amber. Amber Mond.«

Etwas rauscht über ihr Gesicht. Eine Gewitterwolke. Aber vielleicht bilde ich mir das auch nur ein. Meine Paranoia ist grenzenlos. Sie könnte einfach nur meine Geschichte kennen, genau wie Jamies Tante.

Wieso ruft sie die Köter nicht zurück? Ich muss regelrecht gegen ihr lautes Gekläffe anbrüllen. Aber nein. Wortlos verschwindet sie im Haus. Aber immerhin erscheint nach wenigen Augenblicken Marvin, kommt über die Stufen, die zum Eingang führen, auf mich zu.

»Ernie! Bert! AUS!«

Die Tiere gehorchen ihm aufs Wort. Noch bevor er zu mir an das Gartentor kommt, bückt er sich nach einem Spielball und wirft ihn in den hinteren Teil des Gartens. Die Hunde springen hinterher, wedeln wie ausgewechselt mit den Schwänzen.

»Hi, Amber.«

»Hi«, mache ich und versuche es mit einem Lächeln. »Deine Hunde heißen nicht wirklich Ernie und Bert, oder?«

Er lächelt zurück, zuckt lässig mit den Schultern, die in den letzten Wochen breiter geworden sind, muskulöser.

»Was soll ich sagen? Ich liebe die Sesamstraße!«

»Bellen die immer so?«

»Nur, wenn sie einen nicht kennen. Was gibt's denn?«

In seinem Gesicht finde ich nichts als diese ehrliche Frage. Vielleicht ein wenig Erstaunen, schließlich hatten wir bis auf den gemeinsamen Unterricht nie etwas miteinander zu tun. Wie auch. Marvin ist schon immer ein Außenseiter gewesen, einer, der wegen seinem Stottern und der hässlichen Klamotten oft gemobbt wurde, vor allem von den Triple-Freaks. Auch wenn ihm das heute kaum noch anzumerken ist. Er steht da wie ein anderer: lässiger Hoodie und Sneaker, die auch Taylor tragen würde.

»Ich …«, setze ich an. »Ich wollte mit dir reden. Über Lucy.«

»Lu?«

Dass er sie bei ihrem Spitznamen nennt, lässt meinen Atem für einen Moment stocken. Mir war gar nicht bewusst, dass er ihn überhaupt *kennt*.

»Weißt du irgendwas Neues?«, will er wissen.

Unruhig trete ich von einem Fuß auf den anderen. Die Hunde sind wieder neben ihm aufgetaucht, zwei massive Körper, die sich dunkel vom Schnee abheben. Aus ihren Mäulern dringt der Atem stoßweise und in dampfenden Wolken.

»Nein, ich … wollte einfach nur reden. Ich vermisse sie so. Ich dachte, du erzählst mir, was du über sie weißt. Ich hoffe halt, dass ich noch irgendwas rausfinde.«

»Klar. Komm rein. Ist nur noch ein bisschen Chaos in der Küche, weil wir gerade erst gegessen haben.«

»Ernie und Bert beißen auch nicht?«

»Ach, Quatsch. Die können nichts dafür, dass sie so groß sind. Wir hätten eigentlich auch lieber kleinere Hunde gehabt, aber na ja. Rottweiler haben es schwer in den Tierheimen, gerade weil sie so abschreckend sind. Deswegen haben wir sie zu uns geholt. Komm langsam rein und lass dich von ihnen beschnüffeln, sie beißen nicht.«

Die Schnauzen der Tiere streifen meine Hand, unwillkürlich zucke ich vor der feuchten Berührung zurück.

Wie konntest du die nur süß finden, Lucy?

Im Flur ist es dämmrig und kühl. Beim Ausziehen meiner Schuhe lasse ich mir Zeit. Um alles genau zu erfassen. Die Garderobe mit den wenigen Jacken: einem dunkelgrünen Parka, den ich Marvin zuordne, und eine etwas altmodische schwarze Jacke, die seiner Oma gehören muss. Alles, was ich brauche, hängt vor meiner Nase.

»Willst du 'nen Kaffee?«

»Ja, gerne.«

Als ich mich aufrichte, steht Marvins Großmutter im Türrahmen und betrachtet mich. Erst als ich sie zögerlich anlächle, nickt sie mir zu.

»Rita, das ist Amber, die Schwester von Lucy«, meint Marvin.

»Hallo«, sagt sie und streckt mir formell die Hand entgegen. Ihr Händedruck ist fest. Und sie ist groß. Wirkt kompakt und kräftig, trotz ihres Alters. Ihre Haare sind schwarz und noch relativ dunkel, kaum von grauen Strähnen durchzogen.

»Marvin hat mir von dir erzählt. Es muss schwer für dich sein.«

Ich weiß nichts hinzuzufügen, deswegen betrachte ich sie einfach weiter. Sie hat eine ungewöhnlich hohe Stirn. Dadurch, dass sie die Haare fest zurückgebunden hat, wirkt sie streng.

»Komm doch rein«, meint sie und deutet in die Küche. Die Geste soll einladend sein, wirkt aber etwas steif.

»Wollt ihr etwas trinken?«

»Ich mach das schon, Oma, danke.«

Mir entgeht der Unterton in Marvins Stimme nicht. Rita verzieht den Mund. Die Stimmung zwischen den beiden ist ganz offensichtlich angespannt.

»Gut. Verstehe. Ich bin im Wohnzimmer.«

»Danke«, antwortet Marvin und schiebt sie regelrecht aus der Küche raus, die aus alten, zusammengewürfelten Möbelstücken besteht. Alles ist in die Jahre gekommen, aber ordentlich gepflegt. Was fehlt, ist etwas Helles. Einer von Brittas Blumensträußen würde gut kommen. Ein Adventskranz, irgendwas Heimeliges. Aber ich finde nicht viel. Am Kühlschrank hängt der obligatorische Abfallkalender. Daneben ein Bild von Ernie und Bert und ein Schnappschuss von Marvin und seiner Oma, irgendwo an einem See. Daneben das Porträt einer Frau mit schlohweißem Haar, lächelnd, in einem Bett. Vielleicht die andere Oma von Marvin?

Das Einzige, was mir in der Küche gut gefällt, ist der Boden. Er muss alt sein, genau wie das Haus. Er besteht aus hellen Fliesen mit einem blauen Blumenmuster. Etwas, das man nicht oft sieht.

»Meine Großmutter geht mir in letzter Zeit echt auf den Sack!«, eröffnet Marvin das Gespräch.

»Oh. Tut mir leid.«

»Na ja. So ist das halt. Ist mit Müttern wahrscheinlich auch so, oder?«

»Klar. Ziemlich oft sogar.«

Er grinst mich an, während er eine Kaffeemaschine mit Wasser und Pulver füllt.

»Manchmal ist sie echt von einem anderen Stern.«

»Warum denn?«

»Na ja, keine Ahnung. Sie klammert. Ist immer so vorsichtig und hat Angst, dass mir was passiert. Vor allem seit der Sache mit Lucy. Sie meint, ich soll abends nicht so lange draußen rumziehen.«

Er verdreht die Augen und greift nach einer großen Blechdose, stellt sie direkt vor mir auf den sauberen Holztisch. Von wegen Chaos in der Küche. Alles ist blitzeblank sauber. Nur in der Luft hängt noch der fahle Geruch vom Mittagessen.

Inzwischen weiß ich auch, was mich eigentlich stört. Am Küchentisch befinden sich nur zwei Stühle. Sind hier etwa nie Freunde zu Besuch? Oder setzen sich Marvin und Rita mit ihren Gästen dann ins Wohnzimmer?

»Hier, nimm dir. Hab ich gebacken. Die sind echt gut.«

»Du kannst backen?«

Wieder sein lässiges Schulterzucken.

»Klar. Das mag ich lieber als zu kochen. Und du?«

»Mir macht beides nicht so viel Spaß. Lucy war eher diejenige, die …«

Mitten im Satz breche ich ab. Habe ich gerade tatsächlich in der Vergangenheitsform von meiner Schwester gesprochen? Sofort will sich mein Magen nach außen stülpen. Wie eine Plastiktüte, die man in die andere Richtung wendet, um ein paar lästige Krümel auszuschütteln. Der Keks, den ich in der Hand halte, zittert leicht.

»Wo ziehst du denn abends so rum?«, knüpfe ich an seine Bemerkung von vorhin an.

»Wie meinst du das?«

Sein Gesichtsausdruck ist plötzlich misstrauisch, und zum allerersten Mal erkenne ich so etwas wie Ähnlichkeit zu seiner Großmutter.

»Hast du doch eben erwähnt«, beeile ich mich zu erklären. »Dass du abends nicht so lange draußen rumziehen sollst.«

Sein Gesicht klart wieder auf.

»Ach so, das.«

Er macht eine arglose Bewegung mit der Hand.

»Ich gehe ein paarmal in der Woche zum Sport, Muckibude. Um mal rauszukommen. Im Sommer gehe ich rudern, im Verein, aber im Winter geht das ja leider nicht. Willst du Milch in deinen Kaffee?«

Ich nicke und sehe zu, wie er aufsteht, um zwei große Tassen aus einem der Schränke zu holen. Seine Bewegungen sind geschmeidig, selbstsicher. Während unseres ganzen Gesprächs hat er kein einziges Mal gestottert.

»Du hast dich echt voll verändert«, sage ich, weil ich meine Gedanken nicht bremsen kann.

Der Seitenblick, den er mir zuwirft, zeigt Verwunderung. Seine Haare sind beinahe so wuschelig wie die von Jamie. Jahrelang trug Marvin sie raspelkurz, militärartig. Die längere Variante macht ihn nahbarer.

»Danke«, nuschelt er und wirft einen verlegenen Blick zur Seite. »Ich war es leid, immer nur das Opfer zu sein!«

»In der Schule?«

»Ja. Ich weiß, du warst mit Taylor zu … zu … zusammen und so, aber der ist doch echt ein A … A … Arsch!«

Die Erinnerung an die letzten Jahre verletzt ihn also noch. Da kann er im Fitnessstudio trainieren so viel er will. Muskeln verschließen keine Wunden.

»Ich weiß, dass er ein Arsch ist.«

Er setzt sich mir wieder gegenüber, stellt vorsichtig die Kaffeetasse vor mich.

»Du hast dich aber selbst krass verändert«, meint er. »Deine neue Frisur sieht cool aus. Irgendwie t … t … tough.«

»Bin ich aber nicht. Im Gegenteil.«

Seine braunen Augen schieben sich auf mein Gesicht. Sie sind anders als die von Jamie. Ein trüber Schatten liegt in ihnen, den er nicht wegblinzeln kann. Sofort rutschen ein paar Gedanken in mein Bewusstsein, ungefiltert und klamm. Irgendwas stimmt hier nicht. Die Hunde, die leblose Küche, seine Muskeln, die er sich so schnell antrainiert hat. Beiläufig führt er eine Hand zu seinen Stirnfransen, schiebt sie ein Stück zur Seite. Etwas blitzt auf, fleckenartig wie ein Muttermal. Das hatte er früher nicht, oder?

»Du wolltest eigentlich über Lucy reden?«

»Ja. Ich dachte eigentlich, du hättest nur einmal das Referat mit ihr gemacht. Hattet ihr darüber hinaus noch Kontakt?«

Sein Blick flackert, ich spüre die Unsicherheit darin.

»Hat sie dir nichts erzählt?«

»Erzählt, was denn?«

»Wir waren öfter zusammen im Tierheim. Mit den Hunden spazieren.«

Seine Antwort schmettert wie eine Faust in meinen Bauch. Ich schweige, knete meine schweißnassen Hände unter dem Tisch.

»Wann war das denn?«

»Ich weiß nicht, nachdem euer Vater v…v…verschwunden ist. Mann, Amber. Du siehst mich an als w…w…wäre das ein Verbrechen, Amber.«

»Nein, Quatsch«, antworte ich mechanisch und nippe hastig an dem Kaffee. Sein starker Geschmack kämpft gegen die Magensäure an, die durch meine Kehle ätzt.

»Ich bin nur überrascht, das ist alles.«

Er nimmt ebenfalls einen Schluck, taxiert mich dabei aber eindringlich.

»Ihr habt während dieser Zeit nicht besonders viel miteinander geredet, oder? Als du mit T… Taylor zusammen warst?«

»Nein. Das stimmt. Jede von uns war für sich, wir konnten nicht gut darüber reden. Wie oft seid ihr denn so mit den Hunden spazieren gewesen?«

Beherzt greift er nach einem weiteren Keks, tunkt ihn in den Kaffee.

»Ich weiß nicht. Vier- oder fünfmal.«

»Hast du das auch der Polizei erzählt?«

»Den Bullen? Ich … was soll das denn jetzt?«

Wieder ein Schlag in den Magen, fester dieses Mal, unnachgiebiger.

»Nichts. Ich meine, es ist halt wichtig. Sie wollen Ambers Gewohnheiten rekonstruieren, und ich bin einfach überrascht, dass ich davon nichts wusste, das ist alles.«

Er konzentriert sich wieder auf seinen Keks, stopft den Rest davon in seinen Mund. Ein paar Bröckchen bleiben in seinem Kaffee stecken, treiben träge darin herum.

»Ich glaub, ich habe denen davon erzählt. Ziemlich sicher sogar. Sie haben uns ja alle befragt, in der Schule. Einzeln.«

Ich nicke und versuche mir vorzustellen, wie Marvin den beiden Kommissaren gegenübersaß. Irgendwo in einem neutralen Raum. Ein Tisch, drei Stühle. Sie hätten alle Schüler von Anfang an zu Hause befragen sollen, so viel ist klar.

»Wie ging es ihr denn so, als du mit ihr unterwegs warst?«

»Nicht gut. Sie hat nicht viel geredet, aber ich hab es gespürt. Dass sie traurig war. Einmal hat sie g-g-g-g…geweint.«

Inzwischen habe ich meine Hände unter dem Tisch derart malträtiert, dass sie sich breiig anfühlen, taub.

»Nimm dir doch einen Keks. Das hilft vielleicht«, meint Marvin und ich spüre: Er will mich mit seinen Worten beruhigen. Doch egal, was er jetzt sagt: Mein Puls läuft auf Hochtouren. Weil ich mich unwillkürlich frage, ob er in sie verliebt gewesen ist. Ob da was lief zwischen den beiden. Ob Lucy seine Gefühle erwidert haben könnte.

»Ich bekomme in letzter Zeit kaum was runter.«

»Verstehe ich. Sucht die Polizei denn noch nach Lucy und deinem Vater? Also so richtig, meine ich?«

»Ich weiß es nicht. Sie sagen, dass sie es tun. Aber ich glaube nicht, dass sie einen richtigen Anhaltspunkt haben.«

Sein Blick gleitet von meinem Gesicht zu seinen Händen, an denen er gedankenverloren rumpiddelt, ganz offenbar eine lästige Angewohnheit, denn die Haut um die Nägel herum ist ausgefranst, faserig. Fast so wie eine dieser ekligen Käsestangen, die Tom liebt. Die man in Streifen runterziehen kann.

Bestürzt wende ich den Blick ab, lasse ihn durch das Fenster hinaus in den Winter gleiten. Es ist Zeit zu gehen. Ich werde alleine wiederkommen müssen. Definitiv. Mein Blick bleibt für einen Moment an einem Gesteck aus Zweigen und getrockneten Blumen hängen, das vor dem Fenster baumelt. Erst dachte ich, es wäre was Weihnachtliches, aber die Rosen passen nicht zu dieser Jahreszeit. Na ja. Definitiv Geschmackssache.

»Habt ihr für mich auch einen Kaffee?«, reißt mich Marvins Großmutter aus meiner Betrachtung.

Gott, hat sie sich etwa lautlos in diesen Raum materialisiert?

»Klar«, sagt Marvin und steht auf, um ihr eine Tasse einzuschenken. Dafür, dass er vorhin so genervt von ihr war, ist er jetzt ziemlich entgegenkommend. Was irgendwie nachvollziehbar ist. Auch er wird die Verlegenheit zwischen uns spüren.

»Darf ich grad die Toilette benutzen?«

Ich gebe mir alle Mühe, normal zu lächeln.

»Ja, klar«, meint Marvin und steht auf, um mir das stille Örtchen zu zeigen. Es befindet sich in einem Raum neben dem Flur, unmittelbar bei der Garderobe. Ausgezeichnet.

Die Toilette ist klein, schmal und riecht nach der Rosenseife, die in einer kleinen Schale bereitsteht. Überhaupt scheint seine Oma Rosen zu lieben, denn ich entdecke ein zweites Rosengesteck am schmalen Klofenster, das dem in der Küche ähnelt. Aber egal. Ich muss mich beeilen, streife schnell ein paar neue Gummihandschuhe über.

Scheiße, die ganze Sache ist mega riskant! Was, wenn die beiden aus der Küche kommen und mich mit Gummihandschuhen hier stehen sehen? Wie soll ich das erklären? Schlimmer noch: Marvin könnte mich angreifen. Mir etwas antun, wie vielleicht schon meiner Schwester.

Die hier versteckt sein könnte, entweder im Keller oder draußen im Schuppen.

Ohne das Klo benutzt zu haben, ziehe ich ab. Jetzt nichts wie raus. Die halblange schwarze Jacke von Rita hängt am nächsten. Also gut. Die zuerst. Mit irrsinnig klopfendem Herzen prüfe ich ihre Innenseite. Sie hat ein dickes, wattiertes Innenfutter, das am Saum fest vernäht ist. Schnell nehme ich an einer unauffälligen Stelle im Ärmelbereich einen winzigen Schnitt vor und lasse einen Tracker zwischen die äußere und die innere Stoffschicht gleiten. Anschließend überprüfe ich das Ergebnis, indem ich die Jacke leicht anhebe. Man bemerkt das zusätzliche Gewicht des kleinen Gegenstandes so gut wie gar nicht.

Das Procedere dauert nicht mehr als fünf Sekunden. Jetzt weiter. Schneller. Denn ich höre ihre Stimmen! Sie sitzen ja quasi neben mir, keine fünf Meter entfernt!

Alter, bloß nicht darüber nachdenken! Keinen Fehler machen, konzentriere dich, Amber!

Auch Marvins Parka hat ein Innenfutter, thank god! Ich wiederhole mein Vorgehen, fluche jedoch innerlich, als mir die Jacke von der Garderobe fällt. Fuck! Aber egal! Einfach weitermachen! Auch wenn die beiden Stimmen sich jetzt unvermittelt nähern, die Tür geöffnet wird!

Nein, nein, nein!

Schon steht die Oma da, ihr Gesicht ist so ausdrucklos wie das einer Wachspuppe. Ist die etwa ein Geist, der unter Türrahmen haust?

»Suchst du was?«

»Mein Handy. Ich hab es in der Jackentasche vergessen. Es kann sein, dass meine Mutter anruft. Ich muss meinen Bruder gleich vom Kindergarten abholen.«

»Ach so.« Jetzt lächelt sie. »Das ist aber lieb, dass du dich um deinen Bruder kümmerst!«

Ich verziehe mein Gesicht zu einem starren Lächeln und greife in meinen eigenen Parka, tue so, als ob ich mein Handy suchen würde. Was ich aber eigentlich will, ist, ihr den Rücken zuzudrehen, um die Gummihandschuhe auszuziehen, sie zu einem festen Knoten in meiner Faust zu zerknüllen. Gemeinsam mit der kleinen Nagelschere lasse ich sie vorsichtig in meine Hosentasche gleiten.

Mag sein, dass mein Verhalten seltsam auf Marvins Oma wirkt, dass ich ein wenig zu sehr rumfummele. Wichtig ist, dass ich jetzt, als ich mich wieder zu ihr umdrehe, konzentriert auf mein Handy schaue und glaubwürdig so tue, als würde ich meine Nachrichten checken.

»Ich muss los, Tom abholen«, kündige ich zurück in der Küche an, setze mich aber wieder an den Tisch, um wenigstens noch meinen Kaffee auszutrinken.

»Danke, dass du dir Zeit genommen hast, Marvin«, sage ich.

»Kein Problem. Meld dich ruhig, wenn du noch Fragen hast«, antwortet er.

Hastig nehme ich einen Schluck von dem Kaffee, der schon fast kalt ist. Er schmeckt so widerlich, dass ich ihn am liebsten wieder ausspucken würde.

»Ist das eine Verwandte von dir?«, frage ich und weise auf das Bild der alten Frau, das ihren Kühlschrank schmückt.

»Nein. Das ist Sophia, eine Frau, die Rita gepflegt hat. Meine Großmutter ist Altenpflegerin. Wir kannten sie beide gut, sie war eine liebe Freundin.«

»Ist sie gestorben?«, wende ich mich an Marvins Großmutter, die wieder neben uns steht.

»Ja. Vor ein paar Wochen erst.«

»Tut mir leid«, entgegne ich und versuche gleichzeitig, dieses beklemmende Gefühl aus meinem Herzen wegzusperren. Die ganze Zeit frage ich mich, wo genau es seinen Ursprung hat. Ob bei Marvin. Oder bei Rita. Oder in der schlichten Tatsache, dass die beiden ein freudloses Leben führen.

Nur wenige Augenblicke später führen sie mich in den Flur, um mich zu verabschieden. Marvin begleitet mich noch bis zum Tor, an den Hunden vorbei, die mit ihren feuchten Schnauzen wieder an meiner Hand schnüffeln wollen.

»Ist es denen nicht zu kalt?«

»Wir haben im Garten noch einen Schuppen. Darin schlafen sie. Tagsüber lassen wir sie für ein paar Stunden an die frische Luft. Die sind abgehärtet.«

»Bis dann, Marvin.«

»Mach's gut. Und Sorry wegen Rita. Wir hatten etwas Streit, bevor du gekommen bist, deswegen war die Stimmung nicht so dolle.«

»Noch eine Sache«, beginne ich, während er sich mit den Händen über die Arme streicht. Ohne Jacke wird es einem im Dezember schnell kalt.

»Ja?«

»Warst du in sie verliebt? In Lu?«

Er schlägt sofort die Augen nieder. Die Hunde drängen sich um seine Beine, zwei treue, schwere Weggefährten.

Als er mich wieder anschaut, wirkt sein Blick weniger trüb als vorhin in der Küche.

»Ja, schon. Aber sie wollte nichts von mir. Sie hat mir das nicht gesagt oder so, aber ich hab es gespürt. Deswegen hab ich auch nie versucht … sie irgendwie anzugraben oder so. Sie war einfach nur einsam, glaub ich. Deswegen haben wir uns die paar Mal im Tierheim verabredet.«

Er wirkt so aufrichtig, dass ich bereit bin, ihm zu glauben. Und doch. Irgendwas bleibt. Ein bitterer Nachgeschmack, der sich nicht runterschlucken lässt.

»Okay. Danke, dass du so ehrlich bist.«

Er nickt, streichelt einem der Hunde gedankenverloren den Kopf.

»Komm ruhig vorbei, wenn du noch Fragen hast. Wir können uns auch woanders treffen.«

»Ist gut. Bis bald.«

Ich gehe ein paar schnelle Schritte, lasse meinen Kopf dann aber ein letztes Mal zum Haus gleiten. Er steht noch da, blickt mir aufmerksam hinterher. Genau wie seine Oma. Die wie eine Wachsfigur im Türrahmen steht.

34.

Wie in Trance gehe ich bis zum Ende der Straße, wobei ich versuche, das drückende Gefühl auf den Schultern abzuschütteln. Doch es bleibt. Als würde genau an dieser Körperstelle ein hämisch grinsender Kobold hocken.

Ich bleibe stehen und atme tief ein. Ordne meine Gedanken, meine Gefühle. Marvin war zuvorkommend. Hat mir Kaffee gekocht, mir Kekse angeboten. Über seine Großmutter geklagt. Er wirkte ehrlich.

Seine Oma – nun ja. Nicht gerade einfühlsam. Irgendwie scary.

Andererseits habe ich diesen Eindruck ständig, zuletzt bei Jamie.

Kurz überlege ich, ihn anzurufen, entscheide mich aus einem Impuls heraus aber für eine andere Nummer.

»Amber, hey«, begrüßt mich Max.

»Hey.«

»Was gibt's? Ich bin gerade in einer Befragung, kann nur kurz reden.«

»Ich … okay. Bist du wegen Lu unterwegs?«

Sein Schweigen dauert allenfalls zwei Sekunden, aber es reicht, um etwas in meinem Inneren aufzuschneiden.

»Soll ich später noch einmal anrufen?«

Meine Stimme klingt plötzlich rau, als hätte ich zuvor eine Handvoll Eiskristalle verschluckt.

»Nein, schon gut. Schieß los.«

»Ich … ich war bei Marvin.«

»Der Klassenkamerad? Marvin Vogt?«, hat er per Knopfdruck seinen Nachnamen parat.

»Ja, genau, ich … Mit dem stimmt was nicht, Max.«

»Was … warte kurz, Amber.«

Im Hintergrund das dumpfe Geräusch einer anderen Stimme. Vielleicht Andreas, mit dem er unterwegs ist.

»So, jetzt. Was stimmt denn nicht mit Marvin?«

»Wusstest du, dass er sich mit Lucy ein paarmal getroffen hat? Also kurz bevor sie verschwand?«

»Er hat das erwähnt, ja. Sie engagierten sich beide im Tierheim, richtig? Er meinte, dass sie gemeinsam ein Referat vorbereitet haben, du hattest das bestätigt. Dabei stellten sie fest, dass sie beide mit den Hunden dort Gassi gingen, sich aber noch nie begegnet waren. Deswegen haben sie es dann ein paarmal gemeinsam gemacht.«

»Ich wusste nichts davon.«

»Das bereitet dir Bauchschmerzen?«

»Es wundert mich, dass Lucy mir nichts davon erzählt hat!«

»Du hattest in der Zeit, nachdem euer Vater verschwunden ist, doch auch deine Geheimnisse, oder?«

»Ja, schon. Aber das ist nicht alles. Er war in sie verliebt.«

»Sagst du?«

»Das hat er selbst zugegeben, als ich gerade bei ihm zu Hause war!«

Ich spüre, dass er die Luft scharf einzieht.

»Ich will nicht, dass du auf eigene Faust rumschnüffelst, Amber. Das weißt du!«

»Ja, und? Ihr macht NICHTS, Max! Du sagst selbst, dass du inzwischen einen anderen Fall hast! Du warst nicht mal bei Marvin zu Hause!«

»Was redest du da? Natürlich war ich das!«

»Wann denn?«

»Wir haben deine Klassenkameraden und Lehrer nicht nur

in der Schule befragt! Bei einigen haben wir nachgefasst, mit ihnen in den eigenen vier Wänden gesprochen. Da ist man viel näher an den Leuten dran. Meinst du, wir hätten uns nicht auch gefragt, ob da was lief zwischen Marvin und deiner Schwester? Wir haben uns tagelang der Frage gewidmet, mit wem Lucy was gehabt haben könnte, ob es einen Liebhaber gab, den sie irgendwie verprellt hat. Ob sie wirklich so unschuldig, so jungfräulich war, wie sie immer getan hat!«

Seine Worte sind so scharf, dass sie weiter in meinen Eingeweiden rumkratzen. All das ist mir vollkommen neu.

»Wir haben Marvin sogar eine Weile lang überwacht. Seine Gewohnheiten überprüft, um zu sehen, ob er wirklich der liebe Junge ist, wie seine schrullige Omi behauptet. Ob er tatsächlich alle zwei Tage brav zum Muskeltraining geht. Glaubst du immer noch, dass wir einfach nur rumhocken und Däumchen drehen?«

Inzwischen laufen Tränen über meine Wangen. Sie sind heiß, fühlen sich fiebrig an.

»Entschuldige, Max, ich …«

»Du musst mir vertrauen, Amber. Wir bleiben dran. So gut es geht!«

Da ist er. Dieser eine Satz. *So gut es geht*. Verdammte Scheiße, das ist halt nicht genug!

»Ich … es war halt so seltsam bei ihm zu Hause.«

»Weiß ich. Hab ich auch gespürt. Alleine diese Köter. Aber mal Hand aufs Herz: Muss er gleich ein Gewaltverbrecher sein, nur weil er zwei Rottweiler hat? Und bei seiner Omi lebt, in einem Haus, das schon bessere Tage erlebt hat?«

»Es ist eher ein Gefühl.«

»Dem wir nachgegangen sind. Zehn Tage lang haben wir ihn beobachtet. Er ist zu keinem Versteck gegangen, zu keinem Ort, der eine besondere Bedeutung für ihn haben könnte.«

»Okay, verstehe. Danke, Max.«

Ich versuche, diese Worte aufrichtig auszusprechen, aber meine Verzweiflung lassen sie hohl klingen, wie mein eigenes Echo, das dumpf von einer Wand abprallt.

»Amber. Gib nicht auf, okay?«

»Okay. Danke. Mach's gut.«

Ich lege auf, bevor er noch etwas erwidern kann. Zehn Tage. Überwachung. Verdeckte Polizeiarbeit. Und ich komme mit meinen popeligen GPS-Trackern daher. Von denen ich nicht mal weiß, ob sie richtig gut funktionieren. Wie exakt sie den Standort ermitteln können, auch wenn auf der Verpackung steht, dass sie bis auf fünf Meter genau sind. Aber ob das stimmt …

Marvin und Oma Rita könnten sie außerdem in ihren Jacken entdecken. Sie wegschmeißen, bevor ich was rausfinde.

Scheiße, das ist alles total sinnlos! Ich werde sie einfach nicht finden. Also nie. Lucy und Dad werden ganz einfach verschwunden bleiben. Für immer.

35.

Als Tom und ich am Nachmittag nach Hause kommen, ist Mum aufgekratzt, aus dem Radio dudelt kitschige Weihnachtsmusik. Stolz verkündet sie, dass sie Plätzchenteig vorbereitet hat. Schnell finde ich den Grund für ihren ungewohnten Elan: einen Topf mit dampfender, roter Flüssigkeit auf dem Herd.

»Was ist das?«

»Ach, das? Glühwein. Wir hatten noch eine Flasche vom letzten Jahr übrig! Ich dachte, das passt zum Plätzchen backen! Wir machen es uns richtig gemütlich, ja?«

Wie sie da steht, in Jogginghosen. Strähnige, ungekämmte Haare umrahmen ihr blasses Gesicht.

»Plätzchen, super! Kann ich schon ausstechen?«, fragt Tom und knallt seinen Rucksack arglos in die Ecke.

»Geh erst mal Hände waschen, ja?«, fordere ich ihn auf, um mit meiner Mutter für einen Moment allein zu sein.

»Das ist nicht dein Ernst, oder?«

Sie macht sich am Teig zu schaffen, hantiert aggressiv mit der Rolle umher. Ganz bewusst dreht sie mir dabei den Rücken zu.

»Hör auf damit, Amber! Mach uns das jetzt nicht kaputt!«

»Was soll das heißen, *nicht kaputtmachen*! Scheiße, Mum, diese Küche, unser ganzes Haus ist ein MEGA SAUSTALL! Und dir fällt nichts Besseres ein, als Plätzchen zu backen? Nur um einen Vorwand zu haben, um Glühwein zu saufen???«

»Ordnung schaffen!«, äfft sie mich nach. »Was für eine Ordnung? Unser Leben ist am Arsch, schon vergessen?«

»Mum, bitte, reiß dich zusammen, der Kleine …!«

»Da bist du ja, Schätzchen! Bist du bereit? Wie war's im Kindergarten?«

Meine Hände umklammern die Küchenablage. Scheiße, am liebsten würde ich den fucking Glühwein in den Ausguss gießen. Oder noch besser: in ihr Gesicht.

»Wenn du nicht mit backen willst, kannst du ja in der Zwischenzeit *Ordnung schaffen*, Amber, mmmhhhh?«, legt sie noch eine Schippe obendrauf.

Ihre Worte walzen mich platt. Genauso gut könnte ich der Plätzchenteig sein, die vor ihr auf der Ablagefläche liegt.

Ich könnte … einfach gehen. Sie mit Tommy alleine lassen. Aber scheiße, ihre blauen Augen schimmern schon jetzt ganz trüb. In zwei, drei Stunden wird sie völlig besoffen sein. Wie soll sie meinen Bruder dann noch ins Bett bringen?

Also wende ich mich ab. Tommy soll meine Tränen nicht sehen. So viel also zu dem Nachmittag, auf den ich mich gefreut hatte. An dem ich mit Jamie … Sachen machen wollte. Ihn umarmen. Ihn küssen. Alleine bei der Vorstellung trudelt ein ganzer Schmetterlingsschwarm durch meinen Bauch. Nur um nahtlos von giftiger Enttäuschung weggespült zu werden.

»Hi«, sag ich, nachdem ich seine Nummer gewählt habe.

»Hey.«

»Ich … es klappt heute nicht. Mum geht es nicht gut.«

»Kann ich euch helfen?«

»Ich weiß nicht … sie kennt dich ja noch nicht, ich glaube, sie würde nicht wollen, dass du sie so siehst.«

»Okay, klar. Verstehe ich.«

»Tut mir leid. Ich hätte dich gerne gesehen. Wie war denn Mathe?«

»Komm, lassen wir den Smalltalk. Sag mir lieber, wie es bei Marvin lief.«

»Er hat sich ziemlich krass verändert. Früher war er anders, voll schüchtern, eher so ein Opfer.«

»Hast du ein komisches Gefühl bei ihm?«

»Ja. In seinem Haus ist alles so lieblos. Das macht mir Sorgen. Andererseits hatte ich schon oft ein falsches Gefühl. Bei dir zum Beispiel.«

»Also willst du bei ihm einbrechen?«

»Ja.«

»Wann? Morgen ist Samstag. Nicht gerade der beste Tag für so was.«

»Ich weiß. Aber vielleicht gehen sie mal einkaufen oder so. Vielleicht haben wir Glück.«

»Wir?«

»Ich dachte du hilfst mir? Oder hast du auf einmal Schiss?«

Wie er lacht, sich seine Stimme in mein Herz schleicht. Ich bekomme Wabbelbeine, nur weil ich mit ihm telefoniere.

»Nein, ich mach mit. Wann treffen wir uns?«

»Lass uns gegen neun noch mal telefonieren, okay?«

»Okay.«

»Ich vermiss dich.«

»Ich dich auch, kleiner Bernstein.«

36.

Der Rest des Tages verläuft wie erwartet: Mum veranstaltet in der Küche eine Riesensauerei, die sie einfach liegen lässt. Das Ergebnis sind halb verkohlte Plätzchen und ein leerer Glühweintopf. Irgendwann steht Tommy in meinem Zimmer, seine Wangen sind rotgefleckt, in seinen Augen schimmern Tränen.

»Mum ist auf dem Sofa eingeschlafen. Und sie riecht eklig!«

»Komm mal her.«

Als ich ihn in die Arme schließe, zieht sich sein schmaler Körper vor Verzweiflung zusammen.

»Sie ist so komisch. Erst lacht sie, dann weint sie, und dann schläft sie lange. Jeden Tag ist das so!«

Ich streiche ihm über den zitternden Rücken.

»Ich weiß, Tommy. Das geht vorbei. Sie ist traurig wegen Dad und Lu.«

»Bin ich auch!«

Ich brauche geschlagene zwei Stunden, um ihn zu beruhigen, ins Bett zu stecken und beim Einschlafen Händchen zu halten. Währenddessen tropft es aus meiner Nase, den Augen, dem Herzen. Ein Strom voller Rotz, Tränen und Verzweiflung, der mein Kopfkissen völlig durchnässt. Niemand kommt und wischt das weg. Weil ich mit dieser ganzen Scheiße alleine bin.

Und dann Mum. Ich versuche ewig, sie wachzurütteln. Vergeblich. Hat sie außer der Flasche Glühwein etwa noch mehr in sich reingekippt? Und wenn ja, wo zum Teufel hat sie das Zeug versteckt?

Ich beseitige das Chaos in der Küche, lüfte und stelle ihr eine leere Schüssel und ein großes Glas Wasser auf den Couchtisch. Sie wird beides brauchen. Anschließend decke ich sie zu. In den letzten paar Wochen ist sie um Jahre gealtert. Ich streiche über ihre Wangen, küsse sie auf die Stirn. Weil ich sie verdammt nochmal liebe. Weil sie eigentlich die beste Mum der Welt ist.

Seine Nachricht kommt genau im richtigen Moment. Hätte er sie nicht geschickt, wäre ich noch weiter gefallen. Oder vielleicht raus in die Nacht marschiert. Um irgendwo einzubrechen und Lucy zu suchen.

Ich stehe vor deinem Haus. Ich will dich unbedingt küssen.

Sein Gesicht wirkt im matten Schein der Hauslampe gelblich. Trotzdem glühen seine Wangen. Ich treffe seinen Blick, halte ihn fest und werfe einen schweren Anker aus.

Sein Mund trifft meinen, wir sind so überschwänglich, dass unsere Zähne zusammenstoßen, dass wir lachen und uns gleichzeitig aneinanderpressen. Mit zittrigen Händen ziehe ich ihn in den Flur, kann einfach nicht aufhören mit den hastigen Berührungen und den Küssen, die nach Winter und sirupschwarzer Nacht schmecken.

Nur vage streifen meine Gedanken Mum, aber weil sie so fest schläft, lasse ich diese Sorge einfach fallen. Viel wichtiger ist die Frage, in welchem Zimmer wir ungestört weitermachen können. Das von Tom fällt definitiv raus (Meerschweinchen, Gestank, Chaos), das Elternschlafzimmer ebenso. In meinem Zimmer schläft Tom. Bleibt nur … das von Lucy.

Was natürlich vollkommen unangemessen ist. Einerseits.

Andererseits ist ihr Geruch ohnehin schon verwischt, fortgeschnüffelt von den vielen Malen, in denen einer von uns in ihrem Bett lag und vor sich hin jammerte. Na also. Es ist an der Zeit, da ganz andere Körperflüssigkeiten loszuwerden.

Erst als wir die Tür hinter uns schließen, werden wir ruhiger.

Wir schmiegen uns in das milchige Mondlicht, das durch die

Fenster ins Zimmer fließt. Geborgen, weichgezeichnet. Bei Tageslicht würde ich mich schämen. Weil alles an mir spitz und knochig ist. Aber jetzt nicht. Jetzt ist alles richtig und gut.

Er ist viel schöner als Taylor. Echter, verletzlicher. All seine Male und Krusten. Gleich hier, an der Hüfte. Am Bauch, den Oberarmen und Beinen. Eigentlich überall da, wo man sie nicht so schnell entdeckt, wo selbst im Sommer kein Auge hinwandert. Seine Verletzungen sind übler, als ich gedacht hätte. Einige von ihnen sehen frisch aus, andere älter und abgeheilt. Insgesamt sind es viele. Viel zu viele. So viele, dass ich jede einzelne am liebsten gesundküssen würde. Für einen Moment bin ich schockiert, überrollt mich eine Welle eiskalter Traurigkeit. Aber auch die lasse ich vorbeiziehen. Er braucht mein Mitleid gerade nicht. Was er braucht, ist etwas anderes, er will sich fallen lassen, genau wie ich. In diesem Augenblick ist egal, was ist, was sein wird und kommt. Wir beide sind zusammen. Ich bin nicht mehr allein. Ich fasse Mut, spüre, dass ich alles schaffen kann. Wenn er nur bei mir bleibt.

Er berührt mich ganz anders als Tay. Viel bewusster, länger. Er schaut meine Brüste an, bevor er sie anfasst. Zuerst berührt er meine Nippel. Ewig tut er das, knetet sie zaghaft zwischen Daumen und Mittelfinger. Oh, Mann. Ich wusste es. Diese warmen, schönen Finger.

Als wir endlich in die Kissen sinken, nur dieser eine Gedanke: dieses Leben. Dieses beschissene, verflucht schöne Leben.

37.

Am nächsten Morgen wünsche ich mir zum ersten Mal, dass Mum länger schläft. Dass sie einfach auf dem Sofa liegen bleibt, bis in die Mittagszeit hinein, wie sie es sonst tut.

Stattdessen platzt sie um acht unerwartet in die Küche hinein, genau in dem Moment, in dem wir Marmelade auf unseren Toast schmieren. Verdammt. Ich hatte die Tür zum Wohnzimmer extra geschlossen, warum muss sie jetzt auf der Matte stehen?

»Amber, was …?«

Sie steht da wie ein Zombie: noch immer in den Klamotten, die sie gestern getragen hat.

Und ihr Gesicht. Ihr eigentlich schönes Gesicht. Die Ringe, die sie unter den Augen trägt, sind nicht grau, sondern fast schwarz. Auf ihrer Haut klebt eine Müdigkeit, die tiefe Wurzeln schlägt, geradewegs bis zu den traurigen Stellen ihres Herzens.

»Mama, das ist Jamie«, sage ich und greife nach meiner Kaffeetasse, um mich an irgendwas festzuhalten.

»Das ist der Bruder von Anna!«, strahlt Tom und beißt schmatzend in seinen Toast.

»Der Cousin«, korrigiere ich und sehe meine Mutter schwanken, die Finger vor die Augen pressen.

»Wenn du willst, kannst du dich wieder hinlegen.«

»Was … wart ihr etwa in Lucys Zimmer? Ihr Bett ist durcheinander, und da drin ist es total miefig!«

»Mum …!«

Jetzt fliegen ihre Hände in die Luft, verzerrt sich ihr Gesicht, zeigt noch mehr Hässlichkeit, Verzweiflung.

»Wie konntest du nur, Amber!«

Sie kreischt. Meine eigentlich sanfte Mutter.

»Das ist Lucys Zimmer! Alles, was uns geblieben ist!«

Jamie sitzt still, versteckt sich genauso hinter der Kaffeetasse, wie ich es vorhin getan habe. Aber jetzt reicht's! Endgültig. Sie wird mir das nicht kaputtmachen. Mit Jamie. Dem einzigen Funken Hoffnung, der bleibt.

»Und wo sollten wir hin, Mama, mmhhh? Tommy hat bei mir im Zimmer geschlafen!«

»Spinnst du?«, schreit sie weiter. »Du kannst hier nicht irgendwelche tätowierten Typen anschleppen! Du musst vorher fragen!«

»Und wann genau soll ich das machen? Wenn du besoffen in irgendner Ecke liegst?«

Sie trippelt ein paar Schritte in unsere Richtung. Unkoordiniert, ihr magerer Körper taumelt den Füßen hinterher. Ein scharfer Stich fährt in mein Herz, so brennend, dass Tränen in meine Augen schießen.

»Raus hier!«, kreischt sie. »Alle! Alle raus! Raus! Raus!«

Tom krabbelt auf meinen Schoß, weint lautlos, das Gesicht gegen meine Brust gepresst.

»Mum, bitte. Beruhige dich, okay?«

Für ein paar Momente lang steht sie noch da wie eine knochige Vogelscheuche. Dann ist ihr Gesicht plötzlich nicht mehr grau, sondern grünlich. Sie übergibt sich, unvermittelt und endgültig.

Oh, Scheiße. Das ist echt. Das passiert wirklich. Tommy heult lauter, umfasst mich mit seinen dünnen, zitternden Ärmchen. Ich will aufstehen und meiner Mutter helfen, aber dafür müsste ich Tom wegschieben, ihn mit Gewalt von mir losreißen.

Deswegen ist es Jamie, der aufsteht und sich ihr zuwendet, einfach über die Kotze steigt, die unbarmherzig weit über den Boden gespritzt ist. Vorsichtig streicht er ihr die Haare aus dem Gesicht, streichelt ihren Rücken und redet behutsam auf sie ein.

»Schon okay, Frau Mond, wir machen das sauber, keine Angst, okay?«

Und da ist er, dieser Moment. Dieser Gedanke. Der Augenblick, in dem ich mich frage, wie sehr ich ihn liebe. Und wie lange wir noch durchhalten können: Mum, Tommy und ich.

38.

Ich mache einfach weiter. Packe mein Pickset ein, den Akkubohrer, die Plastikhandschuhe. Weil ich ansonsten nicht weiterweiß. Keinen Ausweg sehe aus dieser Hölle.

Ich verdränge den Gedanken, ob Mum noch vor Weihnachten in eine Klinik gehen sollte. Ob ich mit Tom woanders wohnen sollte, vielleicht bei Nike, vielleicht bei Jamie. Auf jeden Fall irgendwo, wo nicht gesoffen und gekotzt wird.

Nachdem ich die Sauerei in der Küche weggewischt und Mum wieder ins Bett gelegt habe, haben wir Tom zu seinem Freund Julian gebracht. Gleich danach habe ich Jamie alles über Marvin erzählt, was wichtig ist: die Hunde, die GPS-Tracker.

»Du willst das wirklich durchziehen, oder?«, fragt er mich jetzt.

»Ja«, antworte ich nervös, weil ich bereits vor fünfzehn Minuten festgestellt habe, dass sowohl Marvin als auch seine Großmutter das Haus verlassen haben. Wir haben keine Zeit zu verlieren!

»Schau mal, wo die Alte jetzt ist«, bitte ich Jamie. Nachdem ich die Ortungs-App auch auf seinem Handy installiert und ihm die Nummer der SIM-Karten gegeben habe, kann er Marvin und seine Oma genauso tracken wie ich.

»Sie ist immer noch unten in der Stadt. Gutenbergstraße.«

»Was ist denn da?«

»Keine Ahnung. Meintest du nicht, sie wäre Altenpflegerin? Vielleicht kümmert sie sich um jemanden.«

»Was ist mit Marvin?«

»Er ist in einem Fitnessstudio in Wiesbaden.«

Gut. Immerhin ihn werden wir für mindestens eine Stunde los sein.

»Behältst du das Nachbarhaus im Auge? Wir brauchen jetzt keinen neugierigen Opa, der Marvins Großmutter anruft!«

»Okay. Wo sind eigentlich die Hunde?«

»Keine Ahnung, mit etwas Glück im Schuppen. Schließlich ist es arschkalt und ...«

Jamies Augen waren auf das Haus gerichtet. Bis gerade. Jetzt zucken sie in Richtung Garten, nimmt etwas anderes seine ganze volle Aufmerksamkeit ein. Ich kann regelrecht zusehen, wie sich sein Blick verhärtet, sich zu einer starren Maske verzieht.

»Alter!«, keucht er. »Hol die verdammte Spritzpistole raus!«

Schon kläffen die Biester. Sind die abgerichtet? Sie kennen mich doch von gestern! Ich habe erwartet, dass sie mich anbellen, okay, aber nicht, dass sie wieder so wahnsinnig abgehen!

Ich drücke ab, bevor sie weiter Radau veranstalten. Ziele mit der Ammoniakmischung zuerst auf die eine, dann auf die andere Schnauze. Beide Tiere jaulen auf und springen vom Tor zurück, richten ihre Nasen zu Boden, um sie im Schnee zu reiben. Der Schnee ... am Ende werden sie das Zeug ganz einfach daran abwischen, sich schneller erholen als erwartet. Sie niesen, nehmen jetzt ihre Pfoten zu Hilfe, fahren sich damit immer wieder über die Nase. Fast tun sie mir leid. Eigentlich mag ich Hunde, genau wie Lucy. Ich will sie nicht verletzen.

Als ich vorsichtig das Tor öffne, zieht Jamie neben mir scharf die Luft ein. Doch die Tiere bleiben still, niesen und winseln leise vor sich hin. Nur der eine hebt kurz den Kopf. Seine labberige, schaumig-nasse Lefze zuckt nach oben, er knurrt und entblößt eine Reihe bemerkenswert großer, spitzer Zähne. Shit. Wie konnte ich nur glauben, was irgendein alter Exknacki auf YouTube faselt? Scheiße, ich hätte mich besser informieren sollen, ich ... der schwarze Fleischberg kommt ein paar Schritte auf mich zu, weicht aber instinktiv zurück, als ich die Wasserpistole ein zweites Mal hebe.

Na also. Ich brauche gar nicht noch einmal abzudrücken. Er hat auch so genug. Lasst uns in Ruhe, ihr Scheißköter!

Wir beschließen, zuerst den Schuppen zu überprüfen. Solange die Tiere noch benebelt sind. Was mir allerdings Sorge bereitet, sind unsere Fußspuren im Schnee. Zur Sicherheit ziehen wir Hauben über die Schuhe und versuchen, nur dorthin zu treten, wo bereits Marvin oder Rita langgegangen sind. Aber auch ein neutraler Abdruck unterscheidet sich von den anderen, ganz einfach, weil er *anders* ist. Bleibt also nur zu hoffen, dass ihnen die Spuren gar nicht auffallen.

Die Schuppentür ist nur angelehnt, im Inneren ist das Licht trüb. Der Raum ist rechteckig und misst vielleicht fünf mal drei Meter – die eine Seite ist mit Gerümpel vollgestellt: alte Möbel mit Spinnweben, Rasenmäher, Schaufeln und Harken, ein Kinderfahrrad, das einen Platten hat. Und zwei Fahrräder für Erwachsene, die gut in Schuss sind. Okay. So viel also zu der Frage, ob Marvin ein Fahrrad hat. Ich fotografiere beide Modelle. Zu Hause werde ich sie studieren, sie mir einprägen, um sie wiedererkennen zu können.

Der Schuppen hat ein offenes Dach, an einem der Balken baumelt noch eine rote Plastikschaukel von Marvin. Und ein Gesteck aus Stöcken und Sträuchern, das er wahrscheinlich als Kind gebastelt hat. Ansonsten gibt es eine beeindruckende Werkzeugbank, die gepflegt erscheint, frei von Spinnweben. Allerhand Hämmer, Sägen und Schraubenzieher wurden nach Größe sortiert und fein säuberlich nebeneinander angeordnet. Dasselbe gilt für Nägel und Schrauben, die sich in kleinen, durchsichtigen Kästchen befinden, ebenfalls nach Typ und Größe geordnet.

Für das Begutachten der Werkzeuge lasse ich mir Zeit, nehme

einen Hammer nach dem anderen, Säge für Säge in die Hand. All diese Gegenstände sind sauber, keine dunklen Flecken oder Haare zu erkennen. Dennoch zwickt mich ein dumpfes Gefühl. Warum ist diese Werkbank so ordentlich gepflegt, während der Rest des Schuppens in Vergessenheit geraten ist? Ich meine – Marvin hat sich nicht mal die Mühe gemacht, seine alte Schaukel abzunehmen, sie zumindest über den Balken aufzurollen.

Auch den Boden schauen wir uns genau an. Er ist betoniert, wie eine Garage. Wir finden nichts. Keinen Teppich, der einen Eingang verdeckt, selbst unter den Hundekörben, die mit dicken Schaffellen ausgelegt sind, ist nichts zu entdecken.

»Schau mal hier«, meint Jamie und deutet auf zwei sorgfältig gerahmte Bilder an der Wand. Das eine ist eine Fotografie, zeigt Marvin als Kind mit fünf, vielleicht sechs Jahren. Einer seiner Schneidezähne fehlt, er strahlt in die Kamera und hat den Arm um einen Schäferhund gelegt, der mit heraushängender Zunge zum Betrachter blickt als würde er lachen. Daneben ein Bild, das Marvin gemalt hat: eine verblasste Buntstiftzeichnung, die einen blühenden Garten mit großem Baum zeigt, um den sich Tiere versammeln: ein Hund, eine Katze, Hasen.

»Der ist in 'nem Tierparadies aufgewachsen«, sagt Jamie.

Auf dem Bild sieht Marvin glücklich aus, gelöst. Und doch. Irgendwas schmeckt einsam in dieser Luft, die nicht nur nach dem nassen Fell der Hunde, sondern auch latent nach Kot und Pisse stinkt.

Auch draußen ist der Garten nicht richtig schön, hat die weiße Schneelandschaft zu viele gelbe und braune Flecken von den Exkrementen der Hunde, die sich noch immer die Schnauzen reiben.

Jetzt bemerke ich auch den Baum, den Marvin gemalt hat. Er ist alt, wahrscheinlich älter als das Haus, eine gewaltige Tanne, die weit über den Schuppen hinausragt. Wobei – nein, es ist keine Tanne, der Stamm ist anders, rotbraun und schuppig, auch die Zweige sind weicher geformt, nicht so kratzig wie die einer Tanne. Es ist eine Eibe. Ein Baum, bei dem alles giftig ist: die Zweige, die Rinde, die Früchte. Nur das rote Fruchtfleisch, das im Herbst die Kerne umschließt, soll harmlos sein und süßlich schmecken. Nicht, dass ich es jemals probiert hätte. Dafür hat Mum gesorgt. Sie stellte sicher, dass wir alle Giftpflanzen kennen, schon als kleine Kinder wussten wir, dass sogar Farn toxisch ist, genau wie Oleander, Maiglöckchen, Fingerhut, Weihnachtssterne.

Unter dem Baum ist die Erde nackt und braun, baumeln an einem kräftigen Ast ein Vogelhäuschen und ein selbst gebasteltes Mobile.

Na gut. Marvin scheint als Kind viel gemalt und gewerkelt zu haben. Geschnitzt hat er auch. Grobe Schnitte in den Baumstamm hinein.

Jetzt zum Haus. Auf seiner Rückseite sind alle Fenster fest verschlossen, aber es gibt eine Treppe, die zu einem Kellereingang führt. Was riesiges Glück ist. Nicht nur die Tatsache, dass es diesen Eingang gibt, sondern auch, dass nur die Hälfte der Stufen zugeschneit ist. Wenn wir vorsichtig sind, können wir hinuntergelangen, ohne Spuren zu hinterlassen.

Doch noch haben wir es nicht geschafft. Plötzlich stehen die Hunde da, ragen schwarz und knurrend in den trüben Tag hinein. Der eine niest, der andere bellt.

»Scheiße …!«, flucht Jamie, während sich mein Magen vor Angst zusammenkrampft und ich hektisch mit der Spritzpistole in ihre Richtung sprühe.

Gott, bitte. Haut ab! Ich will euch nichts tun! Alles, was ich will, ist, meine Schwester finden!

Und tatsächlich. Sie winseln und trotten zum Schuppen, verschwinden durch die angelehnte Tür.

»Was sagt die App?«, will ich wissen, nachdem wir es endlich bis vor die Kellertür geschafft haben.

»Sie ist weiter unterwegs, jetzt in der Burgstraße.«

»Und Marvin?«

»Unverändert.«

Sanft streicht er mir über die Wange.

»Ich behalte die beiden über die App die ganze Zeit im Auge, okay? Sobald sie zurück nach Hause kommen, schlage ich Alarm. Kümmere du dich um das Schloss!«

»Danke, Jamie.«

Trotz meiner Anspannung lächle ich ihn an, finde ich mein eigenes Leuchten in seinem Gesicht wieder. Es ist ein überwältigendes Gefühl, nicht mehr alleine zu sein. Geborgen zu sein, trotz allem. Wenn ich nur daran denke, wie er mich küsste. Wir ließen uns Zeit. Beziehungsweise er. Ich selbst war ziemlich gierig, wollte mich gleich auf ihn setzen. Doch er lachte bloß und drehte mich auf den Rücken, riss mich hinein in diesen Strudel, in dem ich alles vergessen konnte. Und wie es danach mit ihm war. Zum ersten Mal seit langem konnte ich einschlafen, ohne mich in den Schlaf zu weinen. Und ich nahm ihm ein Versprechen ab. Sich Hilfe zu holen, zumindest mit seiner Tante über sein Ritzen zu sprechen, die in all den Wochen nicht mitbekam, was er im Geheimen und in aller Sorgfalt hinter verschlossener Tür trieb.

Ich brauche eine geschlagene halbe Stunde, um das Schloss zu knacken. Als wir endlich die Tür zum Kellerraum öffnen, schlägt uns abgestandene Luft entgegen.

Vor der Tür stapeln sich leere Pflanzenkübel, daneben ein verrosteter Grill und Gartenstühle, die so marode aussehen, dass man sie genauso gut wegschmeißen könnte. Ich entdecke eine Kiste mit allerlei Sachen aus Marvins Kindheit: Tennisschläger, Bälle, ein zerknautschtes Planschbecken. Hinterlassenschaften aus einer anderen Zeit. Einer Kindheit, die fröhlich gewesen sein mag, bunt und sonnenwarm. Alles in allem wirkt dieser Raum harmlos, selbst als Jamie das Licht einschaltet, entdecke ich nichts Verdächtiges, vor allem kann ich keinen Trampelpfad zu einer verborgenen Tür, einem Geheimversteck erkennen.

»Lucy? Lu, bist du hier?«

Jamies Blick trifft mich mit Überraschung und unausgesprochener Milde. Zum Glück kommentiert er nicht, dass ich nach meiner Schwester rufe. Stattdessen greift er nach meiner Hand, und gemeinsam setzen wir unseren Streifzug durch den Keller fort. Es gibt noch einen feuchten Waschraum und eine Vorratskammer – beides so unauffällig, dass eine Welle der Enttäuschung in mich hineinschwappt. Ich finde nichts. Mal wieder.

Es ist einfach nur traurig hier. Leblos und still. Wir schwimmen durch grauen, zähen Schleim, den die Zeit zwischen die Dinge geschoben hat, hineingepresst hat zwischen die Kindertage von damals und dem Hier und Jetzt.

Was auch für das erste Geschoss gilt: An die Küche grenzt das Wohnzimmer, ein Raum, der funktional, aber alles andere als gemütlich ist. Ein abgewetztes schwarzes Ledersofa, das glatt noch aus den 80ern stammen könnte, ein Röhrenbildschirm (really?), ein rustikaler Eichenschrank. Alles wild zusammengewürfelt und genauso hässlich wie die Klamotten, die Marvin jahrelang getragen hat.

»Da fand ich die letzte Hütte sympathischer«, raunt Jamie und zieht lustlos ein Fotoalbum aus dem Schrank, in dem vor allem einer zu sehen ist: Marvin. Als Kleinkind, als Schulkind, als heranwachsender Jugendlicher. Marvin lachend, Marvin spielend, Marvin lesend.

Was fehlt, sind Bilder von Kindergeburtstagen. Von seinen Eltern. Von Freunden, die zu Besuch kommen, von Stühlen, die zu den beiden in der Küche dazugestellt werden.

An den Wänden nichtssagende Landschaftsbilder, nur ein Bild erzählt etwas von dieser Familie, indem es eine junge Frau mit einem Baby auf dem Arm zeigt. Marvin und seine Mutter? Denkbar, denn die Frau hat das gleiche braune Haar wie er.

Im Obergeschoss finden wir zwei Schlafzimmer: das von Oma Rita, spartanisch, ordentlich. Die Bettdecke dunkelgrau und glattgestrichen, mittig darauf zwei identische Teddybären. Ich berühre sie vorsichtig: der eine ist etwas abgegriffener als der andere, beide jedoch müssen alt sein, sind so starr und ungelenk, wie es die Kuscheltiere älterer Generationen sind.

Auf dem Nachttisch ein Buch über den Comer See, ein Reiseführer über Norditalien und eine kuriose Figur aus Ton: die schemenhafte Gestalt eines Menschen, der von zwei Händen umschlossen wird. Trichterförmig, wobei die Hände genauso groß sind wie die Figur selbst.

»Schau dir das an«, meine ich. »Ist das was Christliches?«

»Keine Ahnung«, gibt Jamie zurück. »Sieht eher so aus, als hätte Marvin mal einen Töpferkurs gemacht.«

Auffallend ist der Geruch in diesem Zimmer. Rosen. In ihrem Kleiderschrank finde ich das Parfüm dazu, gleich neben ein paar Wollpullovern, Unterhemden, schlichten Röcken und Blusen. Sie ist definitiv kein knalliger, farbenfroher Typ.

»Hat sie keine Kiste mit Fotos und Erinnerungen? Sie war doch bestimmt verheiratet, oder?«, wundert sich Jamie. »Ich habe bisher noch kein Bild von ihrem Mann gefunden.«

»Oder von ihren Kindern«, ergänze ich. »Ihr Zimmer ist eh seltsam. Wie das einer Nonne.«

»Lass uns mal weiter in Marvins Zimmer«, schlägt er vor und greift nach meiner Hand.

Im Vergleich zum Rest des Hauses empfinde ich diesen Raum spontan als normal. Er hat ein breites Bett, dessen dunkelblaue Decke von der Nacht zerknüllt ist. Ein paar Klamotten liegen auf einem alten Schaukelstuhl, Bücher stapeln sich auf einem kleinen Tisch daneben. Die Wände hat er olivgrün und beige gestrichen. Auch dieser Raum ist spartanisch eingerichtet: keine Poster, nur ein paar Fotos, mit Reißzwecken an die Wand gepinnt. Darauf zu erkennen sind ein paar Leute, die ein Kanu tragen, ein anderes Mal stehen sie gleich vor dem Rhein und lachen in die Kamera. Einen Typen darauf kenne ich sogar, ich glaube, er heißt Moritz und ist eine Stufe unter uns. Nun gut. Buddies aus dem Ruderverein also.

Auf seinem Schreibtisch: ein stattlicher, alter Globus, Stifte und Schulbücher. In seinen Schubladen: nichts Nennenswertes, weswegen wir gleich seinen Laptop hochfahren, um mehr über ihn rauszufinden.

Und natürlich. So musste es also sein. Alles, was ich bisher getan habe, hat mich hierhergeführt, in dieses triste Haus, geradewegs zu dem Menschen, den ich suche, der mir als Hintergrundbild direkt ins Gesicht lacht.

39.

Es ist Lucy. Meine Schwester mit ihrem unglaublich großen Mund. Sie lächelt, aber in ihren Augen liegt tiefe Schwermut. Auf dem Arm hält sie einen Hund. Irgendwas Kleines, Wuscheliges, das ich noch nie gesehen habe. Und ich begreife: Es muss ein Schnappschuss sein, den Marvin beim Tierheim gemacht hat, als sie gemeinsam die Hunde ausgeführt haben.

»Scheiße …«, bricht es aus Jamie heraus, während meine Hände schon wahllos irgendwelche Passwortkombinationen eingeben. »Wieso hat der Lucy als Hintergrundbild …?«

Lucy2020, LucySommer, LucyHund, LucyHunde, LucyTierheim, LucyHerbst, IloveLucy, LuSommer, LuHund, LuLucy, foreverLu – alles erfolglos, wie zu erwarten.

In meinem Kopf plötzlich ein Brennen, ein derart drückendes, brutal pulsierendes Hämmern, dass ich mich frage, ob er vor Schmerz und Angst einfach aufplatzen könnte. Einfach so. Als ob Marvin gleich hinter mir stehen und mit einem Hammer auf mich einschlagen würde. Zittrig reibe ich meine Schläfen, versuche meinen Puls zu beruhigen.

»Wir brauchen sein Geburtsdatum«, raune ich. »Vielleicht benutzt er es für das Passwort. Schau mal, ob du was findest.«

Während ich weiter irgendwelche Blindschüsse eintippe, stöbert Jamie durch Schubladen und das Bücherregal.

»Hier ist der Ausweis für seinen Kanuverein! Er hat am achten Mai 2003 Geburtstag.«

Ein Mai-Kind also. Genau wie Lucy und ich. Sofort trage ich Kombinationen mit seinem Geburtstag ein, 08052003, Marvin03, Marvin2003, M8503, doch nichts, auch nach 30 weiteren Alternativen kein Treffer.

Was bleibt, ist Lucys Gesicht. Die blonden Haare, die sie an diesem Tag offen trug, die es einrahmen. Sie ist so hübsch. Und Marvin. Er hat Dreck am Stecken. Irgendwas stimmt nicht in diesem Haus, fühlt sich faul an, falsch. Aber was genau ist es?

Frustriert hetze ich zu seinem Bett, taste alles darin ab: die Decke, das Laken, die Matratze, ich wende sie sogar, um alles genau zu kontrollieren. Nichts! Einfach nichts außer diesem Schnappschuss von meiner Schwester! Und wieder so einem beknackten Gesteck. Seitlich vom Bett hängt es, wie einer dieser indianischen Traumfänger. Nur ohne Federn und Netze, nein, es sind Nadelzweige – von der Eibe draußen, wenn ich tippen müsste.

»Was für einen Spleen hat Marvin nur mit diesem Gestrüpp?«, denke ich laut und trete näher, um mir das Konstrukt genauer anzusehen. Und tatsächlich, mein Verdacht verhärtet sich, spült saure Gedanken in meinen Geist. Das, was ich sehe, ist nicht normal. Es ist alles andere, bloß das nicht.

40.

»Ist das … 'ne *frische* Rose?«, spiegelt Jamie meine eigene Überraschung wider.

»Sieht so aus«, stammele ich, während ich sie vorsichtig berühre.

»Wieso hängt der sich so was auf?«

»Keine Ahnung. Die Frage ist wohl eher: Welche Bedeutung hat das für ihn? Unten in der Küche und im Bad hängt was Ähnliches.«

»Vielleicht ist es ein Andenken. Für seine Mum, die gestorben ist«, sagt Jamie leise. »Ich stelle jedenfalls manchmal Blumen für meine Familie auf. Meistens Rosen, die mochte Lena.«

Ich kann regelrecht spüren, wie er sich verhärtet. Als hätte er plötzlich einen Krampf. Allerdings nicht in der Wade oder im Bein, wo man ihn meistens hat, sondern am gesamten Körper.

Ich will schon nach seiner Hand tasten, als er sich knapp abwendet: »Ich geh mal aufs Klo.«

Er lässt mich mit rasenden Kopfschmerzen zurück. Jamies Erklärung mit dem Andenken klingt plausibel. Aber warum so ein seltsames Gesteck? Eibenzweige mit einer einzelnen Rose? Wieso stellt er nicht einfach frische Blumen auf, wie Jamie für seine Familie?

Mein Blick wandert zurück zum Laptop, auf dem mir noch immer Lucy entgegenlacht.

Marvin hat gestern zugegeben, dass sie sich getroffen haben, dass er in sie verliebt gewesen ist. Er muss kein Verbrecher sein, nur weil er meine Schwester als Hintergrundbild auf seinem Laptop hat. Dieser Einbruch ist eine Sackgasse, wie immer. Nichts weiter als ein Haus mit kauzigen Menschen.

Ich bin schon quasi aus dem Zimmer raus, als mir doch noch etwas ins Auge sticht. Eine Kleinigkeit am Türrahmen seines Zimmers. Er ist alt, braunes Holz, in den etwas hineingeschnitzt wurde. Grobe Kerben, wahrscheinlich vor Jahren dort angebracht. Ich erkenne eine Art Trichter mit einem unförmigen Kringel in der Mitte. Warum ritzt man so was in einen Türrahmen? Es ist ein Haus mit seltsamen Bewohnern, wie gesagt.

»Jamie?«, frage ich vorsichtig, als ich vor der Badezimmertür stehe. »Alles okay?«

Statt zu antworten, drückt er die Toilettenspülung. Im Anschluss braucht er noch eine gefühlte Ewigkeit, Augenblicke, in denen sich ein mulmiges Gefühl in mir ausbreitet. Er war nicht einfach nur pinkeln. Dafür hantiert er viel zu lange rum. Außerdem höre ich seltsames Rascheln und eine Art … leises Scheppern. Als würde er mit einem metallischen Gegenstand rumhantieren. Dem silbernen Kästchen zum Beispiel.

»Jamie …?«, klopfe ich abermals an die Tür.

»Warte kurz, bitte.«

Als er endlich öffnet, ist sein Gesicht noch immer verschlossen.

»Lass uns abhauen«, sagt er. »Die Bude hier zieht mich voll runter.«

»Mich auch. Was hast du da drin so lange gemacht?«

»Hä?«

Er versucht locker zu reagieren, meidet aber Blickkontakt. Und noch mehr. Seine Wangen glühen auf.

»Jamie … bleib mal stehen.«

Ich zwinge ihn zum Halt, indem ich nach seiner Hand greife, aber er schüttelt sie sofort ab, lässt seine Schultern nach unten fallen.

»Das ist nicht dein Ernst, oder? Musstest du dich ausgerechnet jetzt ritzen? In Marvins Haus? Du hast schon so viele Verletzungen, meinst du nicht …«

Endlich trifft mich sein Blick. Wäre die Klarheit darin nur nicht so unverhüllt.

»Was erwartest du, Amber? Etwa, dass das aufhört, von jetzt auf gleich? Nur weil wir einmal gefickt haben?«

Wortlos starre ich ihn an. Geradewegs hinein in seine verflucht schönen Augen. Es lag eine solche Sanftheit in unseren Berührungen, etwas so Besonderes. Das er jetzt zerstört. Einfach so, mit ein paar Wörtern, die geradewegs aus seiner Seele gepurzelt sind.

Eine Gänsehaut überzieht meinen Körper. Wobei, nein, sie klebt bloß auf meinem Kopf fest. Das Gefühl ist so unangenehm und lähmend, dass ich instinktiv ein Stück von ihm zurückweiche.

»Gefickt, ja?«

Jetzt rollt er mit den Augen, lässt die Hände in die Luft zucken.

»Mann, leg das nicht auf die Goldwaage, okay? War nicht so gemeint!«

»Schon klar …«

Schnell dränge ich mich an ihm vorbei in den Flur, haste die Treppe runter. Ich muss hier raus, sofort.

»Amber …«, höre ich, wie er einen neuen Versuch startet. »Amber, jetzt warte doch mal!«

Er greift mich am Arm, dreht mich zu sich herum. Als er bemerkt, dass ich weine, klingt seine Stimme weich.

»Es war nicht so gemeint. Ehrlich. Aber versteh doch! Du kannst wenigstens noch was *tun*. Deine Familie suchen. Mir bleibt *nichts*! Meine Trauer geht einfach weiter!«

»Du musst ja nicht mehr mitmachen! Ich brauche dich dafür nicht! *Ficken* kann ich nämlich auch mit Taylor!«

»Jetzt hör aber mal auf …«, beginnt er, hält aber abrupt inne, als ein plötzliches, lautes Geräusch an unser Ohr dringt. Das Bellen der Hunde. Und noch etwas anderes, Schlimmeres. Die Stimme der Alten.

41.

Für einen Moment stehen wir wie erstarrt. Ich glotze einfach nur in die Luft, während in meinem Magen eine üble, giftige Suppe brodelt.

»Fuck, Jamie … Ist das die Oma? Wann hast du das letzte Mal die App geprüft?«

»Ja, sie ist es«, flüstert er, nachdem er einen panischen Blick auf sein Handy geworfen hat. Sofort zieht er mich in Richtung Kellertür.

»Ich dachte, du achtest auf die App!«

»Sorry. Tut mir leid!«

»*Sorry?* Verdammt, das ist nur, weil du dich geritzt hast! Ich wusste von Anfang an, dass es eine Scheißidee ist, dich mitmachen zu lassen!«

»Halt jetzt den Mund!«, motzt er mich an. »Lass uns lieber hier raus!«

Wutentbrannt schüttele ich seine Hand ab, mit der er mich noch immer festhält. Ich kenne den Ausgang, dafür brauche ich ihn nicht.

»Ich glaube, sie füttert vor dem Haus die Hunde«, höre ich ihn hinter mir flüstern. »Das wäre eine gute Gelegenheit …«

Ich nehme ihn kaum noch wahr. Seine Worte werfen ein zu böses, lautes Echo durch mein Herz.

Ficken.

Ficken, ficken, ficken.

Wie konnte er mir so ins Herz stechen?

Auf meinen Wangen brennen Tränen, als ich die Kellertür öffne und raus in den Garten stampfe.

»Amber!«, höre ich ihn zischen. »Amber, warte …!«

Ach, fuck you all! Ich gehe einfach weiter, lasse ihn hinter mir zurück. Er flucht leise, kommt aber hinterher. Nur kurz werfe ich einen hastigen Blick hinter uns: keine Hunde, keine Rita zu sehen. Sie müssen vor dem Haus sein. Vielleicht komme ich noch halbwegs geschmeidig aus dieser Sache raus. Schnell passiere ich die Eibe, nehme sie aus den Augenwinkeln heraus ein letztes Mal wahr. Genau wie dieses eine Detail, das sich wie ein verdammter Eiszapfen in mein Gehirn rammt. Neben dem Vogelhäuschen hängt ein weiteres Gesteck. Vorhin dachte ich, es wäre ein Mobile. Doch nein, es sieht genauso aus wie die Dinger im Haus. Direkt in der Mitte erkenne ich einen roten Punkt. Die Blüte einer frischen, tiefgefrorenen Rose.

42.

Was anschließend geschah, kann ich nur noch in Bruchstücken fassen. Am Ende des Gartens schlugen wir uns durch Geäst, kletterten über einen hohen Zaun. Dahinter befindet sich zum Glück kein anderes Grundstück, sondern ein Kinderspielplatz.

Anschließend rannte ich. Weg von den Hunden, der Alten, der Rose, die zum Andenken für eine Tote in der Schneelandschaft baumelte.

Vor allem aber weg von Jamie. Ein Stück lief er noch hinter mir her, rief meinen Namen. Irgendwann aber nicht mehr.

Natürlich schrieb er mir Nachrichten. Es waren Dutzende, und alle trieften vor Entschuldigungen.

Trotzdem will ich ihn nicht mehr sehen. Wenn ich eines verstanden habe, dann das: Er ist nicht besser als Taylor. Da kann er im Nachhinein sagen, was er will: In diesem Moment in Marvins hässlichem, blaugekacheltem Badezimmer brach alles ehrlich aus ihm heraus.

Bei der Erinnerung an seine Worte muss ich schon wieder heulen. Scheiße, ich werde einfach *gar keinen* Typen mehr in mein Leben lassen! Die Einzigen, die mich wirklich lieben, sind ohnehin nur die Menschen aus meiner Familie. Gott, ich vermisse Dad und Lucy so.

Ich muss sie finden. Ich *muss* weitermachen!

Gestern behielt ich Marvin weiterhin über die Tracking-App im Auge. Nach dem Fitnessstudio ist er direkt nach Hause gekommen und den Rest des Tages dort geblieben. Max hat also recht: Er verhält sich unauffällig, geht nicht zu einem geheimen Versteck. Auch heute macht er nichts außer in der Bude zu hocken. Ich muss mich also damit abfinden, dass er nichts ist als eine weitere Sackgasse. Er hat ein Bild von Lucy auf seinem Desktop und hängt Gestecke für seine tote Mum auf, na und? Deswegen muss er noch kein Mörder und Entführer sein.

Ich muss nach vorne schauen. Und deswegen stehe ich jetzt vor dem Haus von Bernd Wagner. An einem Sonntagvormittag. Was ein beschissener Tag für einen Einbruch ist, ganz einfach weil die meisten Leute heute zu Hause bleiben und sich ausruhen. Trotzdem hoffe ich, Glück zu haben. Hat er nicht mal erzählt, dass er einen Sohn hat? Leute mit Kindern bleiben nicht den ganzen Tag in der Bude hocken, sondern gehen irgendwann raus an die frische Luft. Ungeduldig gleitet mein Blick zur Uhr. Es ist schon elf, und ich drücke mich bereits seit einer geschlagenen Stunde auf dieser Straße rum. Inzwischen spüre ich meine Zehen nicht mehr – dieser verdammte Schnee kotzt mich einfach nur an!

Sein Haus liegt am östlichen Ortsrand von Eltville, ein Bungalow in den Hang gebaut. Gleich dahinter die Weinberge. Eine weite, schneeweiße Landschaft, in der die Rebstöcke wie kratzige Bartstoppeln in den grauen Wintertag ragen.

Endlich tut sich was. Mein Lehrer öffnet die Tür, kehrt mit einer Schippe den Zugang frei. Nicht gerade spannend. Aber dann geschieht etwas Unerwartetes. Er schiebt einen Rollstuhl hinaus. Darin sitzt ein Teenager, vielleicht dreizehn oder vierzehn Jahre alt.

Sein Anblick sticht in mein Herz. Mein Lehrer hat nie erzählt, dass sein Sohn behindert ist, dass er die Arme auf unnatürliche Weise an seinem Oberkörper gepresst hält. Sein Kopf ruckelt unkoordiniert umher, sein Mund verzieht sich grimassenartig. Erst nach einer Weile begreife ich: Der Junge will mit der Zunge Schneeflocken fangen, die noch immer vereinzelt aus dem Himmel fallen.

Ein Sohn also. Aber was ist mit seiner Frau?

Nachdem Bernd Wagner seinen Sohn ins Auto gesetzt hat und losgefahren ist, beobachtete ich noch eine Weile das Haus. Kein Licht, kein anderes Auto, das davor parkt. Aber sicher kann man sich nie sein, weswegen ich zur Haustür gehe und Sturm klingele, mir schon eine Ausrede zurechtlege, sollte seine Frau öffnen. Doch nichts. Alles bleibt ruhig.

An der Hausfront ist kein Hinweis auf eine Alarmanlage zu erkennen. Was eine Erleichterung ist. Ich beschließe trotzdem, nicht über die Haupttür einzusteigen, weil sie von der Straße gut einzusehen ist.

Stattdessen gehe ich über einen schmalen Kiesstreifen, der die Hauswand flankiert, zur Rückseite des Hauses. Hier ist der Hang abschüssig, liegt ein verwachsener Garten verträumt da. Ich erkenne zwei Möglichkeiten für einen Einbruch: eine schmale Treppe, die wie bei Marvin zu einer Kellertür hinabführt.

Die andere Option ist jedoch viel einfacher: Bernd hat seine Terrassentür gekippt. Was eine sagenhafte Erleichterung ist. Alles, was ich jetzt tun muss, ist, durch den geöffneten Spalt meine spezielle Vorrichtung einzuführen: ein dünnes, aber stabiles Paketseil, das ich durch eine leere Küchenrolle gezogen habe. Schnell lasse ich die Rolle ins Innere fallen und stülpe sie über den Griff. Jetzt brauche ich nur noch rechts und links an meinem Seil zu ziehen und die Tür auf diese Weise zu schließen. Zuletzt ziehe ich ausschließlich den linken Teil des Seils nach unten – eine Bewegung, durch die sich der Griff auf der Innenseite in einen 90 Grad Winkel schiebt.

Und voilà – Sesam öffne dich!

Für einen Moment atme ich tief ein und stehe still. Das Gefühl ist überwältigend wie immer: Mein Kummer verblasst, mein Körper fühlt sich so kribbelig an, als würde eine Ameisenherde darüberlaufen. Aber ich darf keine Zeit verlieren, sondern werde sofort anfangen. Ich werde nur schnell über die Tracking-App checken, wo genau sich mein Lehrer befindet. Ob er mit seinem Sohn vielleicht zu Verwandten fährt, nach Wiesbaden, oder zum Rhein, ob …

Oh, FUCK.

Eine eisige Klaue krallt sich um mein Herz.

Die App sagt, dass er schon wieder zurück ist. Also *hier*. Vor seinem Haus.

Schon dreht sich der Schlüssel in der Tür. Einer Tür, auf die ich durch das große, offene Wohnzimmer geradewegs starre. Ich habe nicht einmal mehr Zeit zu blinzeln. Geschweige denn abzuhauen.

43.

Ich versuche, mir nicht in die Hose zu pinkeln, stehe stocksteif da, ein Eiszapfen, den kein Leben durchdringt. Ich bin ein Gegenstand, ein *Ding*, mehr nicht.

»Was … Amber?«

Sofort taste ich nach meinem Schlagring. Ich könnte angekommen sein, richtig? Am Ende meiner Suche, meiner verzweifelten Reise. Er könnte der Täter sein, meine Schwester im Keller gefangen halten. Zwischen uns schmelzen Raum und Zeit zu einer starren, undurchdringlichen Masse. Ich starre geradewegs in sein Gesicht, suche nach etwas Bösem, einem Funkeln, irgendwas. Doch nichts. Er sieht einfach nur grenzenlos schockiert aus.

»Was zum Teufel treibst du hier?«

»Ich suche meine Schwester.«

»In meinem Haus???«

Die Augen hinter seiner silbernen Nickelbrille sind weit aufgerissen. Mit seinen schmalen Händen rauft er sich förmlich die Haare. Wieder stelle ich fest, dass die dichte Behaarung darauf nicht zu seinen Pianisten-Fingern passen will.

Plötzlich wird mir schwindelig. Dass er mich erwischt hat, reißt mir den Boden unter den Füßen weg. Es ist vorbei. Er wird mich anzeigen.

Ich werde Lu nicht finden.

Niemals.

So lange ich atme.

Im letzten Moment drehe ich mich seitwärts und kotze auf seinen Parkettboden. Ich stehe so wackelig auf den Beinen, dass ich schwanke, zu kippen drohe. Doch plötzlich ist er neben mir und hält mich. Mit der einen Hand. Mit der anderen umfasst der meine Stirn. Seine Finger sind warm, seine Stimme weich.

»Ist ja gut, Amber. Ist gleich vorbei.«

Er hätte das nicht sagen sollen. Denn jetzt heule ich. Und zwar so richtig.

Scheiße.

Scheiße, scheiße, scheiße!

»Komm in die Küche, okay? Ich mache dir einen Tee.«

Er reicht mir ein Taschentuch, ich wische mir über den Mund. Nie zuvor in meinem Leben bin ich so tief gesunken. Was, wenn er doch der Entführer ist?

Aber es nützt nichts. Irgendwann, nachdem wir meine Sauerei beseitigt haben, sitze ich an seinem Küchentisch.

»Den Schlagring kannst du abnehmen, was meinst du?«, schlägt er vor.

»Nein.«

»Hast du etwa Angst?«

»Ja.«

»Amber … Das brauchst du nicht, okay?«

»Werden Sie die Bullen rufen?«

»Weiß ich noch nicht. Trinken wir erst einmal einen Tee.«

Während er rumhantiert, schaue ich mich in seiner Küche um.

Zwei Stapel Mathe-Arbeiten liegen zu meiner Linken. An der Wand gegenüber hängt eine große Weltkarte, auf die er kleine Pins angebracht hat, vielleicht sind es Orte, zu denen er bereits gereist ist. Gleich daneben: ein gerahmtes Foto, das ihn und eine Frau mit braunem Pagenkopf zeigt. Sie lacht und hält ein Kind auf den Armen, sieht dabei glücklich aus, hübsch. Allein ihr roter Lippenstift ist ein Tick zu grell.

Insgesamt ist dieser Raum gemütlich, strahlt Normalität aus.

Aber wirklich sicher kann ich mir erst sein, nachdem ich jedes einzelne Zimmer geprüft habe.

»Willst du die Jacke nicht ausziehen?«

Mit langsamen Bewegungen komme ich seiner Aufforderung nach. Auch die Gummihandschuhe streife ich ab, genau wie den Schlagring. In der Zwischenzeit stellt er eine Tasse dampfenden Tee vor mich.

»Ich war gerade Brötchen holen, willst du eins?«

Ich schaue zu, wie er zwei Teller auf den Tisch stellt, Butter, Käse und Honig.

»Komm, iss was. Ich rufe die Polizei nicht. Mach dir keine Gedanken.«

»Warum wollen Sie die Polizei nicht rufen? Das wäre eine normale Reaktion!«

Er bestreicht sein Brötchen mit Butter, greift anschließend zum Honig. Sein Blick ruht aufmerksam auf meinem Gesicht.

»Hast du nicht schon genug durchgemacht?«

»Trotzdem: Sie hätten das Recht dazu.«

»Meinst du, mich hätte das mit Lucy und Oliver nicht mitgenommen? Im Lehrerzimmer ist es stiller als vorher, das kannst du mir glauben!«

Schweigend starre ich ihn an. Aus seiner Perspektive heraus habe ich das Ganze noch gar nicht betrachtet.

»Meinen Sie, es war einer aus der Lehrerschaft?«

Er lässt das Brötchen, in das er gerade hineinbeißen wollte, für einen Moment sinken.

»Kann ich mir nicht vorstellen. Wer sollte das sein? Klar ist der eine oder andere dabei, der irgendwie komisch ist, aber ein Verbrecher … Nein, das traue ich keinem von uns zu.«

»*Komisch*, was meinen Sie denn damit?«

»Ach komm, Amber, Lehrer sind auch nur Menschen. Manche sind grummeliger als andere, haben seltsame Gewohnheiten. Nehmen wir beispielsweise den Mayer. Das ist ein klassischer Einzelgänger, nicht gerade ein Charismatiker. Könnte sich besser pflegen. Aber ist er deswegen ein Entführer? Glaub ich nicht!«

Die Wohnung des Chemielehrers blitzt vor meinem inneren Auge auf, die Klamottenhaufen und leeren Red-Bull-Dosen, die überall rumlagen. Ein Mensch, noch einsamer als Hakennase.

»Bei dem habe ich mich schon umgeschaut«, ploppen die Worte aus meinem Mund, bevor ich sie aufhalten kann.

Bernd Wagner macht ein seltsam knatterndes Geräusch, und ich brauche eine Millisekunde, um zu begreifen, dass er kichert.

»Ich hätte das nicht sagen sollen! Es tut mir leid. Ich klaue auch nichts oder so, das müssen Sie mir glauben! Ich suche nur nach meiner Familie!«

»Verstehe ich, Amber. Das ist ziemlich schlau, muss ich zugeben. Denn statistisch gesehen ist die Wahrscheinlichkeit, dass es jemand aus eurem Bekanntenkreis war, am höchsten.«

Entgeistert glotze ich ihn an. *Er versteht mich?*

»Ich mochte Oliver. Wir waren zwar nicht eng befreundet, aber er hatte immer gute Laune. Er war nicht nur bei den Schülern beliebt.«

»Gab es denn bei euch jemanden, der ihn *nicht* mochte?«

»Das hat die Polizei auch schon gefragt. Verena Bruhl war nicht besonders dicke mit ihm, aber die kann quasi mit niemandem.«

Verena Bruhl. Eine Lehrerin, die Latein und Geschichte unterrichtet, Anfang fünfzig ist und irgendwie noch in den 80ern steckt. Zumindest ihre Dauerwelle und die Leggings sprechen dafür. Ihre Stimme ist schrill, keifend.

»Und sonst?«

»Der würdest du das nicht zutrauen, oder?«

»Nein. Das wäre Zeitverschwendung.«

»Warum wolltest du ausgerechnet bei mir einbrechen?«

Irgendwas schleicht sich in seine Frage hinein. Ein leiser, kaum wahrnehmbarer Unterton. Oder bilde ich mir das einfach ein? Bin ich schon komplett paranoid?

»Weil … Sie sind so nett. *Zu nett.*«

Seine Augen flackern, schließlich greift er nach dem Käse. Sein Messer hält er dabei noch in der Hand. Fast rechne ich mit einem Angriff, einer abrupten Bewegung, die nicht nur mich schneidet, sondern auch mein Weltbild zerstört, all die Gesetze und Ordnungen, aus denen es besteht.

»Ich würde wahrscheinlich auch niemandem mehr vertrauen, Amber.«

Mein Herz klopft irrsinnig schnell, auch wenn ich die ganze Zeit versuche, es vom Gegenteil zu überzeugen.

»Wie heißt Ihr Sohn?«

»Wir können uns gern duzen, wenn du magst. Ich heiße Bernd, aber das weißt du ja.«

»Okay.«

»Mein Sohn heißt Alex. Er ist mehrfachbehindert.«

»Ich habe ihn gesehen, eben vor dem Haus. Er wollte mit der Zunge Schnee auffangen.«

»Echt? Hab ich gar nicht bemerkt!« Ein Lächeln schiebt sich auf sein Gesicht. »Er ist ziemlich verspielt. Er ist vierzehn, aber geistig auf dem Stand eines Fünfjährigen.«

»Tut mir voll leid. Das ist bestimmt schwer.«

Bernd zuckt mit den Schultern, die Bewegung soll lässig sein, aber es liegt ein tauber Schmerz dahinter, da bin ich mir sicher.

»Und deine Frau?«

»Ach, die!«

Seine Hand, die noch immer das Messer hält, wedelt kurz

über dem Teller. Die Geste sieht aus, als wollte er eine Fliege vertreiben.

»Wollte irgendwann die Scheidung. Noch mal von vorne anfangen. Inzwischen hat sie ein anderes Kind, eine achtjährige gesunde Tochter. Sie sieht Alex am Wochenende. Ich habe ihn eben zu ihr gefahren, sie wohnt in der Nähe.«

Ich schweige, starre auf meinen Teller. Er hätte einen Grund, Lucy zu sich zu holen, oder? Er ist einsam, auch wenn er dieses Gefühl kleinhalten, es verbergen will. Da wäre ein hübsches, zartes Mädchen im Keller nicht schlecht.

»Iss ein bisschen was, Amber«, durchbricht er meine Gedanken.

»Ich kriege nichts runter.«

Er nickt, greift mit seinen seltsam schlanken Händen nach der Teetasse. Fast schon rechne ich damit, dass er mir jetzt etwas vollkommen Verrücktes sagt. Etwas wie: »Komm, jetzt zeige ich dir dein neues Zimmer! Deine Schwester freut sich schon auf dich!«

Ein Schauder jagt über meinen Rücken, dabei weiß ich nicht mal, weshalb. Er ist unglaublich verständnisvoll.

»Worüber hast du mit meinem Vater gesprochen, als ihr euch das letzte Mal gesehen habt?«

»Das ist schon so lange her! Ich weiß es gar nicht mehr so genau. Wahrscheinlich über einen Schüler. Es sind oft dieselben, die uns Sorgen machen. Paula zum Beispiel, eine Schülerin aus der Neunten. Sie wird immer dünner, auch wenn sie es geschickt verbirgt. Ihre Leistungen lassen auch nach.«

»Gab es keinen bei uns in der Stufe, der euch Sorgen bereitet hat?«

»Klar, doch. Cem beschwerte sich ein paarmal über Taylor, aber das hast du wahrscheinlich mitbekommen. Dass er mobben würde, nicht nur ihn, sondern auch andere, Yusuf zum Beispiel oder Larissa. Dein Vater hat ein paarmal mit ihm geredet, aber du weißt ja, wie er ist.«

»Und sonst?«

Nachdenklich schiebt er sich das letzte Stück Brötchen in den Mund.

»Jamie ist auch so ein Sorgenkind. Seine Leistungen sind ganz gut, aber hat er soziale Kontakte?«

»Eher weniger.«

»Weißt du, woran das liegt?«

»Inzwischen schon.«

»Wieso? Bist du bei ihm eingebrochen?«

Ich entgegne nichts, verändere aber kurz meine Sitzposition: eine verlegene Bewegung, die Erklärung genug ist.

»Du muss damit aufhören, Amber! Es ist zu gefährlich!«

Tiefe Falten graben sich auf seine Stirn. »Was, wenn du tatsächlich denjenigen aufspürst, der Oliver und Lucy etwas angetan hat? Was, wenn du dann auch verschwindest? Was soll dann aus deinem Bruder und deiner Mutter werden? Meinst du, die brauchen dich nicht?«

»Ich muss etwas tun, verstehst du? Sie finden!«

»Ich verstehe dich. Und deswegen verpfeife ich dich auch nicht. Aber vielleicht spürst du jetzt selbst, dass es an der Zeit ist loszulassen?«

»Ich kann nicht! Du weißt nicht, wie schwierig das ist!«

»Ich habe ein krankes Kind. Ich weiß genau, wie schwierig das ist!«

Bei seinen letzten Worten greift er meinen Arm, lässt seine Hand einen Moment dort ruhen. Und ich lasse es geschehen. Spüre die Kraft und die Wärme, die er mir spenden will.

»Weißt du was? Ich bin jetzt gleich verabredet. Ein Date. Ich kann ihr nicht mehr absagen, sie wartet schon in Wiesbaden. Du frühstückst einfach in Ruhe zu Ende, ja?«

»Bernd, ich …«

»Außerdem kannst du dann alle Zweifel ausräumen. Du wirst sehen, ich habe absolut nichts zu verbergen!«

Ich sitze reglos. Dass er mich so durchschaut, ist erschreckend.

»Ach, mir fällt noch etwas ein. Worüber ich mit Oliver zuletzt gesprochen habe.«

»Ja?«

»Es ging um Marvin. Seine Großmutter ist etwas eigensinnig, hat ihn schon immer von allen abgeschottet. Sie wollte nicht erlauben, dass er mit auf Stufenfahrt geht, kannst du dir das vorstellen? Marvin war total fertig deswegen, suchte das Gespräch mit mir. Ich hatte Oliver gebeten, mit ihr zu sprechen.«

»Und, hat er?«

»Ich weiß es nicht. Ein paar Tage später ist er verschwunden.«

44.

Nachdem Bernd die Tür hinter sich zugezogen hat, versuche ich, meine Gedanken zu sortieren. Cem, Taylor, Marvin. Mein Dad, der mit Marvins Großmutter sprechen wollte. Bernd, dessen Auto vor dem Haus startet. Er fährt zu seinem Date. Oder auch nicht. Er könnte auch nur um die Ecke fahren, dort parken und wiederkommen. Zu Fuß. Um mir doch noch sein wahres Gesicht zu zeigen.

Diese Paranoia will einfach nicht aufhören! Dabei ist er *nett. Verständnisvoll.* Wie Dad.

Trotzdem stehe ich auf und gehe runter in den Keller. Ich nehme sogar ein Messer mit, aus Bernds Küchenschublade.

Doch alles ist wie erwartet: eine Waschküche, Vorratskammer, großer Lagerraum, in dem sich allerhand Zeug befindet: Gartenmöbel, farbenfrohe Sommerkissen, ein verstaubter Crosstrainer. Ein Rollstuhl mit knallgrüner Auflage, kleiner als das Modell, in dem sein Sohn heute Morgen gesessen hat.

Die Wände sind bis auf wenige Regale nackt, fühlen sich glatt und kalt unter den Fingerspitzen an. Dort wurde kein Eingang in den Beton gehauen, keine geheime Höhle geschaffen.

»Lu?«

Ein scharfer Gestank sticht in meine Nase, ich brauche ein paar Augenblicke, um zu begreifen, dass ich es bin, die so erbärmlich riecht.

Meine Schwester ist nicht hier. Sondern anderswo. In einem dunkleren Keller.

Erschöpft schleppe ich mich nach oben, um durch die restlichen Räume des Bungalows zu streifen. Da ist das Zimmer von Alex: funktional, gleichzeitig aber auch liebevoll eingerichtet.

Poster mit lustigen Hundewelpen an der Wand. Schnappschüsse von Ausflügen mit anderen Kindern, manche von ihnen sitzen ebenfalls im Rollstuhl.

Ich muss hier raus. Weg aus diesem Haus, in dem sich meine Schwester nicht befindet. Nie gewesen ist.

In seiner Küche hinterlasse ich ihm eine Nachricht:

Danke für alles. Dass du nicht die Polizei rufst.

Ich werde versuchen loszulassen.

Amber

Anschließend verlasse ich das Haus. Schließe sorgsam die Haustür, lasse den Bungalow hinter mir. Jetzt weiß ich: Bernd ist ein Freund. Einer, an dessen Tür ich jederzeit klingeln könnte.

45.

Zu Hause wird der Tag schlimmer. Als ich unsere Haustür öffne, schlägt mir übler Geruch entgegen. Nach Müll, der nicht weggebracht, nach Zimmern, die Ewigkeiten nicht gelüftet wurden.

Und Tom? Hockt vor dem Fernseher, noch immer im Schlafanzug. Um zwei Uhr nachmittags. Zwischendurch hat er Hunger bekommen und direkt vor der Glotze eine Cornflakespackung aufgerissen, den Boden mit Milch bekleckert.

»Hey, Tommy. Wo ist denn Mum?«

Keine Reaktion. Ich muss erst mit den Fingern vor seinem Gesicht rumschnippen und die Frage wiederholen, ehe er reagiert.

»Die musste brechen. Schläft jetzt.«

»Brechen? Wieder auf den Boden?«

»Nee, ins Klo. Hab ihr die Stirn gehalten.«

Sofort fange ich an zu weinen. Gleichzeitig packt mich Schwindel, fast wie in Bernds Haus. Ich keuche, muss mich abstützen. Es reicht. Endgültig. Der Kleine darf nicht so leben. Seine Augen haben einen seltsamen Glanz, sind starr auf den flimmernden Bildschirm gerichtet.

»Tommy …«

Wieder reagiert er nicht. Sein Blick ist apathisch, seine Wangen fleckig. Und ich begreife: Er muss ewig geweint haben. Sich vollkommen verloren gefühlt haben. Und ich war nicht da. Allein diese Vorstellung ist so schmerzhaft wie ein Schnitt mit einem Messer.

Ich muss damit aufhören, Bernd hat recht. Es gibt noch andere Familienmitglieder, die mich brauchen. Jetzt. Immer. Ich darf meinen Bruder nicht länger allein lassen.

In diesem Moment klingelt es. Normalerweise flitzt Tom sofort los, ist immer als Erster an der Tür. Jetzt bleibt er einfach sitzen, lässt mich die Tür öffnen, wo Max steht, ruhig und seltsam ernst.

Sofort flammt Hoffnung auf, glühende Funken, die wie Schneeflocken durch die Luft wirbeln. Er könnte etwas rausgefunden haben, eine neue Spur, einen Hinweis.

»Hi, Amber. Kann ich dich sprechen?«

»Natürlich. Willst du nicht reinkommen?«

»Komm lieber kurz raus.«

»Okay. Warte, ich hole meine Jacke.«

Draußen richtet er seine Augen so intensiv auf mein Gesicht, als wären es Flammenwerfer. Was soll das jetzt? Er kann unmöglich wissen, dass ich bei Marvin eingebrochen bin. Die Kellertür seines Hauses haben wir nicht wieder abgeschlossen, okay. Selbst wenn Marvin oder Rita inzwischen rausgefunden haben sollten, dass jemand bei ihnen eingestiegen ist, haben sie noch lange keine Beweise …

»Was ist los?«, platze ich heraus. »Warum bist du so ernst?«

»Bist du bei Taylor eingestiegen?«

»Hä?«

»Du weißt, wo der Ersatzschlüssel zu seinem Haus versteckt ist, oder?«

Ich versuche, meine Schultern zu entspannen. Mich auf meine Atmung zu konzentrieren, nicht aus dem Konzept bringen zu lassen.

»Ja, ich kenne das Versteck«, gebe ich zu. »Aber das heißt nicht, dass ich da einfach reinspaziere!«

»Ich glaub dir kein Wort. Aber ich habe Respekt für dein Pokerface. Wirklich unglaublich. Ein Naturtalent!«

Scheiße, ich darf keinen Schweißausbruch bekommen. Und mein Herz muss aufhören, wie irre zu schlagen!

»Du weißt sicherlich, dass bei Taylor nichts geklaut wurde, Amber. Und was in diesem Haus geschehen ist, na ja, das hat mich an dich erinnert. An dein Temperament. Und an diesen einen Gummihandschuh, der dir aus der Tasche gefallen ist!«

Okay. Jetzt bekomme ich definitiv einen Schweißausbruch.

»War's das? Kann ich wieder reingehen?«

»Nachdem ich auf die Sache bei Taylor aufmerksam wurde, hab ich mir mal die Einbruchshistorie in Eltville genauer angeschaut. Zumindest die für die letzten drei Monate. Willst du wissen, was ich rausgefunden habe?«

»Ist es relevant? Für Lucy und meinen Dad? Falls ja, würde ich es gerne wissen. Falls nein, ist es mir vollkommen egal!«

»Innerhalb der letzten drei Wochen wurden in Eltville sechs Einbrüche gemeldet, die sich im Modus Operandi ähneln«, fährt er unbeirrt fort. »Weißt du, was das bedeutet, Amber?«

»Ja. Das bedeutet, dass der Täter immer auf die gleiche Weise vorgeht.«

»Genau. Willst du wissen, wie der oder die Täterin vorgegangen ist? Oder weißt du es längst?«

Mein Herz wummert, verzweifelt schiebe ich mit den Schuhen Schnee hin und her.

»Es wurde sechsmal eine Terrassentür aufgebohrt. Das ist vom Prinzip ziemlich einfach: Man bohrt ein kleines Loch in den Plastikrahmen und führt anschließend eine schmale Schlaufe ein. Zum Beispiel aus Draht. Wie ein Lasso. Damit kann man den Griff auf der Innenseite hochziehen und die Terrassentür öffnen. An und für sich ist dieses Vorgehen nicht ungewöhnlich. Nur drei Tatsachen sind es: erstens die Häufigkeit. Sechs Einbrüche dieser Art in nur drei Wochen, also zwei jede Woche. Stutzig wurde ich allerdings erst, als ich feststellte, dass bei keinem dieser Delikte etwas geklaut wurde. Ist das nicht merkwürdig, Amber?«

Verdammt, er ist gut. Viel besser, als ich erwartet habe.

»Jetzt kommt aber das wirklich Interessante, der dritte Punkt: Alle Haushalte, in die eingebrochen wurde, haben einen Berührungspunkt mit eurer Familie. Nehmen wir beispielsweise mal das Haus der Familie Peters. Große Villa am Rhein. Die Alarmanlage wurde von außen durchtrennt. Dann das Haus der Schröders, der Familie Fernandez, beide befinden sich in eurer unmittelbaren Nachbarschaft. Dann die Hubers, die Meleks, die Lees.«

Ich lasse die Tatsache, wie gut er kombiniert hat, sacken. Trotz allem wird er mir erst einmal nichts beweisen können. Und mehr noch. Ich könnte ihn auf eine andere Fährte bringen.

»Und was bedeutet das für uns, Max? Meinst du, dass derjenige, der etwas mit Lucys und Dads Verschwinden zu tun hat, gleichzeitig auch in diese Häuser eingebrochen ist? Nicht um etwas zu stehlen, sondern einfach nur, um rumzuschnüffeln?«

»Das ist später passiert, Amber. *Nachdem* die beiden verschwunden sind.«

»Und davor? Wurden da keine derartigen Einbrüche begangen? Hast du das geprüft?«

»Natürlich habe ich das! Und die Antwort lautet: nein.«

»Und was bedeutet das jetzt?«

Ich traue mich, ihm wieder direkt in die Augen zu schauen. Diese zwei braunen Farbkleckse, die mich jetzt seltsam mild betrachten. Sie sind beinahe so dunkel wie die von Jamie. Wobei, nicht ganz. Sie haben ein paar hellere, fast grüne Sprenkel.

»Bist du in diese Häuser eingebrochen, Amber?«

»Ich dachte, du bist auf unserer Seite!«

»Bin ich auch. Genau deswegen frage ich dich das. Inoffiziell. Du hast noch dein ganzes Leben vor dir. Schmeiß das nicht weg! Denn wenn du damit weitermachst, muss ich bei euch eine Hausdurchsuchung beantragen.«

Schneeflocken landen auf seinen Haaren, seinem gutaussehenden Gesicht mit der Landschaft aus lustigen Muttermalen.

»Und was ist mit Marvin?«, belle ich zurück.

»Was soll mit ihm sein? Das haben wir doch am Telefon besprochen!«

»Sind dir bei ihm im Haus diese Gestecke aufgefallen? Dieses Gestrüpp mit den Rosen in der Mitte?«

Sein Blick verirrt sich im Schnee, ich spüre, dass er mit meiner Frage ringt, sie vielleicht gar nicht beantworten will.

»Ja, das ist mir aufgefallen«, gibt er schließlich nach. »Ich habe die beiden darauf angesprochen. Seine Großmutter war es, die mir geantwortet hat. Übrigens mit Tränen in den Augen.«

»Was hat sie gesagt?«

»Dass ihre Tochter vor etwa dreizehn Jahren verschwunden ist. Marvins Mutter. Dass sie nie gefunden worden ist. Sie war drogenabhängig, jahrelang in einer Entzugsklinik. Damals wurde vermutet, dass sie irgendwo an einer Überdosis starb. Und um deine brennende Frage zu beantworten: Sie hängt alle paar Tage eine frische Rose an die Fenster. Das ist ihre Art, sich an ihre Tochter zu erinnern.«

Ich betrachte ihn, seine Augen, in denen plötzlich diese stumme Abneigung liegt.

»Wir alle haben Wunden, Amber. Jamie, Marvin, seine Großmutter.«

Es ist so weit. Jetzt hat er mich genau dort, wo er mich haben wollte. An der Kante eines Abgrundes, der sich dunkel und tief vor mir öffnet. Wortlos wendet er sich ab, geht ein paar Schritte den zugeschneiten Weg entlang. Nur um sich doch noch mal umzudrehen.

»Ach, und Amber? Nicht nur du musst dich in den Griff bekommen, sondern auch deine Mutter. Ihr lebt auf einer Müllhalde. So geht das nicht weiter. Und wenn doch, muss ich das Jugendamt informieren.«

Das war's. Ich falle. Geradewegs hinein in diesen elenden Abgrund aus glühender Scham. Müllhalde. Ein Wort kann ausreichen, um ein Herz wundzureiben.

Irgendwann, als ich meinen Blick vom Boden löse, ist Max im Schnee verschwunden.

46.

Der Abgrund.

Ich höre nicht auf zu fallen. Immer weiter, tiefer hinein in eine Spirale aus Verzweiflung und brennender Übelkeit.

Als ich wieder in unserem Flur stehe, rieche ich unsere *Müllhalde*. Tom hockt noch immer vor der Glotze, in sich zusammengesunken wie ein lebloser Sack Kartoffeln.

Das muss aufhören.

Jetzt.

Sofort.

Ich ziehe mein Handy aus der Tasche und wähle Nikes Nummer.

Als sie sich meldet, fange ich direkt an zu weinen.

»Amber, Süße, atme tief durch, ja?«

»Du musst mir helfen.«

»Natürlich. Ich komme direkt.«

»Bitte … Sag deiner Mutter, dass wir etwas zu essen brauchen. Und bring am besten Merle mit.«

Meine Stimme bricht weg, während ich Kraft für meine letzten Worte sammle.

»Es ist schlimm bei uns, Nike. Richtig, richtig schlimm.«

47.

Danach wurde der Tag besser. Ein wenig. Merle machte gemeinsam mit Tom den Stall der Meerlis sauber und räumte in schier unendlicher Geduld sein Zimmer auf. Anschließend steckte sie ihn in die Badewanne und erzählte ihm Geschichten.

Nike und ich wühlten uns durch Waschraum, Wohnzimmer und Küche. Allein Mums Zimmer ließen wir unangetastet. Nur zweimal ging ich zu ihr hoch: einmal, um die Handtücher zu wechseln, ein zweites Mal, um ihr Essen zu bringen, das Nikes Mum vorbeigebracht hatte.

Die meiste Zeit über heulte ich. Weil ich weiß, dass es vorbei ist. Ich muss loslassen. Akzeptieren, dass Lucy und Dad fort sind.

Für immer.

Keine Hoffnung mehr, kein Adrenalin. Trauer und Angst sind meine neuen Begleiter.

Zum Glück kommentierten meine Freundinnen unseren Saustall nicht. Nur einmal, kurz bevor sie aufbrachen, fragte Nike mich nach Mum. »Meinst du, dass ihr zusammen Weihnachten feiern könnt? Oder geht es ihr dafür zu schlecht?«

»Ich weiß nicht.«

»Ihr könnt jederzeit zu uns kommen, Amber. Auch an Weihnachten. Das weißt du doch, oder?«

Statt zu antworten umarme ich sie.

»Ich komme morgen nach der Schule wieder vorbei, ja? Ich helfe dir mit der Wäsche. Und vielleicht können wir auch das Schlafzimmer ganz oben sauber machen, was meinst du?«

»Und ich kann diese Woche mit Tom mal ins Schwimmbad gehen«, ergänzt Merle. »Da kommt er auf andere Gedanken.«

Andere Gedanken, was für ein Ausdruck. Als wären andere

Gedanken etwas, das man aufsammeln könnte. Wie runde, glatte Kastanien, die man am Wegrand in die Tasche steckt. Aber natürlich bin ich ihr dankbar. Was meine Freundinnen für mich getan haben, werde ich niemals vergessen.

Bevor sie aufbrechen, drücke ich Nike noch meine Tasche mit den Einbruchsutensilien in die Hand.

»Kannst du die für mich aufheben? Und sie mir *nicht* geben, sollte ich darum bitten?«

»Alter, das macht mir ein bisschen Angst. Sind da Drogen drin, oder warum ist sie so schwer?«

»Ich erzähle es euch ein anderes Mal, ja? Im neuen Jahr. Schau am besten gar nicht erst rein.«

»Jetzt bin ich aber neugierig geworden!«

»Versprich es mir!«

»Na gut. Versprochen.«

Nachdem die beiden gegangen sind, ist das Haus sauber und still. Tom ist früh in einen erschöpften Schlaf gefallen, was Mum betrifft, bin ich mir nicht ganz sicher. Ich habe den leisen Verdacht, dass sie oben im Schlafzimmer Wodka bunkert. Obwohl sie tagelang das Haus nicht mehr verlassen hat, könnte sie das Zeug über einen Bestellservice besorgt haben. Jedenfalls habe ich vor ein paar Tagen im Keller einen Karton gefunden, der mir verdächtig vorkam.

Ganz sicher bin ich mir allerdings nicht, und bisher hatte ich auch nicht die Kraft, um oben nachzuschauen. Für heute hatte ich genug Auseinandersetzungen, ich will einfach nur noch in Ruhe meine Gedanken sortieren. In genau einer Woche ist Weihnachten, und so, wie es im Moment aussieht, können Tom und ich dieses Fest unmöglich mit Mum feiern. Sie wird komplett abstürzen. Allein bei der Vorstellung wird mir kotzschlecht. Aber wie genau soll ich sie in eine Klinik schaffen? Sie wird das

Haus nicht freiwillig verlassen, weil sie glaubt, da sein zu müssen, falls Dad oder Lucy zurückkommen.

Was natürlich Bullshit ist. Sie werden tot sein, was sonst. Alle beide. Irgendwo unter der Erde liegen, ohne Sarg, einfach *weggeworfen*.

Zum ersten Mal lasse ich diese Vorstellung zu. Die Bilder in meinem Kopf sind gewaltig, dringen wie ein öliges Gift in meinen Geist ein. Der Schmerz ist so mächtig, dass ich aufstöhne.

Wochenlang bin ich diesen Gefühlen ausgewichen, habe stattdessen meine Einbrüche vorbereitet, mich an diese kleine Hoffnung geklammert. Aber das ist jetzt weg. Es ist kein verdammter Grashalm mehr da, an dem ich mich festhalten könnte.

Scheiße, *so* fühlt sich Jamie also. Und zwar *die ganze Zeit*.

Und ich habe ihn einfach weggestoßen. Ich war so eine Bitch. Habe nur an mich gedacht, ihm nicht mal richtig zugehört. Bevor ich weiß, was ich tue, rufe ich ihn an. Fast sofort geht er dran, klingt atemlos dabei.

»Amber.«

»Bist du unterwegs?«

»Ja. Ich muss dich sprechen. Bitte geh zur Tür, ich bin schon fast da!«

Sofort springe ich auf, macht mein Herz einen Hüpfer. Als er vor mir steht, spüre ich, wie sehr er mir gefehlt hat. Sein ganzer Anblick sticht in mich hinein: seine Haare, die strubbelig unter der Mütze hervorschauen, seine geröteten Wangen. Er umarmt mich, unvermittelt und direkt. Für ein paar Momente schließe ich die Augen und atme gegen seine Brust. Und er? Legt seinen Kopf gegen meinen, genauso wie er es schon einmal getan hat, in Taylors Schrank. Und wie er mich küsst. Auf den Scheitel. Es liegt so viel Zärtlichkeit in dieser einfachen Berührung, so viel Zuneigung.

»Tut mir leid«, brabbele ich.

»Schon gut, kleiner Bernstein. Mir auch.«

Seine Stimme haut mich um. Ich spüre seinen Impuls, mich zu küssen. Aber etwas hält ihn zurück, eine sperrige Barriere, die sich zwischen uns schiebt.

»Ich muss dir was sagen.«

Oh, no! Mach jetzt nicht Schluss! Lass uns stattdessen hochgehen, und *Sachen* machen, in Lucys Zimmer oder in Toms, da ist es endlich sauber. Oder wir gehen zu dir nach Hause, in ein Hotel, Hauptsache …

»Etwas stimmt nicht mit Marvin und seiner Oma.«

»Hä?«

»Du hast die App nicht mehr überprüft, oder?«

»Nein. In den letzten paar Stunden nicht mehr.«

»Ich hab sie gestern Abend noch mal gecheckt. Da war sie gegen sieben Uhr abends schon auf dieser Position. Quasi im Wald. Und jetzt sind sie zusammen dort. Also Marvin und die Oma.«

»Im *Wald*?«, krächze ich.

»Sie befinden sich fast bei diesem Waldrestaurant. Also fast am Ende dieser Straße, die aus Eltville rausführt.«

Da ist sie wieder, meine Ameisenherde. Kribbelig wie eh und je. Wobei, nein. Dieses Mal ist das Gefühl intensiver. Die kleinen Viecher haben einen Haufen neuer Freunde mitgebracht.

Spontan zuckt der Radfahrer in meine Gedanken, wie er dort stand, auf genau dieser Straße. Jedes einzelne meiner Nackenhaare stellt sich auf.

»Da ist übrigens ein Haus«, fährt Jamie fort. »Sieht man bei Maps über die Satelliteneinstellung.«

Nervös beginne ich im Flur umherzutigern, unruhige kleine Kreise zu drehen.

»Vielleicht pflegt sie da jemanden?«

»Amber, es ist fast neun. Wieso gehen die beiden da in einer verschneiten Winternacht hin? Das ist zu Fuß ziemlich weit, und die haben doch kein Auto, oder?«

»Ich glaub nicht.«

»Wir sollten hingehen, Amber.«

Ich will sofort aufspringen und in die Nacht rennen. Doch etwas hält mich zurück. Ich wollte für Tom da sein. Und für Mum. Ich sollte nicht bei jeder Gelegenheit schwach werden und wieder mit meinen Streiftouren anfangen.

»Was ist los? Gibst du etwa auf?«

»Das ist es nicht. Ich denke an Tom. Außerdem war Max vorhin hier. Er weiß über meine Einbrüche Bescheid. Er hat zwar noch keine richtigen Beweise, war aber richtig sauer.«

»Ja, und? So was war dir doch bisher immer scheißegal! Das könnte eine Spur sein, Amber! Und wenn nicht, machen wir einfach nur einen Spaziergang im Schnee.«

Er hat natürlich recht. Ich werde es noch einmal versuchen. Ein letztes Mal. Außerdem spüre ich etwas. Ein Pochen. Vielleicht ist es nur mein Herz, das wie verrückt galoppiert. Aber vielleicht ist es auch Lucy. Ihr Puls, der noch immer schlägt. Irgendwo da draußen. In genau diesem Haus.

Sofort schnappe ich mir die Schneestiefel. Meinen Einbruchsrucksack hat Nike, den kann ich also vergessen. Aber die Taschen meiner Jacke sind groß. Groß genug, um noch in den Keller zu flitzen und es zu holen. Dieses eine, geheime Ding aus Karls Kleiderschrank.

48.

Wir kommen nicht weit. Nur ein paar hundert Meter. Bis vor Taylors Haus. Auf das mein Ex zugelaufen kommt, genau in dem Moment, in dem wir es erreichen. Auf seinem Gesicht irritiertes Staunen.

»Was macht ihr hier?«

»Schneemänner bauen«, antwortet Jamie schroff. »Und selbst?«

»Ich komme gerade vom Sport. Ich halte es zu Hause nicht mehr aus.« Mit einer vagen Geste deutet er auf die Residenz der Schneekönigin.

Ich spüre, dass Jamie weitergehen will, aber ich bleibe stehen und betrachte das Gesicht des Jungen, in den ich mal bis über beide Ohren verliebt gewesen bin. Glaubte ich zumindest. Im Nachhinein und im Vergleich zu Jamie betrachtet fühlt sich das, was ich mit Tay hatte, wie ein Mückenfurz an. Und doch verbindet uns etwas. Tay scheint meine Unruhe zu spüren, schaut mich aufmerksam an. Vielleicht ist es kein Zufall, dass wir ihn treffen, genau hier, in dieser Nacht. Vielleicht soll es so sein.

»Alles okay, Amber?«, fragt Tay. »Irgendwas Neues?«

»Vielleicht.«

Jamie fasst mich am Arm, will mich weiterziehen.

»Was soll das?«, flüstert er in mein Ohr. Aber ich lasse mich nicht ablenken. Wenn wir schon nachts zu diesem verdammten Haus laufen, wäre es besser, wenn wir es zu dritt tun. Irgendwas ist mit Marvin und Rita faul, stinkt meilenweit zum Himmel. Max kann ich nicht anrufen. Zumindest noch nicht. Das kann ich immer noch tun, sobald wir das Haus erreicht haben und mehr wissen.

»Du meintest doch, ich kann Bescheid sagen, wenn ich dich brauche«, wende ich mich an Taylor.

Jamies Griff um meine Hand lockert sich, sein Blick ist zutiefst überrascht. Kein Wunder. Er hat keine Ahnung, dass Taylor sich zwischenzeitlich bei mir entschuldigt hat.

»Ja«, entgegnet er mit fester Stimme.

»Gut. Jetzt ist es so weit. Wir brauchen deine Hilfe!«

»Amber …«, raunt Jamie.

»Er will es wiedergutmachen«, unterbreche ich ihn. »Stimmt's, Taylor?«

Der Blick seiner blauen Augen ist absolut fest.

»Ja.«

»Okay, dann los!«

»Hä, *jetzt*? Und wohin überhaupt?«

»Erzählen wir dir unterwegs.«

Ein letztes Mal zucken Tays Augen zu Jamie. Bis mein Freund nickt, scheint eine Ewigkeit zu vergehen. Sternenklare Augenblicke, in denen es allein der Atem ist, der sich zu trüben Wolken vor unseren Mündern formt.

49.

Wir brauchen etwa bis zur Mitte des Wieswegs, um Taylor alles über Marvin zu erzählen. Das Bild von Lucy auf seinem Desktop. Die GPS-Tracker, die uns bis zum Ende der Straße führen.

»GPS-Tracker? In ihren Jacken?«, bringt er mit einem Ton hervor, bei dem unklar ist, ob es sich um ein kehliges Lachen oder ein Keuchen handelt. »Alter, Amber. Was kommt als Nächstes? Gehst du zur GSG9?«

»Das könnte ernst sein, Taylor, also lass mal die Witze«, entgegnet Jamie, der zwischendurch immer wieder die App prüft.

»Wo sind sie denn jetzt? Noch in dem Haus?«, frage ich. »Wir müssen mega aufpassen, dass wir ihnen nicht in die Arme laufen!«

Er aktualisiert ihren Standort. »Ja, noch in dem Haus.«

»Alter, es ist Viertel nach neun!«, stöhnt Tay auf. »Ein bisschen spät, um irgendnem Vati noch die Windeln zu wechseln, oder? Bei meiner Omi im Altersheim gibt es das Abendessen jedenfalls immer um fünf! Vielleicht wohnen in dem Haus Freunde von denen? Die Marvin und seine Granny einfach nur besuchen?«

Ich verliere die Verbindung zu den beiden. Versinke in meinen Gedanken, spüre einem Gefühl nach, dieser seltsamen Unruhe, die mit jedem Schritt heftiger in mir hämmert.

Welche Verbindung hatte Marvin zu Dad? Außer, dass die beiden sich von der Schule kannten? Irgendwas liegt in dieser Frage begraben, da bin ich mir sicher!

Je weiter wir den Wiesweg entlanglaufen, desto dunkler werden die Fenster, desto stiller liegen die Häuser da.

»Ich bin hier noch nie gewesen«, meint Jamie.

»Hier kommt auch nicht mehr viel«, gibt Taylor zurück. »Außer dem Tennisverein und ’nem Restaurant ganz am Ende vom Weg.«

Schließlich haben wir ihn erreicht. Diesen Punkt am Ende des Wohngebietes. Alles, was jetzt noch vor uns liegt, ist eine Straße, die sich in den Wald windet. Es gibt keine Straßenlaternen mehr. Trotzdem ist die Nacht nicht ganz dunkel: Der Schnee reflektiert das Mondlicht, wirft glänzenden Schimmer zurück in den weiten, eiskalten Raum. Alles ist so sauber, so rein. In den letzten paar Stunden ist kein Auto hier langgefahren, alles liegt unbefleckt da.

Wobei, nein. Vor uns liegen Fußspuren. Und dann noch … *das*.

Diese besonders schlichte, böse Zutat, die mein Herz für einen Moment stillstehen lässt.

50.

»Was ist?«, fragt Taylor, als ich mitten auf der Straße stehen bleibe.

»Seht euch die Spuren an«, keuche ich und leuchte mit der Taschenlampe auf den Boden.

»Fuck!«, kapiert Jamie sofort. In seiner ansonsten so festen, rauchigen Stimme liegt eine bebende Nuance, die ich mir weit weg wünsche, an einen anderen Ort, in eine andere Nacht. Dass sogar er es mit der Angst zu tun bekommt, ist nicht gut. Es schaltet meinen Eingeweidemixer von Stufe drei auf eine glatte Sieben.

»Leute, was ist?«, krächzt Tay.

»Hunde«, sagt Jamie. »Sie haben die Hunde dabei. Hier, ihre Spuren!«

»Hunde? Was denn für Hunde?«

»Zwei Rottweiler«, entgegne ich nüchtern.

»Kacke, Leute, echt jetzt? Von irgendwelchen Kötern war nie die Rede!« Auch in Taylors Stimme schwingt Nervosität und Angst mit.

»Du musst ja nicht weitergehen, Tay, es ist okay, wenn du …«

»Sie setzen sich in Bewegung, Leute!«, unterbricht Jamie mich.

Jetzt fängt mein Herz richtig an zu pumpen. Gegen Marvin und die blöde Oma anzukommen, war eine Sache, aber die Köter … die uns in dieser klaren Nacht sofort wittern werden …

»Da vorne ist schon der Tennisclub!«, schlage ich atemlos vor. »Da können wir uns verstecken!«

»Der hat aber längst geschlossen, da können wir nirgendwo *reingehen*«, winselt Taylor.

»Aber vielleicht können wir irgendwo hochklettern!«

An der Abzweigung rennen wir den kleinen Hang hinunter, der uns direkt zum Parkplatz des Tennisclubs führt. In meiner Erinnerung lag das Gebäude des Clubs viel näher an der Straße. Jetzt stelle ich fest, dass es doch ziemlich weit entfernt ist. Dass wir es bis dahin nicht schaffen werden, uns stattdessen direkt hier am Parkplatz verstecken müssen, um sicher zu sein, dass Marvin uns nicht bemerkt. Mit hektischen, stummen Gesten sprechen wir uns ab, schlagen uns so leise wie möglich hinter einen gefällten Baumstamm. Marvin und Rita werden uns nicht sehen. Trotz des Mondlichts, das durch die Schneise des Parkplatzes flutet. Und die Hunde … nun ja, wir werden sehen. Unwillkürlich halte ich nach einem Baum Ausschau, auf den ich notfalls klettern könnte. Mein Herz flattert, hüpft durch meinen Brustkorb wie ein wilder Vogel, der dort gefangen ist.

Und schon kann ich sie hören. Diese verdammten Hunde. Sie schlagen an, kläffen wie irre. Sie haben uns gewittert.

51.

»Wir sollten irgendwo hochklettern«, flüstert Taylor.

»Das wäre viel zu laut!«, zische ich zurück. »Wir müssen hierbleiben! Sie können uns hier nicht sehen!«

Wie auch? Selbst ich erkenne ihre Gestalten nur sehr vage durch die Bäume hindurch. Etwa fünfzig Meter sind es, die uns von ihnen trennen. Gedrungen nehme ich durch das schnappende Kläffen die mahnende, scharfe Stimme von Marvins Großmutter wahr, ihren harten Befehl: »Ernie! Bert! Aus!«

Danach herrscht immerhin wenige Augenblicke lang Ruhe, bevor die Köter erneut loslegen, ein weiteres Mal streng ermahnt werden. Moment mal. Etwas an diesem Bild ist schief. Unerwartet.

»Wo ist Marvin?«, spricht Taylor meine Gedanken aus.

»Leise! Wir reden, wenn sie weg ist!«

Mann. Warum steht sie da einfach so rum? Mitten auf der zugeschneiten Straße? Reglos starrend, genau an der Abzweigung zum Parkplatz? Jetzt geht sie weiter.

Endlich.

Erst als sie aus unserem Blickfeld verschwunden ist, zückt Jamie sein Handy und aktualisiert den Standort von Marvin.

»Er ist noch im Haus«, stellt er flüsternd fest.

Wir lassen diese kuriose Tatsache sacken, ohne weiter zu sprechen.

Und irgendwann sind sie weg. Die Köter bellen zwar hier und da noch, aber je mehr Abstand zwischen uns gerät, desto stiller wird die Nacht.

»Alter!«, legt Taylor irgendwann los. »Ich dachte, die würde nie weitergehen. Wieso ist Marvin nicht bei ihr?«

»Keine Ahnung!«, sagt Jamie. »Wir sind hier, um genau das rauszufinden!«

»Ist es noch weit?«

»Nein. Nur noch vierhundert Meter oder so.«

Kurz bevor ich losgehen will, hält mich etwas zurück. Ein Gedanke, der mit plötzlicher Klarheit durch mich hindurchzuckt.

Bernd hat es mir doch gesagt! Mann! Warum hab ich nicht richtig zugehört? War es wirklich so schwer, diese Information zu verknüpfen?

Er hatte Dad gebeten, mit Marvins Großmutter zu reden. Wegen der Stufenfahrt. Die sie nicht erlauben wollte, weil sie sich Sorgen um ihren Enkel machte. Was, wenn Dad zu Marvin gegangen ist, an diesem Tag im Spätsommer, an dem er spurlos verschwand? Zu seinem Haus. Um mit Oma Rita zu reden. Und zwar *bevor* er Tom vom Kindergarten abholen wollte?

Es macht Sinn, oder? Es ist logisch. Dad klärte solche Dinge lieber persönlich als am Telefon. Es wäre einfach gewesen, weil Marvins Haus in der Nähe des Kindergartens liegt. Wo er nie ankam. Weil Marvin ihn bei sich zu Hause abfing, ihn …

»Amber …?«

Ich starre auf den Schnee, der meine Welt verpackt. All diese Eiskristalle, die in mein Fleisch schneiden. Die im Hals kratzen, in der Lunge brennen.

Marvin war die ganze Zeit über viel zu nett. Zu aufgeschlossen, zu ehrlich. Allein, dass er so offen zugab, in Lucy verliebt gewesen zu sein: Erst fühlte es sich sympathisch an. Jetzt erscheint es mir kalkuliert.

Okay. Mein Bauchmixer hat die Stufe zehn erreicht. Weil meine Schwester keine vierhundert Meter mehr von mir entfernt sein könnte.

Wortlos ziehe ich aus meiner Jackentasche, was ich von Karl

genommen habe. Jamie und Tay keuchen gleichzeitig auf, starren mich mit weit aufgerissenen Augen an.

»Scheiße, Amber!«, meint Jamie. »Woher hast du die?«

»Erzähle ich dir ein anderes Mal.«

»Kannst du schießen?«

»Nein. Noch nie gemacht. Aber ich hab sie geladen. Ich hab mir auf YouTube angeschaut, wie das geht.«

»Auf *YouTube*«, äfft Taylor mich nach. »Hast du sie noch alle??? Wir müssen die Bullen rufen!«

»Wir wissen noch gar nichts!«, werfe ich ein. »Weder ob Lucy in dem Haus ist noch ob Marvin überhaupt irgendwas mit ihrem Verschwinden zu tun hat! Ich habe auch ein mieses Gefühl bei der Sache, aber deswegen können wir nicht gleich Max mit seiner Truppe hierherbestellen, verstehst du? Lasst uns erst mal alleine hingehen und klingeln, durchs Fenster schauen. Und wenn wir dann etwas Verdächtiges sehen, rufen wir die Polizei sofort an, ja?«

52.

Wir folgen den Spuren im Schnee bis zum Haus. Dunkel schmiegt es sich in den Hang, liegt in trübem Grau da. Kein Fenster ist erleuchtet, alles ist still. Und doch befindet sich Marvin da drin. Scheiße, was soll das? Ist er etwa eingeschlafen?

Durch ein Tor gelangen wir in den Vorgarten, über verschneite Stufen hoch zum Eingang. Jetzt erkennen wir einen vagen Schein in einem der Fenster, es muss doch irgendwo Licht brennen, weiter hinten. Selbst Taylor hält endlich die Klappe. Weil es nichts zu sagen gibt an diesem Ort, an dem die Bäume wie zackige Pfeilspitzen in den Sternenhimmel stechen. Stumm hängt der Mond am Himmel, groß wie ein strahlender Lampion.

Zu unserer Linken der unberührte, weiße Garten mit ein paar vergessenen Stühlen, die zugeschneit vor einem kleinen Pavillon stehen. Alles wirkt verlassen, wie aus einer vergessenen Welt.

Nur meine Gedanken sind es, die rasen. Was jetzt? Klingeln? Einfach reingehen?

Jamie ist es, der sich als Erster rührt. Ein paar knirschende Schritte durch den Schnee läuft, jedoch nicht zur Haustür, sondern zum Pavillon. Schließlich streckt er die Hand in den Nachthimmel, eine Geste, die unwirklich erscheint, verträumt, als wollte er nach den Sternen greifen. Doch nein. Er berührt einen Gegenstand, etwas, das dort am Balken baumelt. Etwas, das nun auch mich anzieht, ein Magnet, der mir die Augen öffnet.

Doch ich würde sie lieber verschließen. Sie zumachen, für immer.

Es ist ein Gesteck. Eine frische Rose, die zwischen Eibenzweigen hängt, als wäre das Mondlicht ein Fluss, in dem sie treibt.

Okay. Jetzt glaube ich sie nicht mehr, diese scheiß Story. Von der verschwundenen Tochter, für die sie *Andenken* aufhängen. Jetzt ist dieses Haus, dieser Ort nichts als die Hölle, voller böser Gespenster.

Jetzt will ich Max anrufen, sofort. Taste bereits nach meinem Handy, halte dann aber entsetzt inne. Dieses Geräusch. Das Bellen von Hunden.

53.

Seit ein paar Minuten ist es ruhig. Genau genommen, seitdem sie mit dem Schreien aufgehört hat. Inzwischen nehme ich die Kälte bewusst wahr. Das Wohnzimmer, in dem ich mich befinde, ist ein Kühlschrank, der nie wieder warm werden wird.

Genau wie der Keller. Ein Raum ohne Licht.

Mein Geist wurde aus dieser Welt, dem ganzen verdammten Orbit rauskatapultiert. Ich bin verloren, allein. Keiner ist da. Ich drifte im Weltall, bin in ein Vakuum aus Schwärze und Kälte gepackt. Das ist eigentlich wie immer, weil ja nie jemand da war. Niemand bis auf eine. Ich und Rita, Rita und ich.

Ich will sterben. Hier. Jetzt. In der Küche gibt es genug scharfe Messer in der Schublade. Ich könnte mir die Pulsadern aufschneiden.

Aber eigentlich will ich leben! Ich bin siebzehn Jahre alt und ich will endlich mal anfangen zu atmen! Ist das zu viel verlangt? Ich will doch nur einen kleinen Platz auf dieser beschissenen Welt voller Menschen. Aber es reicht mir keiner die Hand, niemand hält mich!

Natürlich hat mir Rita Liebe geschenkt, jedes Mal habe ich das wahrgenommen, wenn sie mir über den Kopf strich. Aber irgendwas hing immer an ihrer Hand, ein Geruch, der da nicht hingehört, ganz egal, wie oft sie sich gewaschen hat. Sie roch schon immer nach Fäulnis.

Wir haben oft gelacht, vor allem früher, als ich noch klein war. Da haben wir zusammen Mensch-ärgere-dich-nicht gespielt und mit den Hunden im Garten getobt. Außerdem sind wir ins Theater gegangen, mit den Rädern am Rhein langgefahren, haben Kekse und Kuchen gebacken. Sie versicherte mir immer, dass ich keine Freunde bräuchte. Sie würden nur Wunden hinterlassen, vor allem die Mädchen.

Ich musste feststellen, dass sie recht hat, dass andere einem nur weh tun, dass es ihnen Spaß macht, hinter dem Rücken zu lästern oder einem auch geradewegs ins Gesicht sagen, dass man Scheiße ist. Ein Loser. Nicht dazugehört. Dass man anders ist, weniger wert.

Denn so ist das doch, oder? Ich bin weniger wert. Diese Erkenntnis tut so verdammt weh.

Lucy wollte mir nicht weh tun. Sie ist zarter, das hab ich gleich gespürt. Aber trotzdem wollte sie mich nicht, klar. Ein Mädchen wie Lucy ist eine andere Liga. Ein Planet in einem fremden Sonnensystem. Sie wohnt in einem komplett anderen Orbit, ist nicht zu erreichen.

Und jetzt ist sie hier. Im Keller.

Rita hat ihr das Zeichen auf die Stirn tätowiert. Das kleine V mit einem Punkt in der Mitte. Bei mir hat sie das auch gemacht, und zwar nicht nur auf der Stirn, sondern auch am Oberarm. Es ist *unser* Zeichen, das Mal soll uns beschützen, weil es so viele böse Menschen gibt.

Rita sagt, dass Lucy jetzt ein Teil von uns ist, ein neues Familienmitglied, das bleiben kann. Sie ist ein Geschenk für mich.

Hätte Rita nur den verdammten Kellerschlüssel dagelassen, dann könnte ich jetzt wenigstens runtergehen und helfen! Außerdem habe ich mein Handy nicht dabei, ich konnte ja nicht ahnen, dass dieser »Besuch« so lange dauern würde, und deswegen habe ich es zu Hause in meinem Zimmer liegen lassen. Und hier in diesem abgelegenen Haus gibt es sowieso keinen Anschluss mehr. Es ist alles ausweglos!

Ich weiß nicht mehr, was richtig ist und was falsch.

Es fühlt sich falsch an, dass Lucy im Keller eingesperrt ist.

Sie ist krank, sehr geschwächt und hat Fieber. Sie soll so nicht leben, scheiße, das will ich nicht! Aber genauso wenig will ich Rita an die Polizei verraten! Sie ist immerhin der einzige Mensch, der mich liebt!

Ich weiß es einfach nicht, was ich machen soll, bin total verzweifelt.

Rita hat recht, es gibt so viele Menschen, die hinterhältig und böse sind. Ich habe das nie anders erlebt, fast alle waren mein ganzes Leben lang gemein zu mir. Lucy ist eine Möglichkeit, nach der ich nur greifen müsste. Und wer weiß. Vielleicht würde sie mich irgendwann mögen.

Ich soll eine Entscheidung treffen und erst dann wieder nach Hause kommen, wenn ich weiß, was ich will. Ich soll mir ganz sicher sein. Aber ich kann nicht klar denken! Fest steht nur, dass mich meine Großmutter erpresst und dass jede Entscheidung, die ich treffe, falsch ist!

Ich bin so am Arsch. Ich heule in dieser scheiß Kälte, in diesem scheiß Zimmer, das nach dieser alten Oma Sophia stinkt. Hier hat Rita sie gepflegt, hier ist sie gestorben. Fuck, nur alte Menschen um mich herum, nichts Lebendiges, nichts Warmes!

Ich werde jetzt aufstehen und zu Amber gehen. Sie wird mir helfen, oder? Sie ist ein bisschen wie Lucy, ein Mädchen, das nicht sofort losprustet, wenn du versuchst, mit ihm zu sprechen. Sie wird wissen, was richtig ist und was falsch.

Jetzt. Sofort.

Dann höre ich etwas, das mich zusammenzucken lässt. Das Bellen von Ernie und Bert. Rita ist also zurück. So ist das immer. Ich kann mich nicht von ihr lösen, selbst wenn ich es wollte, sie klebt an mir fest wie eine Klette! Der Gedanke ist so schwarz wie der Raum, durch den ich drifte.

Ich bin für immer gefangen in dieser Hölle.

54.

Scheiße, die Hunde sind schon zu nah. So nah, dass ich Max nicht mehr anrufen kann.

»Habt ihr das Tor …?«, beginne ich, weiß aber im selben Moment, dass es zwecklos ist. Die Tiere haben uns erreicht. Alles geschieht rasend schnell. Taylor rennt los, irgendwohin, ich glaube, in den Garten. Jamie will mich wegziehen, in Richtung Haus, aber die Hunde sind da, ich höre ihr kehliges Keuchen, ihr Knurren, erkenne zwei pechschwarze Schatten, höre eine Stimme, die diesen einen, grausamen Befehl bellt: »Fass! Fass!«

Fuck.

Fuck, Fuck, Fuck!

Noch während ich die Waffe aus meinem Parka ziehe, brüllt Jamie auf, dringt sein Schmerzensschrei laut und unbarmherzig durch den Wald. Einer der Köter hängt an ihm. Seinem Arm. Und der andere?

Die Wucht des Angriffs fegt mir den Boden unter den Füßen weg, ich falle, lande im Schnee, der Schmerz in meinem linken Arm ist unglaublich. Die Waffe, hämmert die Panik, DIE WAFFE. Eben war sie noch in meiner Hand. Und jetzt im Schnee! Wenn der Hund mir in den Hals beißt, ist es vorbei, ist es aus, meine rechte Hand wühlt sich durch kalte Watte, während ich trete, schreie, kaltes Metall spüre, meine Finger die Waffe finden, der Hund beißt fester, bis hin zu den Knochen, ich spüre wie Sehnen reißen, ich brülle vor Schmerz und ziele, will abdrücken, doch nichts geschieht, scheiße, warum, WARUM NICHT, hämmert es in meinem Kopf, das Ding ist doch geladen, sind die verdammten Patronen von Karl am Ende zu alt, ich muss es schaffen, bevor diese Bestie …

Du musst das Teil zuerst entsichern, zuckt es durch meinen Geist. Alle Kraft, alle Konzentration richte ich auf meine rechte Hand. Ich habe nur noch eine Chance. Dieser kleine Hebel, der die Knarre entsichert. Wo zum Teufel ist er?

Ganz ruhig, Amber, ruhig. Atme, du kannst es schaffen. Doch die Panik übermannt mich, die Schmerzen, das Grauen. Ich werde sterben. Hier. Jetzt. Ohne zu wissen, was mit Dad und Lu geschehen ist.

Der Rottweiler. Er wird mir ins Gesicht beißen. Es einfach zerfetzen, meinen Kiefer brechen, mich ...

NEIN.

DU MUSST DICH KONZENTRIEREN.

DER HEBEL. HIER. JETZT.

Ich drücke ab. Geradewegs auf das Tier. Einmal, zweimal. Der Rückstoß ist so wuchtig, dass mein Handgelenk, mein ganzer Arm nach oben geschleudert wird.

Die Bestie lässt von mir ab, Adrenalin rast durch meinen Körper, meine Adern, irgendwas an mir ist nass, macht den Schnee fleckig und schwarz. Jamie schreit und taumelt, genau wie ich, und noch während ich einen anderen Schatten sehe, den der Alten, die auf uns zu gerannt kommt, eile ich ihm zu Hilfe, drücke ich den Lauf der Waffe gegen den Körper des zweiten Hundes.

Der Schuss ist hart und kracht ein drittes Mal absurd laut in den Ohren. Bevor ich weiß, was passiert, ich mich einigermaßen aufrappeln kann, schlägt etwas gegen meine Hand mit der Waffe, schleudert sie fort, irgendwohin, weit weg in den Schnee.

Erst dann ist es still.

Jamie und ich stehen erstarrt da, zusammengekrümmt, vor Schmerzen zitternd.

Nur die Alte ist es, die sich aufrecht hält, ihre Beine sicher in den Schnee rammt, uns ihr Gesicht im Mondlicht zuwendet.

Und ich sehe alles in diesem Gesicht. Alles. Die Panik, den Hass. Dass es keine Grenzen mehr für sie gibt. Langsam hebt sie den Arm. Einen Arm, der seltsam lang ist, weil dort, wo die Hand sein sollte, etwas metallisch glänzt.

»Du bist ein Übel«, zischt sie deutlich und klar. »Ein verdorbenes Übel!«

Unwillkürlich rücke ich näher an Jamie und versuche nicht zu wanken, mich gerade zu halten auf meinen Füßen, die wegknicken wollen.

»Oma«, sagt plötzlich eine Stimme hinter uns. »Oma, nicht! Bitte!«

Ihr Blick trübt sich für eine Sekunde, irritiert lässt sie die Augen hinter uns gleiten, hin zu Marvin, der grau und gebeugt vor dem Haus steht.

»Bitte«, sagt er. »Es ist jetzt vorbei.«

»Vorbei?«, kreischt sie. »Vorbei? Nichts ist vorbei! Alle rein ins Haus, los! Du auch, Marvin!«

Jamie und ich stolpern vorwärts. Wenn ich nur meine Waffe finden, sie aufheben könnte …?

Doch schon sind wir im Haus, in einem kalten Flur, der abgestanden riecht, nach dem Atem alter Menschen.

»Weiter, weiter!«, treibt sie uns an.

»Oma, bitte …!«, versucht Marvin, sie zu beschwichtigen.

»SCHNAUZE HALTEN! ALLE RUNTER IN DEN KELLER!«

In diesem Moment höre ich es. Dumpfe Schreie, wie durch Watte hindurch. Ihre Schreie. Die Stimme meiner Schwester.

Sofort verkrampft sich mein Brustkorb, ist alles in meinem Inneren zerfleischt und wund, und ich kreische, erkenne diesen Ton, der sich aus meiner Kehle entleert, selbst nicht wieder.

»LUCY! LUCY!«

Der Schlag ist brutal und trifft mich so hart am Hinterkopf, dass ich taumele, dass Jamie mich stützen muss, während wir vorwärtswanken, die Treppe runter, rein in den schwarzen Kellerschacht.

Die Alte ist es, die zuletzt die Treppe betritt, die hinter uns herkommt wie ein Dämon, dessen Gesicht wir jetzt, als sie das Licht einschaltet, klar erkennen können. Ihr starres, vollkommen hartes Gesicht, hölzern wie das eines Totempfahls.

Klare Gedanken sprudeln jetzt in mich hinein, ich begreife: Sie meint es ernst, sie bringt uns um. Vor allem aber ist sie unglaublich stark.

»Warum?«, frage ich atemlos. »Warum, Rita?«

Etwas in ihrer blanken Wut flackert auf, sie betrachtet mich wie ein widerliches Insekt.

»Warum?«, keift sie los. »Warum ich das mache, heh? Alles wurde mir genommen! Alles! Meine Kinder. Mein Leben. Das Letzte, was mir bleibt, ist Marvin! Und den wollte *dein* Vater mir nehmen, *deine* ach so schöne Schwester …!«

»Nein, O … Oma! So ist es n … n … nicht gewesen!«, stottert Marvin und steht mit hängenden Armen da, Armen, die längst jeden Halt verloren haben. Sein Ausdruck: genauso entsetzt wie unserer, wenn auch stiller, leiser, fast so, als hätte er sich mit allem abgefunden. Seine Haare sind zerzaust, seine Stirnfransen verrutscht. Es ist, als würde ich ihn zum ersten Mal richtig sehen. Nicht nur sein Gesicht, sondern auch diese tiefe Verletzung, die darin verborgen liegt. Und noch etwas anderes erkenne ich deutlich. Das Muttermal auf seiner Stirn. Das gar keins ist. Es ist eine Tätowierung. Ein kleiner Punkt, den ein V umschließt. Es hat dieselbe Form wie die Schnitzerei im Türrahmen seines Zimmers und wie die Gestecke, die selbst hier hängen, in diesem alten, feuchten Keller.

Alles dreht sich. Mein Arm pocht vor Schmerzen, Blut sickert durch meine Jacke auf den nackten Betonboden. Und meine Schwester. Ich höre sie. Durch die verschlossene Tür hinter mir. Ihre Schreie. Die verzweifelten Hilferufe.

»Zieht die Jacken aus! Sofort! Und her mit dem Rucksack!«

»Marvin …«, startet Jamie einen zittrigen Versuch, der aber sofort von Ritas wildem Kreischen gedämpft wird.

»Schließ die Tür auf!«, befiehlt sie ihrem Enkel. Und er gehorcht. Noch während ich den Rucksack abstreife, mich unter Schmerzen aus meiner Jacke winde, schließt er die Tür auf, öffnet er den Raum, in dem sich meine Schwester befindet.

»Rein da! Alle!«

Ich haste vorwärts, hinein in dieses Grauen, dieses Verlies: massive Mauern, kein Fenster, nur ein einfaches Bett, ein Eimer. Und meine Schwester. Augen aus purer Angst, wie ich sie niemals zuvor gesehen habe. Und ihr Körper. Völlig verändert. Mager, grau. Ein Geist, der einmal Lucy gewesen sein könnte. Sofort taumele ich in ihre Arme, verfangen sich meine Finger in ihren tranigen Haaren. Und der Gestank. Himmel, dieser Gestank.

»Oma, das la … la … lasse ich nicht zu. Es ist v … v … v … vorbei.«

Jetzt ist es Lucy, die wieder kreischt, die Marvin anfleht, uns zu helfen, ihn anbettelt, wimmert.

Und plötzlich ein Schatten. Ein kleiner Körper, der an Rita vorbeifegt, raus durch die schwere Metalltür, die weit geöffnet ist. Noch.

Hier war sie also die ganze Zeit über. Blitz, unsere Katze. Gefangen wie Lucy.

»Taste sie ab, Marvin. Sofort!«, faucht Rita. »Sie dürfen nichts dabeihaben!«

»Wo ist mein Vater?«, fragt eine Stimme. Erst nach ein paar Wimpernschlägen begreife ich, dass es meine eigene gewesen ist.

Rita starrt mich an. Der Hass, der dabei in ihren Augen liegt, ist blank, unverhohlen.

»Dein Vater!«, faucht sie. Speichel fliegt bei diesen zwei Worten aus ihrem Mund. »Dein Vater stand in meiner Küche und wollte mir Marvin wegnehmen!«

»Keiner wollte mich dir wegnehmen«, sagt Marvin mit hilfloser Stimme.

»Halt den Mund! Und ob er das wollte! Genau wie deine Mutter damals! Anja! Meine eigene Tochter! Drei Jahre lang war sie in einer Entzugsklinik, war ich gut genug gewesen, mich allein um dich zu kümmern! Und plötzlich kommt sie, setzt sich an unseren Küchentisch und sagt, dass ich lange genug auf dich aufgepasst hätte! Dass sie mit dir weggehen wollte, weil sie genug von mir hätte, unserem Haus, dass ich sie anwidern würde, dass ich dich nicht wiedersehen würde, nie mehr …!«

Mitten im Satz bricht sie ab, verzieht sich ihr wachsartiges Gesicht bei der Erinnerung vor Schmerzen.

»Was … w … was hast du mit ihr gemacht?«

»Ich …«, keucht sie und schließt für einen Moment die Augen. »Ich hab dich beschützt, Marvin! Wie immer! Sie hätte dich verwahrlosen lassen, dich mir weggenommen, genau wie dein Großvater mir Moritz weggenommen hat!«

»Moritz?«, krächzt Marvin. »Wer ist das?«

»Mein Sohn! Dein Onkel! Er starb an Leukämie. Weil Albert ihn krank gemacht hat! Weil er ihn vergewaltigt hat, das Übel in ihn eingepflanzt hat! Weil ich ihn nicht beschützt habe!«

Stille frisst sich in dieses Verlies, nagt an den Wänden, wirft mit aller Wucht eine entsetzliche Traurigkeit in unsere Herzen.

Ich verstehe nicht, was sie da gerade gesagt hat, es ist zu verworren, und in meinem Arm wummert der Schmerz so schlimm, dass ich mich frage, ob er einfach abfallen könnte.

»Frau Vogt«, versuche ich es dennoch. »Bitte sagen Sie mir, wo unser Vater ist.«

»Vergraben, was sonst! Neben Anja. Was allen passiert, die meiner Familie etwas zuleide tun wollen! Die in meine Küche marschiert kommen, um sich an meinen Kindern zu vergreifen!«

Marvin schlägt die Hände vors Gesicht, anschließend vor die Ohren, hält sich den Kopf.

»Aber A…Anja, meine M…M…Mutter, war doch deine Familie …!«

»Sie war krank, Marvin! KRANK! Albert, mein eigener Ehemann, hat sie schlecht gemacht, ihr das Übel eingepflanzt, genau wie er es mit Moritz gemacht hat! Sie war nicht mehr zu retten, versteh das doch! Denn wer würde so etwas tun, Marvin, sag schon? Mir mein Enkelkind wegnehmen, das ich drei Jahre lang in den Schlaf gesungen habe. Das ich liebe wie mein eigenes Kind. Du siehst Moritz so ähnlich, es war fast, als wäre er zurückgekommen …«

Ihre Stimme bricht ab, nur noch das Echo ihrer Worte schwingt wie ein schweres Pendel durch diesen Raum.

Plötzlich ein lähmender Schwindel, dieses eigenartige Gefühl, dass etwas aus mir herausfließt. Und es ist mehr als nur Blut. Es ist Gewissheit. Dass Dad fort ist. Für immer.

»Bitte«, fleht Lucy. »Sie blutet. Seht ihr das nicht? Ihr Arm …«

»Die P…Polizei wird uns f…finden«, stottert Marvin.

»Wir werden verschwinden! Ich habe Geld!«

Mein Blick gleitet zu Jamie, der ebenfalls stark blutet, sein Gesicht kreidebleich, Erkenntnis streift seine Augen, er rückt mit dem Rücken zur Wand. Als ob er sich verkriechen möchte.

Wie ein Tier, das den Schuss fürchtet. Das war's. Die Alte hat sich entschieden. Wir werden gleich alle sterben. Die Vorstellung überschüttet mich mit bleischwerer Verzweiflung, scheiße, ich will nicht so enden, nicht nachdem ich Lucy gefunden habe, nicht so, nicht in diesem Keller, ohne Mum noch einmal zu sehen, und Tom. Der mich so sehr braucht. Den ich so sehr liebe. Seine Hände, sein Lachen, sein kleiner Körper, der sich an mich kuschelt.

»Los jetzt!«, zischt Rita und geht einen kleinen Schritt zurück, schubst Marvin hinter sich in Richtung Tür, ohne uns aus den Augen zu lassen.

»Du musst das nicht sehen, ich erledige das!«

Lucys skelettartiger Körper durchzuckt eine Regung, und noch während ich keuchend in den Lauf der Waffe starre, begreife ich: Meine Schwester hat eine Bewegung bemerkt. Diesen Schatten, der plötzlich hinter Marvin aufragt, unvermutet und still.

Es ist Taylor. Seine Stimme, die durch den Raum flutet.

»Nimm die scheiß Waffe runter! Sofort! Die Bullen sind schon unterwegs!«

Ritas Kopf zuckt zur Tür, zu Taylor, dessen ausgestreckter Arm mit Karls Waffe dicht an Marvins Kopf schwebt.

»Ich knall ihn ab, ich schwöre es, du freaky Bitch!«

Über ihre hohe Stirn rauscht ein irres Zucken, der Revolver in ihrer Hand zittert plötzlich.

»O ... Oma, bitte. Lass die Waffe einfach fallen. Er wird mir nichts tun! Bitte mach es nicht noch sch ... sch ... schlimmer, ja?«

Aber sie lässt die Waffe nicht fallen. Sie hält sie weiter ausgestreckt, zielt geradewegs auf mich und Lucy, deren Kopf ich versuche mit der Hand meines gesunden Armes zu schützen. Vielleicht wird Lucy leben ... vielleicht ...

Ein letztes Mal schaue ich hoch in Ritas Gesicht. Will sie stumm anflehen aufzugeben, loszulassen. Ich bemerke den Schleier in ihren Augen. Ihre Härte, ihre Entschlossenheit. Doch da ist auch etwas Weiches, das aufblitzt. Eine Art Traurigkeit, der man nicht begegnen sollte. Die zu bodenlos ist, um ein einzelnes Menschenleben damit auszustopfen.

Dann verschließt sich dieses Fenster zu ihrer Seele wieder. Für einen letzten Augenblick. In dem sie die Waffe noch einmal anhebt.

»Nein!«, brüllt Marvin und taumelt vorwärts. Das Blut ist plötzlich überall. Besprenkelt uns und die graue Betonwand. Rita fällt. Weich. In Marvins Arme. Fort aus diesem Raum, diesem Loch, noch bevor ihr Körper auf dem Boden zusammensackt. Neben Marvin. Der dahockt und schluchzt.

Taylor ist es, der sich als Erster regt. Der durch das Wimmern von Marvin in großen Schritten durch den Raum geht, geradewegs zu der Waffe, die Rita noch immer in der Hand hält. Vorsichtig nimmt er sie an sich. Danach schaut er auf das Schlachtfeld zu seinen Füßen. Rita, die dieses absurd große Loch im Kopf hat. Jamie, der blutet. Ich. Und Lucy. Deren blaue Augen meine treffen. Aus denen Tränen purzeln, leise.

»Hab ich dich endlich«, flüstere ich leise. »Hab ich dich endlich wieder.«

Epilog

Sie hat mir sicher zehn Briefe geschrieben, bevor ich einem Treffen zugestimmt habe. Darin hat sie mich regelrecht angebettelt, mich zu sehen, mit mir sprechen zu dürfen. Irgendwann habe ich nachgegeben. Vielleicht, weil auch ich noch etwas Klärung brauche. Und vielleicht auch, na ja. Ich drifte. Bin verflucht allein.

Jetzt sitze ich in einem Café und warte auf sie. Irgendwo, ein neutraler Ort, ich habe darauf geachtet, dass es keine hippe, überfüllte Location ist, sondern einfach nur ein stinknormales Café, wo einen nicht tausend Leute anglotzen.

Ich lebe jetzt woanders. In einer Wohneinheit, die sie *Familie* nennen. Was für ein Scheiß. Es ist ein verdammtes Heim. Aber eigentlich ist es egal. Jetzt ist es April, und ich werde in einem Monat achtzehn.

Was danach kommt, weiß ich nicht. Meine Betreuer sagen, ich sollte auf jeden Fall noch das Abi machen, ich würde das schaffen. Dann hätte ich was in der Tasche, könnte studieren.

Was in der Tasche, ja klar. Tolles Gepäck! Ich stecke es in meinen Koffer zur Leere und Einsamkeit.

Sie musste weit fahren, um mich zu sehen. Ich wollte ganz bewusst weit weg aus diesem Kaff.

Jetzt kommt sie in ihren langen Beinen auf meinen Tisch zu. Ihre Haare sind ein Stück gewachsen, stehen ihr in einer wilden Pumucklfrisur vom Kopf ab. Alter, sie ist so mega hübsch. Ein roter, wunderschöner Planet aus einem anderen Orbit.

Und sie strahlt so viel Gesundheit aus, so viel Normalität. Am liebsten würde ich ihr ein Stück davon wegnehmen, es einfach … rausschneiden aus ihr.

Sie grüßt weder überschwänglich noch umarmt sie mich. Stattdessen setzt sie sich einfach gegenüber an den Tisch, raunt nur ein kurzes »Hi, Marvin«.

Alleine dafür achte ich sie. Sie macht keine überzogene, hysterische Sache aus unserem Wiedersehen, sondern schaut mich einfach nur an, mit ihren klaren, wunderschönen grünen Augen. Oh, Mann. Wenn ich nur jemals so ein Mädchen finden würde.

Wir schweigen, bis sie bestellt hat. Erst als der Milchkaffee vor ihr steht, fragt sie: »Wo wohnst du jetzt?«

Ich drehe den Kopf in Richtung Fenster, vor dem ein großer, blühender Kirschbaum steht.

»Ich will keinen Smalltalk, Amber.«

Sie nickt und hört endlich auf, in ihrer Tasse zu rühren.

»Okay. Obwohl ich wirklich wissen will, wie es dir geht.«

Bei diesen Worten streckt sie ihre Hand aus, legt sie längs über den Tisch.

Eine unglaublich schmerzhafte Regung zuckt durch meinen Körper, meine Brust verkrampft sich, und noch bevor ich weiß, was geschieht, fange ich an wie ein kleiner Junge zu flennen.

»Marvin«, sagt sie ruhig. »Marvin, nimm meine Hand.«

Erst schüttele ich vehement mit dem Kopf, halte ihn weiter abgewandt. Geduldig und schweigend lässt sie mich weinen, ihre Hand dabei liegen.

Und irgendwann, na ja, nehme ich sie dann doch. Ihre Geste rührt mich, weil ich spüre, dass sie ehrlich gemeint ist. Außerdem hat sie ihre Handinnenfläche nach oben gedreht, was sich so anfühlt, als wollte sie mir ihre eigene Verletzlichkeit entgegenstrecken.

»Es war nicht deine Schuld.«

»Ich hätte es früher merken müssen. Rita war in den Wochen

davor so oft weg gewesen, manchmal ist sie sogar mitten in der Nacht mit dem Fahrrad los. Sie meinte, sie würde jemanden pflegen. Jemanden, der dringend Hilfe braucht. Und ich Idiot hab ihr das geglaubt! Ich hätte nie gedacht, dass sie in das Haus fährt, das uns Sophia vererbt hat, Rita hatte es eigentlich verkaufen wollen …«

»Marvin, schau mich an.«

Meine Augen gleiten über ihre, es liegt so viel Warmherzigkeit in ihrem Blick, so viel *Güte*. Scheiße. Dabei hat meine Großmutter ihrer Familie so viel Leid zugefügt.

»Es war nicht deine Schuld. Rita war … krank. Du weißt doch inzwischen, was mit ihren Kindern passiert ist, oder?«

Meine Brust zieht sich weiter zusammen. Gleichzeitig dröhnt mein Kopf, als würde sich die Leere des Weltalls durch meine Ohrmuscheln pressen.

Aus den alten Polizeiakten ließ sich einiges rekonstruieren. Ihr Mann Albert, also mein Großvater, hat meine Mutter und meinen Onkel Moritz missbraucht. Wie lange, weiß keiner. Rita erwischte ihn, als sie eines Tages unerwartet früher nach Hause kam. Die drei waren in der Küche, Anja war zehn, Moritz jünger.

Im Protokoll steht, dass Rita ihn mit dem erstbesten Gegenstand erschlagen hat, der ihr in die Finger gefallen war. Einer Bratpfanne, ganz klassisch.

Weil sie im Affekt gehandelt hatte, ließ man sie laufen. Und weil sie im Anschluss sofort einen Krankenwagen gerufen hat. Ihr Mann war nackt, als man ihn fand. Nackt, was für eine verfluchte Scheiße! Tolle Familie, tolle Gene!

Jetzt sind alle tot. Einfach alle. Ritas Sohn ist zwei Jahre nach dem *Zwischenfall* an Leukämie gestorben, ich hab ihn nie kennengelernt. Sogar mein Vater ist tot. Zumindest behauptete Rita, er wäre an einer Überdosis gestorben.

Ein weiterer Krampf schüttelt mich, Tränen fallen wie die Blüten draußen vom Kirschbaum. Weißer Schnee, der mich an die Nacht vor Weihnachten erinnert.

Rita hat unglaubliches Leid erfahren. Es ist kein Wunder, dass sie ein Stück davon zurück in die Welt pflanzen musste. Es gewissermaßen aus sich herausschneiden musste.

Da ist es wieder, dieses Wort: *rausschneiden*. Und diese Bilder, die dabei entstehen. Von meiner Großmutter, die sich mit entschlossenem Blick über mich beugt, mir unser Zeichen in die Stirn tätowiert. Sie hat es noch an zwei anderen Stellen angebracht, zur Sicherheit. Einmal am Arm und einmal da, wo noch nie jemand hingeschaut hat, wo es mich beschützen soll.

Amber schweigt, lässt den Sturm in mir vorbeiziehen. Das Einzige, was sie tut, ist, über meine Hand zu streichen, unglaublich sanft.

»Wie geht ... wie geht es Lucy denn?«, traue ich mich zu fragen.

Erst jetzt löst sie ihre Hand.

»Sie ist okay. Am Anfang ... da war es hart. Die ersten Wochen. Aber seitdem sie in einer Klinik ist, geht es langsam aufwärts.«

»Und deine Mutter?«

Sie zögert, knetet ihre Hände.

»Auch ein wenig besser. Aber sie wird noch etwas brauchen.«

»Wohnst du etwa alleine?«

»Nein, bei Jamie. Zusammen mit meinem Bruder. Wer kümmert sich denn um dich, Marvin?«

Draußen ist die Sonne durch eine graue Wolkendecke gebrochen, taucht den Kirschbaum in gleißendes Licht.

»Marvin?«

»Du kannst mir nicht helfen, Amber.«

»Vielleicht doch. Du könntest zurückkommen, bei einem Freund wohnen. Bestimmt ...«

»Welcher *Freund*, Amber? Ich habe keinen. Meinst du, irgendwer würde mich aufnehmen? Mich, den Jungen von *ihr*? Der alten Hexe, die deinen Dad erschlagen, ihn im Garten neben meiner Mutter verbuddelt hat? Unter der Eibe? Außerdem: Was meinst du, wie deine Schwester reagieren würde, wenn sie mich wiedersehen würde? Das kann ich ihr nicht zumuten. Nein, ich kann nicht mehr zurück. Das weißt du genau wie ich.«

»Lucy hat zu deinen Gunsten ausgesagt. Du hattest nichts mit der Entführung zu tun!«

»Amber, mach dir nichts vor! Manche haben mir das nicht geglaubt, das habe ich vor Gericht bemerkt. Ich habe Lucy zwar in dieser Nacht nicht unter einem Vorwand in ein Auto gelockt und sie zu Sophias Haus gefahren, aber einige glauben trotzdem noch, dass ich mit drinhänge, das Versteck im Keller vorbereitet habe, was weiß ich. Ich habe kein Zuhause mehr.«

»Du könntest bei Jamie wohnen. Ich habe mit seiner Mutter gesprochen, sie würde dich aufnehmen. Komm zurück nach Eltville, Marvin.«

»Bei Jamie? Ich dachte, da wohnst du?«

»Ich kann auch zu Nike.«

»Nein, ich bleibe hier. Ich will neu anfangen.«

In ihren Augen schimmert Verständnis. Und noch etwas anderes: tiefe Traurigkeit. Zwischen uns zieht die Zeit eine schleimige Schneckenspur über den Tisch.

»Ich habe befürchtet, dass du das sagst. Deswegen ... ich wollte dir etwas geben. Mein Dad hat mir das geschenkt, als ich mir mal ein Bein gebrochen habe. Es bedeutet mir was. Ich hoffe, du findest das jetzt nicht kitschig oder so.«

Sie schiebt einen kleinen Stoffhund mit Schlappohren über den Tisch.

»Du kannst mich immer anrufen, okay? Lass uns bitte in Kontakt bleiben!«

Langsam steht sie auf und hält inne, als wollte sie mir die Gelegenheit geben, ebenfalls aufzustehen. Als ich nicht reagiere, schultert sie ihre Tasche.

»Mach's gut, Marvin.«

Jetzt geht sie doch um den Tisch herum und umarmt mich kurz. Sie riecht gut. Nach frischer, sauberer Haut.

Und wieder blitzt dieser Gedanke auf. Oder vielmehr eine Frage. Wie es sich anfühlen würde, reinzuschneiden in solche Haut.

Danksagung

Mein herzlichster Dank gilt der freundlichen Kooperation des Polizeipräsidiums Westhessen, insbesondere von Frau Kriminalhauptkommissarin Saskia Strobel, die mich ihr Wissen rund um Einbruchsszenarien anzapfen ließ. Es ist gut zu wissen, dass es bei der Polizei starke Frauen wie dich gibt ;-)

Zum Thema »Schlösser knacken« stand mir der Frankfurter Lockpicking Verein mit Rat und Tat zur Seite (https://wiki.ssdev.org/wiki/Frankfurt). Ich bedanke mich für alle blöden Fragen, die ich Heiko, Markus und Steffen stellen durfte, sehr beeindruckend war die riesige, tonnenschwere Tasche mit gefühlt 1000 verschiedenen Übungsschlössern, von denen ich kein einziges picken konnte.

Ein herzliches Dankeschön möchte ich außerdem dem Gymnasium Eltville aussprechen. Alle Lehrer waren unglaublich kooperativ und interessiert, haben mir im (heiligen) Lehrerzimmer Kaffee spendiert und mich im Unterricht hospitieren lassen. Mein besonderer Dank gilt hierbei Lothar Wiesemann (danke, dass Sie das möglich gemacht haben!), Frau Hummrich (was für eine tolle Stunde mit Michael Kohlhaas), Herrn Hötger und Herrn Hiebsch (ach, hätte ich nur jemals so einen Mathelehrer gehabt!).

Erfahrungen mit Schusswaffen durfte ich im Schützenverein »Tell« in Rüsselsheim-Haßloch sammeln, was sehr viel Spaß gemacht hat! Ein großes Dankeschön geht hierbei an Frank, Thorsten und Bernd.

Mein Dank gilt natürlich auch meinem wunderbaren Verlag, nicht nur meiner liebsten Lektorin, sondern allen, die dazu beitragen, meine Geschichten in die Welt zu tragen. Ihr seid so ein tolles Team, und die Stimmung bei euch ist immer gut!

Zuletzt möchte ich meiner Familie und meinen Freunden danke sagen. Als Erstes Nadja, die gleich witterte, dass mit der ersten Fassung meines Buches etwas nicht stimmte. Als Zweites meinen lieben Arbeitskollegen von Lufthansa Systems, mit denen ich über mein Schreiben offen sprechen kann.

Und zuletzt natürlich den Menschen, die mir am nächsten stehen: meinen Kindern und meinem besten Freund und Mann, der mir immer den Rücken freihält. Danke für die Glücksbringer, die ihr mir malt (also meine Kinder, nicht mein Mann …) und euer großes Verständnis für meine Arbeit! Und danke auch an dich, Abu, weil ich dich immer anrufen kann, wenn ich in einer Geschichte feststecke. Du bist der beste Papa (alle anderen sind Gretchen und Kröten, und es tut gut, das immer wieder zu hören).